PAR LES FORÊTS ET LES SAVANES

LES ROMANS D'AVENTURES

PAR LES FORÊTS ET LES SAVANES

ROMAN PAR J. LUTHY INÉDIT

1f35

J. FERENCZI & FILS ÉDITEURS . PARIS

LE ROMAN COMPLET

J. LUTHY

PAR LES FORÊTS ET LES SAVANES

PARIS
J. FERENCZI & FILS, Éditeurs
9, rue Antoine-Chantin (14e)
1925

N° 12

PAR LES FORÊTS ET LES SAVANES

ROMAN D'AVENTURES INÉDIT

Par J. LUTHY

PREMIÈRE PARTIE

POUR L'AMOUR D'UNE JOLIE FILLE

CHAPITRE PREMIER

S. O. S.

— Betty, je m'ennuie.

Interloquée, la charmante soubrette de miss Elsie Carrel se tourna vers sa maîtresse et son regard exprima une telle surprise, que la jeune fille éclata de rire.

Alors, tranquillisée, les yeux égayés, découvrant les perles de ses dents sous la pulpe rouge des lèvres, Betty répliqua :

— Vous avez une façon très comique de vous ennuyer, Elsie.

— Eh ! oui, chère petite chose, je ris, mais je m'ennuie. Je m'ennuie à mourir...

— Chut !... ne l'affirmez pas ainsi. Je finirais par le croire.

— Il faut... Betty.

— Voyons, Elsie, ce n'est pas raisonnable à vous. Que vous manque-t-il ?... Oui, je sais... Votre cher papa... votre chère maman... Vous êtes orpheline à la suite de ce stupide accident de chemin de fer... Mais, croyez-moi, Elsie, il ne faut pas, à votre âge, vivre trop longtemps avec le souvenir.

— Je le sais, Betty, mais rien ne m'amuse...

— Pourtant vous faites de l'auto comme une sportive ; sur un court de tennis nul ne vous résiste et miss Suzanne Lenglen elle-même devrait s'employer avec vous ; l'escrime, la natation ont en vous une adepte fervente ; vous montez à cheval comme un cow-boy ; ce sont là de saines distractions...

— Qui m'assomment.

— Le théâtre ?...

— Toujours la même chose...

— La musique ?...

— Jouer du classique, on ennuie les autres ; jouer des fox-trots, on se rase soi-même...

— La danse ?...

— Fi donc !... Je ne l'aimerais qu'avec celui que j'aimerais.

— Vos flirts ?

— Banalités.

— Bref, Elsie, jeune, jolie, riche, vous prenez l'existence en grippe. Que dirais-je, moi, pauvre fille, qui ne possède, en fait de richesse, qu'une beauté du diable à laquelle plus personne ne prêtera attention dans quelques années ?

— Oh ! toi !... Tu exagères, Betty... En tout cas, tu n'as pas l'ennui de te dire que toutes les choses douces qu'on te murmure à l'oreille sont, en réalité, motivées par l'appât de l'or...

— A mon tour de vous dire, Elsie, que vous exagérez... Il y a certainement, parmi ceux qui vous entourent, des êtres qui vous aiment sincèrement...

— Admettons, mais, dans mon cœur, l'or que je possède laisse comme une arrière-pensée et, chez tous ceux qui me désirent, uniformément, je crois deviner l'intérêt.

— En ce cas, vous ne serez jamais heureuse.

— Et je veux l'être, Betty.

— Comment ?

— Je ne sais.

Elles se turent.

Betty, machinalement, rangeait sur la toilette de sa maîtresse, les menus objets servant à la rendre plus belle et Elsie réfléchissait.

Belle, certes, Elsie était belle.

Grande, blonde, la face rieuse : dans ses yeux on voyait l'assurance que donne la pratique des sports, tandis que son geste gracieux et mesuré donnait plus de charme encore à sa personnalité. Nous l'avons dit, elle était orpheline et, ayant maintenant plus de vingt-trois ans, se trouvait à la tête d'une fortune que les plus experts ne pouvaient évaluer mais qui, certainement, se chiffrait par plusieurs centaines de millions.

En cette occurrence, ses amies étaient nombreuses et ses flirts formaient autour d'elle comme une sorte de cour qui l'horripilait.

En réalité, elle n'aimait qu'une personne : Betty.

Elle l'aimait, parce que la jeune fille, alors que quelques années auparavant, elle avait été atteinte d'une maladie contagieuse très grave, l'avait soignée avec un dévouement qui ne s'était pas départi un instant et l'avait sauvée.

Depuis, dans l'intimité, elle avait voulu que toutes formules de politesse fussent supprimées entre elles.

— Je t'appellerai Betty et tu m'appelleras Elsie, avait décidé Elsie.

Et comme Betty, gênée, avait voulu protester.

— J'ai dit ! avait maintenu Elsie. Je ne suppose pas qu'après m'avoir sauvée tu veuilles me faire de la peine.

Et Betty s'était inclinée.

Depuis, elles avaient vécu de plus en plus familières, dans une absolue confiance réciproque et, dans l'hôtel de miss Carrell, c'était Betty qui faisait la loi à tous.

— Je sais ce qu'il me faudrait, dit enfin Elsie, en soupirant. Je voudrais une vie d'action, de mouvement. Une vie qui, avec chaque aurore, m'apporterait de l'imprévu, des sensations nouvelles, des luttes à envisager, des dangers à courir.

Betty sourit.

— Il y a un fait certain, dit-elle, ce n'est pas en restant dans votre hôtel que vous pouvez réaliser votre rêve.

— Que faire, Betty ?...

— Voyager.

— Evidemment. Mais voyager comment ? Sans but ! Comme tout le monde le fait ?... Par les soins d'une agence ?... avec un guide dans la main ?... Cela ressemble à une chasse avec des rabatteurs ! Autant rester chez soi.

— Alors, Elsie ?

— Alors, ma chérie, je voudrais trouver une raison, un but à un tel voyage... Une raison, un but, qui en augmenterait l'intérêt... Un *walk-over* n'est jamais palpitant, tandis qu'une course... une course bien disputée... Oh ! une idée...

Betty, attentive, regarda sa maîtresse :

— Une idée, murmura-t-elle, ça devient grave.

— Mais oui !... C'est ça ! poursuivit Elsie.

Et soudain, riant, dansant, sautant, frappant des mains, elle s'écria :

— J'ai trouvé, Betty, j'ai trouvé !

Cela provoqua les aboiements furieux de son petit loulou poméranien qui, dérangé dans son somme, se dressa parmi ses coussins, grognant et montrant ses crocs.

— Quick ! Voulez-vous vous taire, petite chose ? s'écria Elsie, en le prenant dans ses bras. Est-ce parce que votre maîtresse est contente que vous devenez hargneux ?

Et l'embrassant follement, elle poursuivit :

— Je suis heureuse, Betty !... Je suis heureuse, Quick ?...

— Peut-on savoir, Elsie ? questionna simplement Betty.

— Mois oui, mais oui, chérie... mais... voyons avant toutes choses... serais-tu décidée à me suivre partout ?...

— En voilà une question...

Si je ne connaissais tes sentiments, Betty, je pourrais te dire à mon tour : en voilà une réponse. Mais je comprends ce que tu veux dire... Eh bien, puisque tu es décidée, tu vas aller me chercher immédiatement le directeur de la Compagnie mondiale de T. S. F.

— Mais...

— Il faut que dans un quart d'heure il soit ici.

— Mais...

— Tu lui diras que c'est urgent, très urgent...

— Mais...

— Va donc, Betty... Tu devrais déjà être partie.

Et, ne pouvant obtenir aucune explication, Betty dut se résigner, tandis que, jouant avec son chien, Elsie bousculait les meubles, renversait les potiches, jonglait avec les coussins, en criant :

— Quick ! Quick !... Petite chose... Je suis heureuse... très heureuse... Je vous aime beaucoup. Oh ! oui, beaucoup... beaucoup...

Vingt minutes après, celui qu'elle avait demandé était introduit auprès d'elle.

C'était un petit bonhomme tout rond, à l'allure de clergyman, roulant des yeux effarés derrière d'énormes lunettes.

Surpris de se trouver en un lieu où, de toutes parts, traînaient sur les chaises, sur les fauteuils, des vêtements féminins, il ne savait où arrêter son regard ; tandis que Quick, rendu furieux par cette intrusion, se chargeait d'augmenter son trouble en aboyant rageur et en mordant ses talons.

— Quick, petite chose, cria Elsie, taisez-vous et allez vous coucher.

Et, grognant, après avoir secoué sa queue empanachée d'un air de défi, Quick sauta parmi ses coussins où il disparut.

Dans le calme subit qui résulta de cette disparition, Elsie, en indiquant un siège à son visiteur, s'excusa :

— Quick est un enfant terrible, master, dit-elle. C'est ici son domaine et il ne tolère que la présence de sa maîtresse et de Betty... Veuillez ne pas m'en vouloir...

— Oh ! miss...

— Je vous ai fait appeler, master, et vous reçois dans mon intimité, parce que ce que je vais vous dire doit rester absolument secret... Je puis compter sur vous ?...

— Secret professionnel, miss.

— Bien. Il s'agit d'un télégramme à envoyer dans le monde entier et d'une communication à transmettre par radiophonie à tous les postes de T. S. F. aujourd'hui même.

— C'est notre rôle.

— Parfait.

Et, grave soudain, Elsie s'absorba un instant dans ses réflexions.

— Prenez votre crayon, master, dit-elle enfin, je vais vous dicter.

Le bonhomme s'installa et, attentif, attendit.

— S. O. S., dicta Elsie.

Le directeur, surpris, leva le nez.

— Pardon, miss, dit-il, mais savez-vous exactement ce que veulent dire ces trois lettres ?...

— Parfaitement, master. En langage télégraphique cela veut dire : Au secours !

— Et alors ?...

— Ecrivez : « S. O. S. Je m'ennuie. Je suis jeune. Je suis belle. Je suis immensément riche.

Ahuri, le directeur laissa tomber carnet et crayon...

— Miss, miss, haleta-t-il, c'est de la folie... Comment voulez-vous que je transmette cela ?... On croira que je suis devenu fou...

— Bah ! master, les dollars que vous encaisserez vous feront oublier ce petit désagrément.

— Mais...

— Allons... poursuivons. Je disais : « Je suis immensément riche... » C'est bien cela, n'est-ce pas ?

« Mon cœur appartiendra à celui qui, le premier, me rejoindra...

— Miss, gémit le directeur, songez à vous, à votre réputation...

Mais, inflexible, Elsie poursuivit :

« — ... dans le voyage que je vais entreprendre Conditions rigoureuses : honorabilité parfaite ; âge : trente ans au maximum ; physique agréable ; caractère régulier. Dans un mois, à dater de ce jour, les principaux journaux du monde publieront mon portrait et, messieurs, vous n'aurez plus qu'à commencer vos recherches. *Good bye.* »

Le directeur ferma son carnet, mit son crayon dans sa poche, prit son chapeau, ajusta ses lunettes et se leva, très digne.

— Miss, dit-il, je le regrette, ce télégramme ne partira pas. Il ne peut et ne doit pas partir.

Elsie fronça les sourcils.

— Et pourquoi ? questionna-t-elle sèchement.

— Pourquoi, miss ?... mais vous devriez le comprendre sans qu'il soit nécessaire de vous l'expliquer. Pourquoi ? Mais parce qu'il est immoral.

— Immoral ?...

— Oui, miss. L'amour est une chose trop grande, un sentiment trop pur pour que l'on puisse se jouer ainsi de lui... Le mariage est une institution sacrée avec laquelle on n'a pas le droit de s'amuser...

— Je vous arrête, master. Il vaudrait mieux, sans doute, que je continue à flirter dans les salons et que je devienne la proie d'un homme quelconque qui, pour me séduire, n'aura eu qu'à faire preuve d'un peu d'esprit et de savoir-vivre ?...

— Vous ne seriez, en tout cas, pas la victime d'un aventurier.

— En êtes-vous certain ? Croyez-vous que, dans notre monde, il n'y ait pas des âmes basses et viles qui savent, lorsqu'une fortune comme la mienne est en jeu, dissimuler leurs vices, leurs instincts ?

— Je n'en disconviens pas, mais vous avez autour de vous des amis qui pourront vous mettre en garde...

— Non, master, je ne dois avoir recours à personne, car mes millions seuls ont des amis.

— Vous êtes sceptique ?

— La vie m'a appris à l'être. Je préfère donc m'offrir à celui qui, par son courage, sa persévérance, son effort aura su me conquérir. Je me charge de faire durer la lutte assez longtemps pour me rendre compte, exactement, de la valeur de celui à qui j'accorderai ma main.

— Autre chose, miss : vous ne songez pas aux espoirs que vous allez faire naître ? Des jalousies, des haines pourront surgir d'une pareille compétition et devenir la genèse de drames terrifiants.

— En effet, master, je n'avais pas pensé à cela, je l'avoue...

— Je vous le dis, miss, c'est une folie, il faut y renoncer.

— Pardon, master, je ne renonce à rien. La vie n'est-elle pas une succession de drames ? Les âmes véritablement nobles ne doivent pas se laisser dominer par leurs passions.

— Celui qui les fait naître est aussi coupable.

— Je veux bien ne pas vous contredire, master, mais je vous fais remarquer qu'en l'espèce je n'y serai pour rien, car, parmi ceux qui m'ont approchée, aucun n'est capable d'un effort pareil... Si, par la suite, comme vous le dites, des haines viennent à naître, c'est que ceux qui se laisseront entraîner par des sentiments pareils ne seront pas dignes de moi, n'ayant été attirés que par le mirage de ma fortune. L'élimination se fera ainsi d'elle-même, puisque, ainsi que je vous l'ai dit, j'exigerai une honorabilité parfaite.

— Mais ..

Impatientée, Elsie frappa du pied.

— Allons, master, dit-elle, assez discuté. Voulez-vous oui ou non vous charger de transmettre ce télégramme ?...

— Miss, je vous en supplie...

— Cinquante mille dollars, s'il part dans la journée...

— Vous... vous dites...

Elsie sourit.

— Là, dit-elle, vous devenez plus raisonnable... Je savais bien, moi, que je parviendrais à vous convaincre... Je dis bien, master, cinquante mille dollars... Vous viendrez toucher le chèque demain, mais, comme le versement d'une pareille somme à votre agence pourrait donner l'éveil, j'y mets une condition.

— Oh ! miss, elle est acceptée d'avance...

— Vous n'encaisserez l'argent qu'après mon départ... C'est convenu ?...

— Oui ! miss...

— Et surtout pas une indiscrétion...

— Soyez tranquille.

— Au revoir, master !...

Et, courbé en deux, le bonhomme gagna la porte...

— Eh bien, Betty, s'écria Elsie lorsqu'il eut disparu, qu'en dis-tu ?

— Vous êtes folle.

— Mais tu me suis toujours, n'est-ce pas ?...

— Plus que jamais...

— Très bien...

— Où cela va-t-il nous mener ?

— Je n'en sais rien et ne puis te dire qu'une chose : enfin, on va vivre !...

CHAPITRE II

LA LUTTE S'ENGAGE

L'effet produit par le télégramme d'Elsie fut énorme.

A Paris, tous les grands quotidiens, les journaux mondains, les « feuilles de choux » le reproduisirent avec des commentaires amusants, railleurs ou réprobateurs.

Les revuistes, les chansonniers s'emparèrent de ce sujet d'actualité brûlante et bientôt, dans le music-hall le plus huppé comme dans la plus petite boite de Montmartre, l'Américaine inconnue devint une célébrité.

Gavroche, lui-même, s'en mêla.

Dans les rues, sur les boulevards, on ne s'abordait plus qu'en questionnant :

— Eh bien... quand pars-tu ?-...

« As-tu vu Lambert ?... Merci pour la langouste ? » avaient fait leur temps.

Un embarras de voiture et le titi s'écriait :

— Eh bien... quand pars-tu ?...

Une bousculade et un passant disait, rieur :

— Eh bien... quand pars-tu ?...

Et, tandis que les jours passaient, les échos de cette popularité grandissante arrivaient aux oreilles d'Elsie par la voie des journaux, qu'elle faisait acheter en cachette par Betty et qu'elle lisait en s'amusant follement. Sa gaîté ne connut plus de bornes lorsque, sous la signature de l'auteur de *Mon Kodak*, le célèbre chroniqueur parisien, elle lut :

« En somme, cette jeune miss du pays des ca-
« nards nous prouve qu'elle n'aspire pas à jouer
« le rôle d'une petite oie blanche. Elle ne veut pas
« se laisser mettre à la broche du mariage par un
« cuisinier à tout faire. Elle veut un chef, un
« Vatel. Ne trouvera-t-on pas, parmi nous, quel-
« qu'un qui puisse lui démontrer que nous excel-
« lons, même dans la cuisine matrimoniale et que
« nous en connaissons toutes les recettes. »

— *Aôh ! very nice !... very nice !* cria-t-elle... Petite oie blanche... recettes, cuisine matrimoniale. Betty, chère petite chose, as-tu lu ?...

Mais elle ne perdait pas de temps.

Elle veillait à tout, pour que tout soit prêt pour le départ.

Désirant ne pas voir se terminer trop vite cette aventure, elle avait eu l'idée d'engager un détective connu — en l'espèce Tom Lix — qu'elle avait chargé de veiller aux approches des gens lancés à sa poursuite.

Tom Lix l'avait écouté attentivement et, lorsqu'elle eut terminé son exposé, lui avait fait quelques objections.

— Si vous suivez exactement votre programme, miss, avait-il dit, comment voulez-vous qu'on vous retrouve ? Pour donner de l'intérêt à cette poursuite, il serait bon, je crois, de laisser sur votre route quelques points de repère, qui permettraient à ceux qui seront tentés d'obéir à votre invite de s'y reconnaître, quitte ensuite à les égarer sur des fausses pistes. Passez-moi le mot : en somme, c'est un *rallye-women* que vous organisez. Il faut donc que vous suiviez les principes de ce genre de sport.

Elsie avait éclaté de rire.

— C'est cela... un *rallye-women*... Eh bien, master Lix, je me fie à vous...

Et Lix lui avait fourni les gardes de corps et le personnel nécessaires pour mener à bien cette aventure.

Cependant, les préparatifs se poursuivaient dans le plus grand secret.

Cinq puissantes limousines avaient été équipées pour transporter le personnel.

Deux camions, ayant à bord des canots, des vivres en quantité pour parer à toute surprise, attendaient le signal du départ.

Les derniers jours d'attente arrivèrent.

Les journaux s'étaient tus subitement.

Les curieux, impatients, dissimulaient, en affichant un scepticisme trop outré pour être sincère.

Enfin, au jour dit, c'est-à-dire un mois après, exactement, que miss Carrell eut envoyé son télégramme, de face, de profil et de trois quarts, la presse mondiale publia son portrait...

Tout New-York stupéfait reconnut Elsie Carrell.

Ce fut une ruée.

Aux kiosques on s'arrachait les journaux.

Devant l'hôtel de la jeune fille, interrompant la circulation, plusieurs milliers de personnes stationnaient, commentant la nouvelle.

Les journalistes avaient pris la maison d'assaut, voulant interviewer la jeune fille, mais ils se heurtaient tous à la même réponse.

— Miss Carrell a disparu.

— Quand ? Comment ?...

— Nous ne savons rien.

Et, comme ils insistaient, les domestiques répondaient :

— Nous ne pouvons vous dire qu'une chose : nous avons conduit hier au soir miss Carrell et miss Betty à la gare du Pensylvania Railway.

— Avaient-elles beaucoup de bagages ?

— Aucun.

— Où allaient-elles ?

— Nous ne saurions vous le dire, car nous n'en savons rien.

Et, dès que les journalistes ressortaient, ils étaient entourés par la foule qui voulait savoir.

La situation devenait intenable et la police dut intervenir pour dégager la voie.

A regret, les curieux s'essaimèrent, mais la fièvre ne se calma pas.

Le nom de miss Carrell était dans toutes les bouches, et, machinalement, le passant, obsédé par son idée fixe, contemplait aux étalages les portraits de l'héroïne du jour.

Or, vers quinze heures, un fait nouveau se produisit qui, loin de calmer l'agitation, ne fit que l'augmenter.

Un ronronnement formidable se fit entendre, dominant les bruits de la ville.

La foule leva la tête, croyant voir, rasant les terrasses des gratte-ciel, un aéroplane passer rapide.

Elle ne se trompait qu'à demi.

C'était bien un avion qui planait sur la ville, mais nul ne pouvait l'apercevoir encore.

Et pourtant, d'instant en instant, les bruits du moteur augmentaient d'intensité, faisant vibrer tous les cœurs.

— Le voilà ! cria quelqu'un.

En suivant le geste de celui qui l'avait découvert en premier, la foule l'aperçut enfin.

Mais ce n'était encore qu'un point dans l'espace.

Et, toujours, infernal, le ronronnement continuait.

Pourtant le point grossissait.

On distinguait maintenant les ailes, la carlingue...

— Il est énorme !... murmurait-on.

Et il n'y avait aucune exagération dans ce terme.

C'était bien un géant des airs qui, traçant de larges cercles dans la lumière, se rapprochait du sol.

Soudain dix, vingt, cent poitrines, dans le vacarme assourdissant se mirent à crier :

— Un Français !... C'est un Français !... On voit ses cocardes !... Bleu, blanc, rouge, c'est un Français...

Gracieux, malgré sa masse, blond dans la clarté des rayons d'or du soleil, l'appareil semblait glisser dans l'air pur en se rapprochant sans cesse.

On distinguait ses moindres détails, depuis la robustesse de ses ailes géantes, jusqu'aux gouvernails que maniait une main sûre.

Et voici que, tout à coup, des flancs de la carlingue, une multitude de papillons blancs semblèrent s'envoler.

Tourbillonnant, planant, glissant rapides, se balançant dans la brise, ils tombaient vers les mains avides qui se tendaient.

Ils arrivèrent...

On lut :

« Moi, Jacques de Montnoir, aviateur français, « selon l'antique usage de la chevalerie, proclame « que celle dont les journaux, ce matin, ont publié « le portrait, est la plus belle d'entre les belles, la « plus vaillante, la plus pure ; déclare traître et « félon celui qui le niera ; d'ores et déjà affirme « sans la connaître que, seule, elle est digne de « porter la couronne qu'illustrèrent mes aïeux les « ducs de Montnoir. »

La lutte était engagée.

Une immense rumeur monta des avenues de la cité.

— De Montnoir !... De Montnoir !...

On le connaissait, ce nom synonyme de vaillance, d'abnégation.

— De Montnoir !... De Montnoir !...

On se rappelait ses prouesses pendant la terrible tourmente qui avait laissé le monde pantelant depuis 1914.

— De Montnoir !... De Montnoir !...

— Mais il y a quelques jours encore il était à Paris ! dit quelqu'un...

— Eh ! pardieu, clama un autre, il a traversé l'Océan.

Du coup, l'enthousiasme ne connut plus de bornes.

Des bras se levaient, agitant des chapeaux, des cannes, des mouchoirs, vers l'avion, qui continuait sa ronde, en laissant échapper de ses flancs la neige de ses papillons...

— *Hip ! Hip ! Hurrah !* clamait la foule. De Montnoir, *for ever !*

Pendant plus d'une heure, le tumulte continua.

Aux fenêtres, des grappes humaines se penchaient, unissant leurs cris à ceux des promeneurs en délire.

Enfin, lentement, l'avion prit de la hauteur, le bruit de ses moteurs s'atténua, et bientôt il disparut aux yeux de la foule qui, émerveillée de tant d'audace tranquille, continuait à discuter.

Pâles, frémissants, deux êtres cependant n'avaient pas pris part à l'enthousiasme de leurs concitoyens.

Certes, du regard, ils avaient suivi les évolutions de l'avion de de Montnoir mais, à grand'-peine, ils avaient dû refréner les exclamations de dépit prêtes à s'échapper de leurs lèvres.

— Eh bien, que dis-tu de cela, Sullivan ? questionna l'un d'eux, lorsque, la foule s'étant dispersée, ils purent causer sans crainte d'être entendus.

— Ce que j'en dis, Gene ? Mais pas grand'-chose. Ce que de Montnoir vient de faire est bien dans le caractère français... Du panache, encore du panache, toujours du panache... Ce monsieur veut jouer au Cyrano...

— N'empêche qu'il a traversé l'Océan...

— Oh ! je ne lui enlève rien de sa valeur... Incontestablement, c'est lui qui sera notre pire adversaire. Mais ne devions-nous pas nous attendre à quelque chose de ce genre ? La fortune de miss Carrell est un appât qui, certainement, nous attirera d'autres concurrents.

— Que comptes-tu faire ?

— Je l'ignore. Tout dépendra de ce que fera de Montnoir. Mais, dès maintenant, il faut hâter nos préparatifs de départ afin de ne pas être devancés par lui.

— Ne crois-tu pas qu'il serait bon de le surveiller ?...

— En effet !... Je te laisse le soin d'avertir Jeff. Qu'il fasse le nécessaire ! Il ne faut pas, dès qu'on saura où il a atterri, qu'on le lâche d'une semelle.

— N'aie crainte.

Ils se séparèrent.

Cependant, dans la ville, l'effervescence continuait.

Les journaux du soir, par des éditions spéciales, confirmèrent l'étonnante prouesse que venait d'accomplir de Montnoir.

Pour la première fois, un homme, d'un seul coup d'ailes, avait relié Paris à New-York à la vitesse vertigineuse de plus de trois cents kilomètres à l'heure.

Pour la première fois, un être, sans escorte d'aucune sorte, avait osé survoler l'immensité mouvante, sachant qu'en cas d'accident il serait irrémissiblement perdu.

Parti du Bourget, l'avion, gigantesque albatros, était venu se poser à Long-Island, et, à jamais, le nom de de Montnoir et de son fidèle mécanicien, Blainville, devenaient célèbres.

Sans aucune discordance, dans tous les journaux, sans distinction de partis, on pouvait lire les mêmes éloges dithyrambiques à l'adresse des deux jeunes aviateurs qui, en voulant conquérir le cœur de miss Elsie Carrell, avaient du même coup, atteint les sommets de la gloire.

Une longue description technique de leur appareil suivait.

Nous en ferons grâce à nos lecteurs.

Il est cependant utile que nous disions, car cela peut avoir de l'importance dans la suite de ce récit, que, sur les indications de de Montnoir, l'avion avait été muni de deux flotteurs qui, en ne gênant en rien à l'atterrissage, lui eussent permis d'amerrir en cas de nécessité. D'autre part, ne sachant en quelles contrées il allait être entraîné, il avait prévu, comme armement, l'emplacement de trois mitrailleuses, une en avant à portée de sa main et une à droite et à gauche de Blainville, qu'il comptait monter avant de prendre l'envol définitif.

Et la foule, errant dans le crépuscule, avidement, lisait tous ces détails qui mettaient en joie son esprit sportif.

La nuit vint.

Dans la clarté aveuglante de ses réclames multicolores, la ville entière semblait frémir, tandis qu'aux lèvres des promeneurs, les noms de de Montnoir et de Blainville revenaient sans cesse.

Dans les cafés, dans les bars, dans les dancings, dans les music-halls, dans les théâtres, une même fièvre brillait dans tous les yeux.

La fièvre animant l'esprit devant une prouesse sans égale.

Les musiciens ?... Les jazz ?... Les artistes ?...

Qu'importe !...

On ne pensait qu'à eux.

Et cependant qu'au loin fuyait Elsie, cause de ce grand triomphe, Elsie qui ne soupçonnait pas que deux êtres, pour elle, avaient osé affronter les traîtrises d'un pareil voyage, dans la chambre d'un hôtel de Broadway, de Montnoir et Blainville causaient en riant :

— Eh bien, Jacques, questionnait ce dernier, es-tu content ?...

— On le serait à moins, mon vieux Georges.

Et, gaiement, de Montnoir ajouta :

— Nous commençons par un triomphe ; espérons que nous terminerons par une victoire.

— Ça te fera une palme de plus, conclut Blainville.

CHAPITRE III

JACQUES DE MONTNOIR ET SON AMI BLAINVILLE

En vingt-quatre heures, la nouvelle de l'exploit de de Montnoir avait fait le tour du monde, portée par les ondes de la T. S. F.

Certes, le nom de miss Elsie Carrell était mêlé à l'histoire de l'aviateur, mais son étoile pâlissait dans le rayonnement de la gloire du jeune héros.

Des télégrammes arrivaient de tous les points du globe à l'adresse de de Montnoir et ce fut tout pantois qu'il reçut, vers onze heures du matin, l'avis du directeur de l'hôtel lui annonçant que Son Excellence l'ambassadeur de France l'attendait dans le grand salon.

Mandée par dépêche, l'Excellence venait en effet lui apporter les félicitations officielles d gouvernement et lui faire part de son élévation au grade d'officier de la Légion d'honneur.

Tout ému, de Manoir, remercia, mais — toute gloire a son revers — il dut subir ensuite l'assaut des journalistes venus pour l'interviewer de nouveau.

On voulait savoir quels étaient ses projets et devant cette question, il ne put dissimuler un fol éclat de gaîté.

— Mes projets, dit-il, mais, messieurs, je n'en ai pas et ne peux en avoir. Miss Elsie Carrell pourrait seule vous renseigner à ce sujet, et, comme je ne veux pas me laisser distancer par vous, je ne pourrai vous répondre que le jour où j'aurai découvert sa piste.

— Savez-vous qu'en ce moment vous avez six concurrents ?

— Je l'ignore.

— En réponse à nos télégrammes, nous avons reçu par T. S. F. les avis suivants : un Espagnol, don Luis Moralès, vogue en ce moment vers ces rives pour vous disputer miss Carrell. Un Japonais est arrivé hier à San-Francisco dans le même but. Nous avons aussi un prince hindou, un Anglais et enfin deux de nos compatriotes.

— Merci de ces renseignements, mais je m'attendais à ce que la lutte soit vive. Maintenant, messieurs, je n'ai plus qu'une chose à vous dire : lorsque j'ai reçu le message de miss Elsie Carrell à Paris, ce message était anonyme et je ne savais, en conséquence, quelle était celle qui l'avait envoyé. Pourtant, immédiatement, j'ai été séduit par ce caractère de jeune fille qui, s'évadant des règles périmées du passé, ne voulait se donner qu'au plus vaillant. Les jours passèrent et, peu à peu, l'amour naquit. En arrivant ici, vous savez quel était mon état d'âme. Vous devez concevoir qu'il n'a pas changé depuis que je sais la beauté de celle que je veux conquérir. Je ne vous prie donc que d'enregistrer mon désir de lutter jusqu'à l'extrême limite de mes forces et mon espoir de triompher.

De Montnoir disait vrai.

Le jour où miss Carrell avait lancé son message de par le monde, il était au repos, en compagnie de son fidèle Blainville, dans son petit appartement de la rue de Penthièvre. Tout en devisant, ils écoutaient les communications radiophoniques qu'égrenait un haut parleur, lorsque, soudain, après un temps d'arrêt inusité, la voix lointaine avait lu le texte du télégramme.

Un éclat de rire avait souligné la fin de cette lecture, mais dans ce rire il y avait une certaine retenue et, lorsque le cours normal des communications avait repris, coupant les contacts d'un geste nerveux, de Montnoir s'était mis à causer avec son ami.

Il était visiblement préoccupé et Blainville, narquois, s'était écrié :

— Eh bien, quoi, mon vieux Jacques, à quoi penses-tu ?...

Il avoua :

— A la dépêche qu'on vient de nous transmettre.

— Canard transatlantique.

— Je ne le crois pas.

— Et quand cela serait ? Tu ne vas pas, je suppose, te lancer à la poursuite d'une problématique fiancée qui ne donne ni son nom, ni son adresse.

— Dans un mois nous serons renseignés.

— Jacques, parlons sérieusement. Est-ce que vraiment tu aurais l'idée ?...

— Pourquoi pas ?...

Et, après un temps :

— Refuserais-tu de me suivre ?

— Tu es fou.

Ils se turent.

Jacques, large de carrure, le front haut, les yeux clairs, allait et venait, songeur, dans le salon, grillant cigarettes sur cigarettes ; Blainville, silencieux, le regardait, admirant son allure souple, dissimulant une force que, seuls, ses intimes connaissaient.

Force physique et force morale.

Il avait un ascendant sur tous ceux qui l'approchaient, qu'on subissait sans avoir le désir de s'y dérober.

Il était pour tous le camarade dans toute l'acception du mot, mais, pour Blainville, il était l'ami.

Riche, de caractère noble, il dédaignait les mesquineries jalouses et répondait à ses détracteurs, fort rares, par des prévenances qui les confondaient.

Blainville lui ressemblait.

Certes, il n'avait pas son éducation, son instruction ; il travaillait pour vivre, mais, sous la rude écorce, de Montnoir avait deviné un cœur vibrant et aimant, une âme sensible à tout ce qui est beau et grand, et il en avait fait son collaborateur, d'abord, son ami ensuite.

Or, en ce moment, Blainville sentait tout ce qui se passait en le cerveau de de Montnoir et il ne fut pas surpris, lorsque celui-ci affirma :

— Eh bien, oui, c'est décidé, Georges, je pars.

Blainville rectifia :

— Tu veux dire sans doute, nous partons ?

— C'est la même chose.

— Parfait !...

— Tu ne me demandes pas pourquoi cette décision ?...

— Je sais que tu vas me le dire.

— Eh bien, mon vieux Georges, tout simplement parce que j'ai compris l'appel de cette jeune fille... Le début à lui seul nous dit ce qu'elle ressent : « S. O. S. Je m'ennuie !... » Riche, belle, voilà une créature qui lance jusqu'aux antipodes un cri de détresse... Faut-il, Georges, qu'elle sente assez le vide qu'il y a autour d'elle ?... L'isolement dans la fortune... Ce doit être terrible... Se dire que tous ceux qui vous entourent ne sont avides que de votre or.

Blainville sourit.

— Il ne faut pas trop la plaindre, Jacques, elle a des compensations...

— Non ! Je ne la plains pas, Georges, je l'admire. Je l'admire, parce qu'elle a su donner une forme à son idéal. Les paroles vaines, sur cet être qui ne rêve que d'action, n'ont aucune emprise. La caresse du flirt n'a pour elle aucun attrait et elle ne se donnera qu'à celui qui aura eu assez d'énergie pour surmonter tous les obstacles de la lutte qu'elle nous propose.

— *Sors vainqueur d'un combat dont Chimène est le prix*, railla doucement Blainville.

— C'est cela.

— Donc, nous partons, c'est dit, poursuivit Blainville. Reste à savoir quand et comment

— Quand ? dans vingt-huit jours ! Comment ? En avion.

— Comment, tu as la prétention...

— Aurais-tu peur ?...

— Jacques !

— Alors, assez discuté, et travaillons.

Ils avaient tenu leurs projets secrets, mais, pendant les semaines qui les séparaient encore de l'heure du départ, ils s'étaient livrés à un labeur de tous les instants, vérifiant complètement leur appareil, se livrant à des essais de tous genres, couvrant dans une journée, en guise d'entraînement, des distances énormes. Enfin, le jour fixé pour l'envol approchant, l'avion étant prêt, ils s'accordèrent quelques journées de repos, étudiant dans le calme de l'appartement de la rue de Penthièvre, les cartes marines, le régime des vents régnant à cette époque sur l'Atlantique, afin de ne rien laisser à l'imprévu.

Et le jour vint.

A l'aurore ils se présentèrent au camp d'aviation du Bourget où, en présence de nombreux camarades qui avaient deviné un départ sensationnel, ils vérifièrent rapidement, une dernière fois, leur appareil.

Tout était en ordre.

Ils allaient prendre place à bord, lorsque le constructeur accourut.

— Enfin, s'écria-t-il, me direz-vous, de Montnoir, quel est le but de cette randonnée ?

De Montnoir avait souri.

— Il n'y a plus à le cacher maintenant, dit-il. Mon but ? L'Amérique et la conquête d'un cœur.

Et tandis que, stupéfaits, ahuris, tous les témoins de cette scène restaient muets, rapidement, de Montnoir et Blainville avaient sauté dans l'appareil et, dans le fracas des hélices tournant à plein régime, après avoir roulé pendant une centaine de mètres à peine, avaient décollé, pris de la hauteur et piqué droit sur l'Angleterre.

On sait comment se termina cet envol prodigieux, que tous ceux présents au départ avaient jugé comme étant d'une témérité folle.

Donc, de Montnoir et Blainville étaient les hommes du jour. Mais cela n'était pas sans inconvénient, pour la rapide enquête qu'ils comptaient faire avant de se lancer à la poursuite d'Elsie Carrell.

En effet, ils ne pouvaient faire un pas dans les rues, sans être immédiatement reconnus et déjà de Montnoir s'avisait du moyen de disparaître momentanément, lorsque à son hôtel une dépêche arriva, qui le laissa perplexe.

« Bravo ! disait-elle. Je salue mon chevalier servant et applaudis de tout cœur à son premier triomphe.

« ELSIE. »

— Et cela vient d'Atlanta, murmura de Montnoir. Qu'en penses-tu, Blainville ?...

— Méfie-toi.

De Montnoir réfléchissait.

— On peut, en effet, chercher à m'égarer, dit-il après un court silence ; mais, je ne sais pourquoi, j'ai le pressentiment que cette dépêche a bien été envoyée par miss Carrell. D'autre part, pour que mes concurrents puissent, pour me lancer sur une fausse piste, me faire parvenir ce papier, il faudrait qu'ils eussent des complices prévenus, là-bas. Or, cela est matériellement impossible.

— Pourquoi ?... Puisque tu admets la chose possible pour miss Carrell, pourquoi n'admettrais-tu pas que quelqu'un eût pu faire parvenir un message quelconque à Atlanta, donnant ordre de te télégraphier dans le même sens...

— Soit !... mais il y a les termes du télégramme.

— Ceci est une autre question et j'avoue qu'il me paraît difficile d'attribuer une pareille rédaction à un Yankee...

— Alors ?...

— Nous ne risquons rien d'y aller voir.

En ayant ainsi décidé, les deux amis se rendirent immédiatement à Long-Island, pour donner les ordres nécessaires pour leur prochain départ.

Dans la foule qui les entourait, ils ne remarquèrent pas deux hommes qui épiaient le moindre de leurs mouvements et qui, soigneusement, enregistraient toutes leurs paroles. C'était, d'une part, celui que son concurrent américain Sullivan avait avait désigné à son ami Gene sous le nom de Jeff et, de l'autre, un petit bonhomme à mine de fouine, qui semblait glisser parmi les rangs pressés de ceux qui suivaient les deux aviateurs.

Tranquilles, sans arrière-pensée, de Montnoir et Blainville, en combinaison, s'affairaient autour de leur appareil, en compagnie de quelques camarades américains, qu'ils avaient connus sur le front pendant la guerre et qui avaient tenu à les aider.

Enfin, lorsque la vérification fut terminée, de Montnoir et Blainville firent rentrer l'appareil, veillèrent à ce que la porte du hangar soit bien fermée et s'éclipsèrent, songeant à aller prendre le repos nécessaire à la randonnée du lendemain.

Mais ils n'étaient pas au bout de leurs suprises.

En arrivant à leur hôtel, ils remarquèrent devant la porte une puissante torpedo dont le chauffeur eut, en le voyant, un geste de surprise.

Ils comprirent, lorsqu'en entrant, ils virent le directeur se précipiter vers eux.

— Masters, dit-il, il y a là un visiteur qui vous attend depuis un quart d'heure.

— Encore un journaliste, sans doute, maugréa de Montnoir ; ils ne peuvent donc pas me laisser tranquille.

— Non, master, je ne crois pas, répondit le directeur, je crois plutôt...

Mais de Montnoir l'interrompit :

— Où est-il ?...

— Dans le salon.

— Bien, j'y vais. Tu viens, Blainville.

A leur vue, un homme de stature colossale se leva et vint à leur rencontre.

Il avait le teint mât, son visage entièrement rasé s'éclairait de deux yeux dans lesquels se lisait une volonté inflexible. Sa marche était pesante, mais non sans noblesse ; sa tenue était sans conteste celle d'un gentleman.

Il se présenta :

— Master Harry Pertry Sullivan.

Et, regardant fixement l'aviateur :

— Monsieur de Montnoir, n'est-ce pas ?...

— Oui ! monsieur, répondit simplement celui-ci.

— Pourrais-je avoir un entretien particulier avec vous ?...

— Nous sommes seuls, monsieur, parlez.

Et comme l'Américain regardait Blainville :

— Mon ami et moi, monsieur, ajouta-t-il, nous ne faisons qu'un.

— Cependant, monsieur de Montnoir, je vous affirme que ce que j'ai à vous dire est très particulier.

— Allons, monsieur, ne tardez pas davantage, je vous le répète : mon ami peut et doit tout entendre...

L'Américain se décida.

— Vous devez partir demain, dit-il.

— Oui !

— Des hommes à mes gages m'ont prévenu.

De Montnoir fronça les sourcils.

— Qu'est-ce à dire, monsieur, vous me faites espionner ?...

— C'est mon droit, monsieur, car, je vous le déclare, miss Elsie Carrell sera mienne.

De Montnoir se mit à rire :

— Parlons sérieusement, monsieur, dit-il, railleur, et ne me retenez pas davantage si vous n'avez pas autre chose à me dire.

Mais l'Américain ne se départit pas de son calme et, froidement :

— Combien ? dit-il.

De Montnoir, stupéfait, ne comprenant pas, ou n'osant pas comprendre, répéta :

— Combien ?...

— Oui ! poursuivit l'Américain, je vous demande combien vous désirez de dollars pour abandonner ?...

Un formidable éclat de rire lui répondit, tandis qu'il poursuivait :

— Cent mille ?... deux cent mille ?... trois cent mille ?...

Mais de Montnoir, comprenant que le jeu avait assez duré, l'interrompit :

— Assez, monsieur, assez ! s'écria-t-il. La main de miss Carrell n'est pas aux enchères. Il faut la gagner et je m'étonne que vous, un gentleman, vous ne l'ayez pas compris.

— Prenez garde !...

— Que je prenne garde, monsieur ? Vous voulez rire... Sachez que les menaces ne m'ont jamais fait peur.

L'Américain parut se calmer.

— Monsieur de Montnoir, dit-il, il faut que vous abandonniez vos projets. Je vous le dis amicalement encore...

— En vérité, monsieur, ne continuez pas. Ne comprenez-vous pas qu'en ce moment vous m'insultez ?

— Je vous insulte !...

— Eh ! pardieu, clama de Montnoir, cela est-il donc au-dessus de votre entendement de *businessman ?* Vous m'offrez trois cent mille dollars, vous me menacez, vous me suppliez... Sachez, monsieur, que je n'ai pas l'âme d'un mercanti et d'un lâche. Vos gratte-ciel montent très haut, mais ils sont rivés au sol. Moi, quand je m'élève, je plane dans l'azur et je ne redescendrai jamais que par mon vouloir...

— A moins que vos ailes se brisent, railla l'Américain.

Fixement, de Montnoir le regarda, puis, après un temps :

— Oui, monsieur, dit-il gravement, à moins que mes ailes se brisent, mais alors... je serais mort !...

Et, comme l'Américain faisait un geste :

— Plus un mot, s'écria-t-il. C'est inutile, monsieur. Vous dites que miss Carrell sera vôtre. Si vous triomphez noblement, sachez que je m'inclinerai. Mais sachez aussi que je ferai tout mon possible pour vous arracher la victoire. Car je l'aime, vous entendez, je l'aime et tout l'or du monde ne m'arracherait pas cet amour du cœur.

Un sourire aux lèvres, l'Américain considéra un instant de Manoir qui, frémissant, se contenait, puis, haussant les épaules, il se dirigea vers la porte et disparut.

— Goujat ! hurla Blainville, en tendant le poing. On se retrouvera.

CHAPITRE IV

DANS LEQUEL MISS ELSIE CARRELL COMMENCE A VIVRE

De Montnoir ne s'était pas trompé. Ayant appris à Atlanta l'exploit du jeune aviateur, Elsie avait voulu lui envoyer ses encouragements, mais avait exigé un départ immédiat de cette ville.

Des couloirs du wagon spécial qui lui était réservé, elle regardait le paysage qui se déroulait devant ses yeux et ne put contenir son enthousiasme lorsque, dans la splendeur du soleil couchant, elle aperçut l'Alabama.

Le fleuve coulait, uni comme un miroir dans la plaine. Dans d'imperceptibles remous se balançait la somptuosité des teintes que l'astre agonisant jetait comme à plaisir sur la nature entière. La gamme des roses, des violets, des ors jouait dans les frémissements de l'eau, dans les roseaux et sur les rives, tandis que, tendant leurs grands cous, effrayés par le passage du train, des flamants, corsetés de gris ou de rose, s'envolaient pesamment et que plongeaient, rapides comme l'éclair, des martins-pêcheurs, zébrant l'air de vert et d'or.

Et ce fut Mobile (port important que le train traversa lentement pour arriver quelques heures après à la Nouvelle-Orléans) ; puis le Texas ; puis le Mexique.

Elle suivit d'un œil amusé les péripéties d'un « colear » que des gardiens de troupeaux avaient organisé entre eux. Riant follement en voyant les jeunes taureaux poursuivis foncer tête baissée dans la prairie, harcelés par les cavaliers ; s'angoissant, lorsque las, furieux, l'animal faisait enfin tête à son poursuivant pour ensuite se précipiter sur lui, cornes en avant ; applaudissant, joyeuse, quand, après une volte gracieuse, ayant évité le fauve, le gardien saisissait la queue de l'animal furieux et la tordait en une prompte et énergique secousse qui le jetait sur le sol, l'œil sanglant, les flancs convulsifs.

Rapides visions d'un voyage à travers les prairies du centre de l'Amérique auxquelles succédèrent bientôt les majestueux décors de la Cordillère.

La nuit était venue.

Au flanc de collines pittoresques, la voie filait,

rayant d'acier ses multiples lacets, dominant la vallée où l'on devinait, sous le clair de lune, des champs de blé et de maïs clôturés de hauts cactus et d'agaves géants.

Soudain, en une brusque secousse, le train s'arrêta.

Des têtes effarées apparurent aux portières, mais, déjà, les employés circulaient, tranquillisant les voyageurs.

— Ce n'est rien, disaient-ils, une avarie de machine ; c'est l'affaire d'une demi-heure.

Elsie, suivie de Betty et de Tom Lix, sauta sur la voie.

Une demi-heure !... Ils avaient le temps de se dégourdir les jambes.

Tout en causant, ils gagnèrent la tête du convoi ; puis, après avoir regardé le mécanicien et le chauffeur qui s'affairaient, ils s'éloignèrent insensiblement.

La nuit était splendide...

Les phares de la locomotive de leurs faisceaux lumineux trouaient les ténèbres...

Au bruit de leurs pas, ils entendaient fuir, parmi les taillis, les bêtes nocturnes, mais ils n'y prenaient point garde.

Et, tout à coup, comme ils venaient de tourner, au long de la voie, le coude d'une rampe, une dizaine d'hommes masqués bondirent et les entourèrent, revolvers aux poings.

Elsie éclata de rire.

— Eh ! gentlemen, dit-elle, joyeuse, rentrez donc ces petits joujoux...

Mais, brutal, celui qui paraissait commander la bande ordonna :

— Silence !...

Et, se tournant vers ses complices, il poursuivit :

— A la sierra, et vite !...

Avant qu'ils aient pu esquisser un geste de défense, bâillonnés et garrottés, Elsie, Betty et Tom Lix furent jetés sur des mulets qui attendaient à quelques pas et toute la troupe se mit en marche sous bois.

A ce moment, la locomotive déchira l'air d'un long coup de sifflet, puis, en un halètement formidable, elle reprit sa marche en avant, passa au-dessus des fuyards, monta toujours, encore, et disparut dans la nuit.

Les bandits ne s'arrêtaient pas.

Portés par leurs mules, Elsie dont les yeux pétillaient de malice, Betty qui s'angoissait, Tom Lix qui se jugeait ridicule en pareille posture, voyaient défiler devant eux tout ce que la vie tropicale révèle de richesse et d'exubérance.

Enfin, après une demi-heure de marche, le chef cria :

— Halte !...

Puis, s'approchant de ses prisonniers, il les regarda, semblant chercher à deviner la valeur de sa prise.

Il sourit en voyant aux oreilles d'Elsie scintiller de superbes diamants et, désinvolte mais superbe, d'un geste vif, il arracha le bâillon et les liens de notre héroïne.

— Miss, dit-il alors, je ne veux pas porter la main sur vous et vous prie de bien vouloir me faire cadeau, en souvenir de notre rencontre, des rayons de soleil qui pendent à vos oreilles.

— On n'est pas plus aimable, señor, s'esclaffa Elsie, mais vous allez d'abord délivrer mes compagnons et nous verrons ensuite...

— Je suis votre serviteur...

Il s'empressa, aidé par ses complices, de satisfaire au désir d'Elsie, et Betty, bientôt déliée, se réfugia, tremblante, auprès de sa maîtresse, tandis que Tom Lix, rageur, ayant enfin les mains libres et croyant pouvoir profiter de la trêve accordée par les aventuriers, tirait ses revolvers et les braquait sur ses adversaires, en criant :

— *Hands up !...* bandits !... *Hands up...* ou je vous mitrail...

Il n'acheva pas.

D'un bond, le chef s'était rué sur lui, l'avait ceinturé, jeté à terre et désarmé.

— Canailles ! hurla Tom Lix.

Mais le chef ne lui répondit pas et, se tournant vers Elsie :

— Vous m'excuserez, miss, de ma brutalité, dit-il, mais il faut que je veille à la sûreté de mes compagnons.

— Vous finirez au bout d'une corde, clama Tom Lix.

— Peut-être, répondit le chef, mais en attendant, master, tenez-vous tranquille, sinon je me verrai forcé à vous bâillonner de nouveau.

Et s'adressant à Elsie :

— J'ai tenu ma promesse, miss ; veuillez tenir la vôtre.

— Un mot encore, señor... Que comptez-vous faire de nous ?

— Vous emmener dans mon refuge de la Cordillère d'Anahuac, au pied du Popocatepetl.

— Et ensuite ?

— Cela dépendra de vous.

— Que voulez-vous dire ?...

— Ne le comprenez-vous pas ?...

— Précisez.

— Je n'ai aucune donnée pour le faire... Qui êtes-vous ?... Je ne sais. Je ne puis donc évaluer le prix de votre liberté...

Elsie se mit à rire...

— Vous êtes un homme d'affaires, señor, dit-elle, et je vous félicite. Je ne veux pas vous duper. Je suis miss Elsie Carrell...

Un éclair de joie aux yeux, le bandit ricana :

— La prise est bonne, alors. Que diriez-vous, si j'exigeais votre main ?...

— Vous êtes donc au courant ?

— Oui, miss : avant-hier, je me trouvais à Puebla-de-los-Angeles et on ne parlait que de vous dans la ville.

— Alors, que décidez-vous ?

— Je ne suis pas seul, miss. Il faut que je consulte mes camarades. Je vais le faire et croyez bien que je ferai tout mon possible pour que votre séjour parmi nous soit des plus courts, afin que vous puissiez, au plus tôt, reprendre votre randonnée.

Et, faisant signe à quelques-uns des hommes qui

l'entouraient, après avoir donné quelques ordres brefs à ceux qui demeuraient chargés de les garder, le chef s'éloigna.

La discussion fut orageuse. Enfin, après un long quart d'heure, le chef reparut, suivi de ses compagnons.

— Miss, dit-il, vous ne pourrez nier qu'une existence comme la vôtre est précieuse. Nous n'avons pas voulu faire rentrer en ligne de compte celle des deux personnes qui vous escortent et nous avons fixé votre rançon à un demi-million de dollars.

— J'accepte, señor, à une condition cependant.

— Laquelle ?...

— C'est que vous me laisserez les pierres que vous convoitiez, il y a un instant, car ma mère les a portées et elles sont sacrées pour moi.

— Et si je refuse ?...

— Vous n'oseriez pas, señor. Voici, d'ailleurs, de quoi compenser cette perte.

Et elle lui tendit une bague magnifique.

— Miss, dit-il, en la prenant, je la garderai en souvenir de vous...

Elsie sourit, en songeant que le premier souci de cet homme serait de se débarrasser de ce bijou compromettant, mais, ne laissant rien paraître de sa pensée, elle s'écria :

— Allons, señor, il s'agit de nous sortir de là le plus tôt possible. A quelle distance sommes-nous de Mexico ?...

— Une journée de cheval, à peine.

— Eh bien, voici ce que je vous propose... Il est inutile de poursuivre votre route jusqu'à la Cordillère d'Anahuac. Vous devez bien connaître un refuge dans ces parages ?...

— Oui ! Une grotte à un mille d'ici.

— Bien. Nous allons la rejoindre et nous y reposer jusqu'au jour. Demain, mon compagnon restant aux mains de vos camarades en guise d'otage, nous partirons tous trois, vous, moi et Betty, et nous gagnerons Mexico où je vous remettrai la somme convenue... J'ai foi en votre parole. Il ne vous restera plus qu'à faire reconduire monsieur jusqu'aux environs de la ville dès que vous serez revenu ici.

Et il fut ainsi fait.

Le lendemain, à l'aurore, ils se mirent en route.

Elsie était joyeuse.

— La bonne vie, Betty, disait-elle en riant, la bonne vie...

— A ce prix-là, Elsie, gronda Betty, vous serez vite ruinée...

— Bah ! Je gage que M. de Montnoir n'y verrait aucun inconvénient...

— Qui vivra verra...

— Allons, Betty, ne fais pas le bougon. Tu gâtes mon plaisir.

Mais, soudain, le ciel s'assombrit.

De tous les points de l'horizon de lourds nuages accouraient, se détachant en masses énormes sur l'azur éblouissant. Ils ressemblaient aux noirs panaches de fumée qui s'échappent des cheminées d'usines. Leurs volutes étaient frangées de gris et de larges traînées de feu se reflétaient sur leurs flancs.

Un gémissement monta des gorges montagneuses.

Une rafale passa, courbant les grands arbres comme des roseaux, soulevant des tourbillons de poussière...

— L' « aguacero » ! cria le chef, en un moment d'accalmie. Vite, cherchons un abri.

Et il s'élança, en éperonnant son cheval qui hennissait, épouvanté.

Elsie et Betty le suivirent et, quelques minutes après, blottis sous un énorme rocher, leurs chevaux soigneusement entravés, ils purent attendre la fin de la tempête.

Le vent avait cessé.

La nature semblait inquiète.

Les feuilles étaient immobiles.

Les oiseaux, sans un cri, fuyaient à tire-d'aile, apeurés...

Le silence était profond.

Mais ce calme annonçait l'orage.

Soudain, la terre sembla vibrer sous un formidable roulement que l'écho, de toutes parts, répercutait. C'était le tonnerre.

Zébrant le ciel en tous sens, déchiquetant les nuages de leurs zigzags éblouissants, les éclairs se succédaient sans interruption, tandis que d'énormes globes de feu sautaient sur la masse grise des nuées et éclataient, formidables.

Le ciel avait des reflets de sang.

De larges gouttes d'eau commencèrent à tomber, crépitantes, s'étalant en larges étoiles sur le sol desséché, criblant les feuilles.

Et ce fut l' « aguacero ».

En un instant, les sentiers se transformèrent en torrents.

De véritables cataractes bondissaient de rochers en rochers, arrachant les buissons sur leur passage.

De la terre surchauffée par de longs mois de sécheresse, sous le contact de l'eau bienfaisante, montait une buée légère.

Tout à coup, inquiet, le chef fit un geste...

Un long miaulement venait de se faire entendre dans l'ombre de la grotte.

— Des jaguars, murmura-t-il en un souffle.

Et, passant les revolvers qu'il avait à sa ceinture à Elsie et à Betty, il arma sa carabine.

Le miaulement recommença.

Alors, l'oreille tendue, l'œil aux aguets, l'homme s'avança, fouillant l'obscurité du regard, tandis qu'au dehors, dévalant du haut de la montagne, des trombes d'eau passaient en bruissant.

— Impossible de sortir d'ici, murmurait le bandit, et, d'autre part, voilà un voisinage bien dangereux.

Mais il éclata de rire.

Il venait, en effet, d'apercevoir sur le sol une masse grouillante, parmi des feuilles mortes. Cette masse était formée par six petits jaguars de la grosseur d'un chat, qui bataillaient entre eux, en attendant le retour de leur mère, partie à la chasse, et surprise, sans doute, par l' « aguacero ».

Il en saisit un par la peau du cou et appela Elsie :

— Tenez, miss, cria-t-il, voilà nos adversaires.

Elsie l'avait rejoint, suivie de Betty.

— Oh ! l'amour ! Oh ! la jolie petite chose...

— Il y en a d'autres.

— Où donc ?...

— Là...

Et Elsie et Betty s'emparèrent chacun d'un petit et revinrent vers l'entrée de la grotte, suivies de leur compagnon, riant et lutinant leurs prisonniers qui se défendaient, toutes griffes dehors.

Une surprise terrible les attendait...

Ruisselants, le poil fumant, l'œil sanglant, les babines retroussées sur des crocs menaçants, le mâle et la femelle étaient là, prêts à bondir.

Lorsqu'ils virent leurs petits dans les mains de Betty et d'Elsie, un grondement s'échappa de leurs flancs et, d'une brusque détente, ils s'élancèrent.

Le bandit, d'un coup d'œil, avait jugé la situation et, d'un geste nerveux, il rejeta Elsie en arrière.

Ce fut lui qui reçut le choc de l'animal, lui et Betty...

Ils roulèrent tous deux sur le sol.

Mais, tandis que l'homme empoignant le fauve à la gorge l'empêchait de mordre, Betty, moins forte, était à la merci de la femelle.

— Miss ! miss ! haleta le bandit, vite, à Betty.

Et Elsie, qui n'avait pas perdu son sang-froid, comprit.

Elle s'élança vers Betty, ce que voyant, la femelle lâcha prise pour faire face à ce nouvel adversaire.

Elle allait bondir.

Mais Elsie, très calme, la visait et, au moment où elle prenait son élan, deux détonations retentirent, coup sur coup, fracassant la tête de l'animal qui roula sur le sol où, après quelques brèves convulsions, il resta immobile.

Betty, évanouie, gisait auprès de lui.

Mais Elsie n'avait pas le temps de s'occuper d'elle.

La lutte entre le bandit et le jaguar continuait, en effet, terrible.

L'animal, exaspéré par les coups de feu et l'odeur de la poudre, stimulé par les miaulements de ses petits, tentait vainement d'échapper à l'étreinte de l'homme qui le tenait à la gorge.

La joue ouverte par un coup de griffe, l'épaule labourée, celui-ci faiblissait et Elsie tournait autour du groupe tragique, cherchant à tuer la bête sans blesser celui qui l'avait sauvée...

— Tirez ! Tirez !... miss... hurlait le malheureux.

Mais, toujours, Elsie hésitait, les deux corps ne faisant qu'un.

Enfin elle aperçut à la ceinture de l'homme un large coutelas...

Glissant le bras entre les pattes de l'animal, elle s'en empara et, de toute sa force, le plongea dans la gorge du fauve.

Il lâcha prise, mais il n'était que blessé et, terrible, il se retourna vers Elsie...

Elle était seule, la pauvre Elsie, seule en face de ce monstre, car, affaibli par la lutte et la perte de sang, l'aventurier venait à son tour de s'évanouir.

Elle ne tremblait pas.

Elle fixait le fauve qui, hideux, avec sa blessure béante à la gorge, se battait les flancs à grands coups avec sa queue, attendant le moment propice à l'attaque.

Lentement, Elsie leva son bras armé d'un revolver...

La bête ne fit pas un mouvement.

Visant posément la tête entre les deux yeux, Elsie, enfin, lâcha son coup.

Un rugissement répondit à la détonation.

Le fauve, au moment où Elsie tirait, baissant la tête, avait évité le coup mortel et la balle s'était logée dans son dos.

Il bondit.

Mais Elsie, par un de ces réflexes comme seuls peuvent en avoir les sportifs, tendit son poing armé du coutelas et l'animal s'enferra littéralement en faisant rouler la jeune fille sur le sol.

Il n'était pas mort, cependant.

Agonisant, il n'en était que plus terrible et, labourant le sol de ses griffes, il s'approcha d'Elsie qui, d'un bond, s'était relevée. Rageusement alors, faisant mouche à chaque coup, elle vida le chargeur de son revolver dans la tête de l'animal, puis, comme il ne bougeait plus, hébétée, elle regarda autour d'elle.

Au dehors, de nouveau le soleil étincelait.

Près d'elle, Betty et l'aventurier gisaient.

Elle se précipita vers son amie et vit qu'à part une égratignure sur le cuir chevelu, elle n'avait aucune blessure.

Laissant alors à la nature le soin de la faire revenir à elle, elle se tourna vers l'aventurier dont la face était couverte de sang ; mais, au moment où elle se penchait sur lui, celui-ci reprit connaissance.

— Eh bien ? questionna-t-il, hagard.

— C'est fini...

— Nous l'avons échappé belle... Votre amie ?...

— Toujours évanouie... Mais laissez-vous soigner...

Il sourit :

— Bah ! ce n'est rien. Une balafre de plus, ça n'a pas d'importance...

Et, en sautant sur ses pieds :

— Ce n'est pas moi que vous épouserez, n'est-ce pas, miss ?... Ne prenez donc pas garde à mon physique...

— Vous ne pouvez pas cependant rester ainsi...

— Je me laverai au prochain ruisseau. Un peu d'alcool sur la plaie et il n'y paraîtra plus. Occupons-nous de cette pauvre fille.

Sous les soins d'Elsie et de l'aventurier, Betty revint rapidement à elle et, après quelques instants de repos que l'aventurier mit à profit en se pansant sommairement, ils reprirent leur route.

Mais l'homme restait songeur.

Prétextant qu'ils avaient perdu un temps précieux, il accéléra l'allure, marchant toujours à une vingtaine de mètres en avant.

Pendant le court repas qu'ils firent vers le milieu du jour, Elsie ne put tirer de lui que de rares paroles et il s'isola de nouveau, dès qu'ils furent en selle.

Vers quatre heures après midi, ils arrivèrent

aux llanos de Salazar, après avoir traversé de grands bois de sapins et de hêtres.

Ils entraient dans des régions habitées, galopant dans de pittoresques vallées, entourées de hautes montagnes, apercevant parmi les arbres de ravissants villages aux maisons basses.

Et, tantôt montant des côtes rudes, tantôt dévalant des pentes rapides, suivant la route qui ondulait au long des premières assises de la Cordillère, ils traversèrent Rio-Hondo sous les regards curieux des indigènes qui ne voyaient pas sans surprise cet homme au visage entouré de linges tachés de sang, accompagnant ces deux jeunes femmes.

Ce furent ensuite des champs de maïs aux lourds épis, des jardins fleuris de fleurs somptueuses, des villas élégantes, d'immenses haciendas aux murs épais comme ceux d'une forteresse, des prairies d'un vert émeraude où paissaient des troupeaux de génisses et, parmi les grands arbres, le reflet des lacs en miniature, le gazouillement des ruisseaux.

Ils arrivaient.

C'était Mexico.

Dans la nuit tombante, des voies larges s'ouvraient devant eux. La lumière électrique étincelait de toutes parts. Tramways, fiacres, équipages, autos, évoluaient, rapides. En nappes lumineuses, l'éclairage des grands magasins s'épandait sur les trottoirs.

Elsie arrêta son cheval.

— Que comptez-vous faire, señor ? dit-elle en s'adressant à l'aventurier. A ces heures-ci les banques sont fermées, je ne pourrai vous remettre la somme convenue avant demain.

— Je le sais, miss, mais, peu importe, j'ai confiance en vous. Dites-moi le nom de l'hôtel où vous allez descendre et demain je me présenterai à vous.

Elsie réfléchissait.

— Non, señor, dit-elle enfin, malgré que tout ce qui est arrivé soit arrivé par votre faute, je ne puis oublier que vous m'avez sauvée. Si vous le voulez bien, vous allez venir avec nous et, pour une nuit, le même toit nous abritera.

Et l'aventurier accepta.

Sur les indications d'un policeman qu'Elsie avait interpellé, ils gagnèrent la rue du Cinq-Mai et descendirent à l'Atlantic-Hôtel où, lorsque, après avoir demandé la discrétion la plus absolue, miss Carrell eût révélé qui elle était, ce fut un effarement.

Elle apprit ainsi que, depuis trente-six heures, la police était à sa recherche, qu'on la croyait assassinée ; que des télégrammes étaient partis dans toutes les directions ordonnant des enquêtes, mais cela ne l'émut pas, et elle remit au lendemain la tâche d'apaiser toutes les inquiétudes.

La nuit passa.

A huit heures du matin, Elsie fit mander auprès d'elle l'aventurier qui, ayant dû décliner une identité quelconque, avait dit s'appeler Gomez Padilla.

— Eh bien, señor, dit-elle, dès qu'il fut en sa présence, il va falloir nous séparer.

Il ne répondit pas et elle poursuivit :

— Je vais vous donner un chèque que vous irez toucher à la Banque Mexicaine, où des fonds sont déposés à mon compte...

Semblant sortir d'un rêve, l'aventurier l'interrompit :

— Pardon, miss, dit-il, je vous demande de réduire la somme convenue de deux cent mille dollars...

Etonnée, Elsie le regarda.

Il continua :

— Je vous prie aussi de bien vouloir reprendre la bague que vous m'avez donnée hier, car...

Mais, souriante, Elsie ne le laissa pas achever.

— Non, señor, dit-elle, ce qui est convenu doit être exécuté. La bague, vous l'avez gagnée en me sauvant. Quant à l'argent...

— Je ne l'ai pas gagné, miss, je le vole. Je suis obligé d'accepter trois cent mille dollars, car c'est la part de mes camarades qui retiennent Mr. Tom Lix en otage, mais je ne veux rien pour moi.

Pensive, Elsie le regardait.

— Et pourquoi cela ? dit-elle enfin, brusquement.

Hagard, l'aventurier baissa la tête.

— Pourquoi, murmura-t-il, je ne sais pas... On est superstitieux dans nos contrées, miss, et, depuis hier, depuis que vous m'avez tiré des griffes du jaguar, une voix intérieure me répète sans cesse que cet argent me porterait malheur si je l'acceptais.

— Sottise !...

— Possible, mais je n'en veux pas.

— Même si je vous offrais de le gagner ?

Interdit, Gomez regarda Elsie.

— De le gagner ?... répéta-t-il. Je ne comprends pas...

Elsie sourit.

— Voyons, señor, dit-elle, n'en avez-vous pas assez de la vie que vous menez ? J'ai besoin de vous. Suivez-moi dans mon voyage et c'est la fortune que je vous offre...

Le visage de l'aventurier refléta une surprise si intense qu'Elsie éclata de rire.

— Eh ! oui, señor, dit-elle, je vous ai vu à l'œuvre. Vous êtes un courageux. Soyez à moi et vous ne vous en repentirez pas... Allons, c'est dit, vous allez toucher trois cent mille dollars. Vous irez chercher Tom Lix et vous reviendrez. Dorénavant, je compte sur vous.

Et le lendemain, ayant ramené le policier à Mexico, Gomez Padilla se mit aux ordres d'Elsie.

CHAPITRE V

ET CEPENDANT LA POURSUITE S'ORGANISAIT

De Montnoir, arrivé à Atlanta en compagnie de Blainville, n'avait, il est inutile de le dire, découvert aucun indice sérieux touchant la direction prise par Elsie Carrell.

La jeune fille, en effet, avait pris la précaution, pour dépister les poursuivants, de partir en automobile pour aller prendre le train à une centaine de kilomètres de la ville, en une petite station.

L'aviateur, pourtant, ne se découragea pas et commença ses recherches.

Deux jours passèrent et, tout à coup, la nouvelle de la disparition de miss Carrell, de sa femme de chambre et de Tom Lix arriva, énigme troublante qui l'emplit d'inquiétude.

Mais Blainville le réconforta.

— Disparue, dit-il, penses-tu... C'est de la blague. Dans cette histoire, je ne vois qu'une chose, c'est qu'il faut se diriger vers le Mexique. On verra après.

— Pourtant, ces détails...

— Admettons qu'ils soient vrais, que prouvent-ils ?... S'il y avait eu accident, puisque la disparition de miss Carrell s'est produite lors de l'arrêt du train, on aurait retrouvé des traces... Or, rien n'est venu pour confirmer cette supposition... Enlèvement, me diras-tu ?... Peut-être ! Mais à cela je te répondrai que miss Carrell est assez riche pour payer rançon pour elle et ses compagnons et que, si cela est, il faut nous féliciter de cette aventure qui nous met sur ses traces.

— Eh bien, je m'incline. Quand partons-nous ?

— De suite, si bon te semble.

Deux heures après, ils reprenaient leur vol.

Cependant, à New-York, master Harry Pertry Sullivan, ayant préparé tous les détails de son expédition, attendait que des événements nouveaux, en se produisant, fassent naître une certitude, quant à la direction prise par Elsie Carrell.

C'était un homme froid et réfléchi, qui, tout en admirant la fougue de de Montnoir, ne pouvait l'approuver.

Faire plier sa volonté était chose impossible, et lorsqu'on avait su qu'il était le rival le plus direct de l'aviateur, chacun s'était pris à douter du succès du jeune Français.

Riche ?... Il l'était.

Pourtant... par des « on dit »... des bruits assez fâcheux couraient sur son compte... Pendant ces dernières années, il avait subi des pertes considérables en agiotant et d'aucuns disaient même que, s'il se lançait à la poursuite de miss Carrell, c'était pour réédifier une fortune écroulée.

Quoi qu'il en soit, il n'avait rien négligé pour triompher.

Sous la direction de son secrétaire et ami Gene Smyth, dont Jeff Nicholson était l'âme damnée, une dizaine de comparses s'employaient à découvrir tous les renseignements utiles à leur cause.

Il avait eu ainsi des précisions touchant ses adversaires autres que de Montnoir.

Don Luis Moralès, Espagnol, avait débarqué à la Nouvelle-Orléans.

L'Anglais Jack Brown s'était installé dans un hôtel de la sixième avenue.

Le prince hindou Kara-Mustagh, par train spécial, traversait en ce moment les Etats de l'Ouest.

Le Japonais San-Sima, ayant su que de Montnoir avait atterri à Atlanta, était parti à sa poursuite en **automobile...**

Une lacune, pourtant, subsistait encore dans tous ces renseignements...

La presse, en énumérant le nom de tous ceux qui s'étaient déclarés prêts à conquérir la main de miss Carrell, avait fait mention d'un certain Peter Lawson, Américain, et, malgré les recherches, elle n'avait pu savoir quel était cet homme.

Or, ce matin-là, comme il écoutait le rapport de Gem Smyth qui venait de lui annoncer la disparition de miss Carrell, après avoir frappé un coup discret à sa porte, son valet de pied entra, portant une carte sur un plateau.

— Je vous avais pourtant dit que je n'y étais pour personne, Will, dit-il en prenant la carte distraitement.

— Pardon, master. Ce visiteur a tellement insisté que j'ai cru devoir vous prévenir.

Mais, ayant lu le nom du personnage, master Sullivan avait tressailli...

— Lui !... C'est lui, dit-il en s'adressant à Gene... Peter Lawson... Que me veut-il ?... Je l'ignore, mais il faut que je le reçoive. Laisse-nous, veux-tu ?

Et Gene se retira, tandis que Peter Lawson entrait.

Nos lecteurs connaissent déjà ce petit homme à figure chafouine qu'ils ont vu, évoluant dans l'ombre de de Montnoir et de Blainville, mais, en le voyant s'avancer vers lui avec son masque ridé que trouaient deux petits yeux sous d'épais sourcils en broussaille, master Sullivan ne put réprimer un sourire.

Lawson s'en aperçut.

Glacial, il posa son chapeau sur le bureau, se déganta, puis, sans façon, s'assit et regarda master Sullivan qui, stupéfait, restait silencieux.

— Je suis hideux, n'est-ce pas, master Sullivan, dit-il enfin d'une voix aigre... Oh ! ne protestez pas, j'ai vu votre sourire... Vous songiez sans doute, devant mes yeux percés en vrille, mon nez en bec d'aigle, mes lèvres en lame de couteau, à miss Carrell qui exige de ses soupirants un physique agréable...

— Vous vous êtes pourtant mis sur les rangs.

— Sans espoir de succès, mon cher monsieur, sans aucun espoir...

— Alors ?...

— Vous vous demandez quel est mon but. C'est assez difficile à expliquer, mais je vais tenter de le faire... J'estime, mon cher monsieur, que l'idée de miss Carrell est scandaleuse, et j'approuve le grand quotidien qui, tout en insérant sa communication, l'a fait sous le titre éloquent de : « Un défi à tout ce qui souffre. »

— Oui, j'ai lu, mais je vous avoue que je ne vois pas...

— Ah ! vous ne voyez pas... C'est compréhensible, d'ailleurs... Vous êtes riche. Vous avez le physique agréable exigé. Vous avez l'âge indiqué. Vous ne songez pas qu'il peut y avoir de par le monde de pauvres hères que la fortune et la beauté de miss Carrell ont séduits et qui, n'ayant en poche un sou vaillant, se voient éliminés d'office de la **compétition.**

— Vous ne voudriez cependant pas ?...

— Que miss Carrell épouse le premier venu... Et pourquoi pas, si cet être pouvait lui offrir un nom sans tache et un amour sincère ?

— Il y a une question d'éducation.

— Bah ! croyez-vous que si elle épouse un Japonais ou un Hindou, sa situation ne sera pas pire ?... Les mœurs des indigènes de ces pays ne sont pas les mêmes que les nôtres. Mais passons. Master Sullivan, je ne viens pas vous voir en adversaire, mais en allié...

— En allié ?...

— Oui !...

— Je ne comprends pas.

— Je sais quels sont vos préparatifs... Je connais tous vos auxiliaires, comme je sais ce que comptent faire les différents compétiteurs à la main de miss Carrell...

— Et qui vous a si bien renseigné ?...

— J'agis seul et suis certain ainsi d'être bien servi... Je puis donc vous dire que le señor Moralez parle beaucoup, mais agi peu ; que le Japonais San-Sima adopte une mauvaise tactique en suivant de Montnoir ; que le prince Kara-Mustagh sera paralysé par sa suite et que l'Anglais Jack Brown, par son intempérance, sera toujours distancé.

Master Sullivan, stupéfait, écoutait Lawson qui, maintenant, souriait.

— Il ne reste donc en présence que deux adversaires sérieux : Le duc de Montnoir et vous, master Sullivan.

— Vous vous oubliez, master ?

— Moi !... Allons donc... Regardez-moi donc en face, master, pour dire cela... Là, vous voyez, vous n'osez pas ?...

— Pourtant...

— Ne perdons pas notre temps. Dans M. de Montnoir vous avez donc le seul adversaire digne de vous et vous le savez fort bien, puisque vous lui avez offert, pour qu'il abandonne la partie, trois cent mille dollars.

— Vous savez cela ?...

— Je le sais.

— Par Satan !...

— Laissez Belzébuth tranquille... Mais, mon cher monsieur, si vous avez un adversaire prêt à tout affronter pour l'amour de miss Carrell, vous avez près de vous, en ce moment, une force qui ne demande qu'à être utilisée pour que vous arriviez à vos fins.

— Et c'est vous ?...

— Vous l'avez dit.

— Quel intérêt...

— Nous y arrivons... J'aime miss Carrell, master Sullivan, ou plutôt, non, je l'aimais. Je la hais, maintenant. Si elle avait vécu comme toute jeune fille moderne doit vivre, cherchant parmi ceux qui l'entourent celui qui aurait pu assurer son bonheur, je vous l'avoue, je serais resté dans l'ombre, souffrant peut-être de jalousie, mais ne voulant pas affronter le ridicule auquel n'aurait pas manqué de m'exposer l'aveu de mon fol amour.

— Vous n'avez sans doute pas réfléchi au caractère de miss Carrell.

— Master, je vous en prie, pas de mots inutiles. Arrivons au fait. Etes-vous disposé à [illegible]us allier avec moi ?

— Dans quel but ?...

— Assurer votre victoire finale.

— Pourquoi la mienne plutôt que cel[illegible] de mon adversaire ?...

— Je pourrais vous dire que c'est par [illegible]ure sympathie de compatriote, mais il me répugne de mentir.

— Alors ?...

— Je veux votre victoire, car vous me vengerez en épousant miss Carrell.

— Je ne comprends pas.

— Jouons cartes sur table, master : si vous tenez tant à épouser la belle héritière, c'est que vot[illegible]e situation est telle que, dans un an, vous serez complètement à la côte.

— Savez-vous, master, que vous vous exposez à ce que je vous fasse jeter à la porte...

— Je ne crains rien. Soyons amis, Harry Pertry Sulliv[illegible]n, il y va de votre intérêt.

— Encore ?

— Toujours !... Vous êtes ruiné, je le sais. Je pourrais, si vous le désiriez, vous donner, par le détail, la liste de toutes vos opérations bancaires pendant ces trois dernières années...

— Inutile.

— Vous avouez donc ?

— Je n'avoue rien du tout, master Peter Lawson, et, comme je ne sais à quel odieux chant[illegible]e vous vous livrez en ce moment, je vous prie de vous retirer.

Peter Lawson s'était levé.

— C'est votre dernier mot, Pertry Sullivan ? dit-il en souriant, vous avez tort.

— Peut-être. Mais...

D'un geste brusque, Lawson l'interrompit et, s'approchant de lui, il murmura :

— Certes, vous êtes fort, master, très fort même, puisque vous ne reculerez pas devant [illegible] crime pour arriver à vos fins...

Sullivan eût un haut-le-corps et tendit les [illegible] comme pour empoigner Lawson aux épaules et le jeter à la porte, mais, devant le regard froid de celui-ci, il hésita et, finalement, se laissa tomber dans un fauteuil.

Il avait trouvé son maître.

Lawson sourit.

— Allons, master, dit-il, du ressort, que diable ! Si vous vous laissez aller ainsi parce que vous trouvez un petit obstacle sur votre route, qu[illegible] sera-ce quand de Montnoir sera en face de vous ?

— Ah ! ne raillez pas, clama Sullivan, réagissant enfin.

Mais Lawson ne se départit pas de son calme et, s'asseyant de nouveau :

— De la révolte, dit-il, c'est déjà mieux. Je vous avoue, Sullivan, que j'eusse préféré, il y a un instant, vous voir bondir sur moi comme sur une bête malfaisante que de vous voir courber le front comme un enfant pris en faute.

Blême, Sullivan se dressa, les mains convulsives.

— Vous avez raison, dit-il, les dents serrées, et maintenant je ne sais ce qui me retient de vous étrangler...

Lawson éclata de rire.

— Ce qui vous retient, cher, mais tout simplement l'appréhension de faire une bêtise.

Les yeux fixes, les lèvres frémissantes, les muscles tendus à l'extrême, Sullivan s'avançait vers Lawson qui, jouant négligemment avec un coupe-papier, tapi dans son fauteuil, le regardait faire sans bouger, et soudain en une ruée, il se précipita, l'empoignant à la gorge.

Lawson fit un geste.

Alors, terrifiant, Sullivan le lâcha. Le corps droit, comme si des cordes invisibles le tiraient vers le plafond, il resta ainsi un instant, puis, soudain, s'écroula comme foudroyé sur le tapis...

Un sourire satisfait aux lèvres, Lawson le regarda un instant, puis murmura :

— Bien réussi pour un premier essai. Et je n'ai compté que jusqu'à trois... A dix je suis persuadé que j'obtiendrais la paralysie et, au delà, la mort...

Il se pencha.

— Le cœur bat, un peu agité, tout est bien. Dans une minute, deux au plus, il se réveillera. Ah ! c'est plus propre que le revolver.

Et, tranquille, il alluma une cigarette.

Sullivan commençait à s'agiter.

Quelques secondes, et il ouvrit les yeux.

Quelques secondes encore, et il se mit sur son séant, regardant Lawson, les yeux agrandis par l'effroi.

— Vous !... Vous !... bégaya-t-il. Partez !... Partez !... Que je ne vous voie plus !...

Mais, aimable, Lawson s'avança et l'aida à se relever.

— Allons, dit-il, remettez-vous, cher ami. Je ne vous en veux pas, quoique vous ayez une sacrée poigne... Heureusement, j'avais pris mes précautions... Là... dans ce fauteuil, vous serez mieux pour écouter mes explications.

Hagard, Sullivan écoutait.

Lawson poursuivait :

— Je viens d'expérimenter sur vous, mon cher ami, un petit appareil que j'ai terminé ces jours-ci... Oh ! c'est peu de chose... Une ceinture, des piles, deux fils montant le long du torse, descendant le long des bras et se terminant par deux contacts en forme de ventouse se dissimulant dans la paume de la main, et c'est tout... Vous m'avez pris à la gorge, j'ai appliqué mes deux ventouses sur vos tempes et vous vous êtes écroulé comme une masse... N'est-ce pas, cher ami, que ce n'est pas mal ?... Et voyez l'avantage de mon petit système : il peut à mon gré dispenser l'évanouissement, la paralysie ou la mort... Aucune trace... Pas de vilaines blessures... Pas de bruit... C'est parfait, vous dis-je.

Sullivan tremblait, maintenant, devant l'infernale puissance de cet homme et ce fut presque soumis qu'il murmura :

— Finissons-en ! Je m'avoue vaincu. Que voulez-vous ?

— Je vous l'ai dit déjà : que vous épousiez miss Elsie Carrell.

— Par quels moyens ?...

— Inutile de vous les révéler pour l'instant. L'exemple que je viens de vous donner doit suffire pour vous prouver que je ne suis pas homme à être pris au dépourvu.

— Vos conditions ?...

— L'homme d'affaires reparaît en vous, Sullivan, j'en suis heureux. Je veux tout d'abord que vous reconnaissiez par écrit que, dans tout ce que je vais entreprendre pour faire triompher votre cause, vous avez une part de responsabilité égale à la mienne... Je veux ensuite que vous vous engagiez, toujours par écrit, à me servir, en cas de réussite, la somme de un million de dollars au lendemain de votre mariage.

— Folie ! master Lawson... Ne sachant quels sont vos projets, je ne puis les approuver.

— Allons, Sullivan, bas les masques ! D'un gentleman vous n'avez plus que l'apparence. Votre secrétaire Gene Smyth et son digne acolyte Jeff Nicholson ont reçu des ordres tels que le duc de Montnoir a bien des chances, s'il n'est pas averti, de faire une chute qui lui enlèvera tout espoir de réussite, s'il n'en meurt pas.

— Et ces ordres, qui les a donnés ?

— Vous.

— Moi ?...

— Ne niez donc plus, Sullivan, et laissez-moi vous dire que vous alliez commettre là une sottise irréparable... Saboter l'appareil, vous n'y songez pas, lorsqu'il est possible de...

Longuement, Lawson parla et au fur et à mesure, le visage de Sullivan s'éclaira d'une joie intense.

Du froid gentleman, il ne restait plus rien.

Une sorte de volupté semblait s'être emparée de lui.

Ses yeux brillaient, cupides.

Ses mains s'agitaient comme dans un désir d'action.

Le rictus de ses lèvres était atroce.

— Voilà, mon cher ami, dit enfin Lawson, ce que je puis faire. Avez-vous quelques objections à m'opposer ?

— Aucune, et si ce que vous me dites est bien exact, je suis sûr du succès.

— Mes appareils sont prêts. Signez ce que je vous demande et demain je pars avec vous.

— Soit.

Et, sous la dictée de Lawson, Sullivan écrivit les deux documents qui le liaient à son complice.

— Eh bien, mon cher Harry, dit en riant Lawson, après avoir serré les deux papiers dans son portefeuille, vous voyez qu'il était inutile de tenter de m'étrangler.

— Je l'avoue et m'excuse...

— Bah !... tout est oublié... L'avenir, vous le verrez, fera de nous deux amis.

— Comme de Montnoir et Blainville !

— Mieux encore, ricana Lawson, sinistre, car c'est la haine qui me lie à vous.

CHAPITRE VI

LE MARAIS DE LA MORT

Deux mois étaient passé depuis les événements que nous venons de raconter.

Miss Elsie Carrell, de nouveau, avait disparu et toutes les tentatives pour retrouver sa piste avaient échoué lamentablement. Au hasard de leurs fantaisies, les caravanes concurrentes erraient dans le dédale des forêts mexicaines, des Cordillères du Guatémala, passant des massifs volcaniques à la splendeur des vallées fécondes pour aller ensuite se remettre de leurs fatigues dans les villes où, pendant le repos qu'elles s'accordaient, renaissaient tous leurs espoirs.

Mais, tandis que Moralez pérorait dans les lieux publics, que Jack Brown s'enivrait dans les cafés, que le prince Kara-Mustagh s'offrait à la curiosité des indigènes, suivi de domestiques aux costumes somptueux et que le Japonais San-Sima demandait à l'opium l'oubli de ses fatigues et de ses désillusions, de Montnoir ne chômait pas, confiant dans sa force et dans son courage, ne se méfiant pas qu'auprès de lui, sous des prétextes divers, évoluaient de louches personnages, épiant le moindre de ses gestes.

Il avait appris que le jour de son départ d'Atlanta une caravane, composée de cinq limousines et de deux camions, était partie de Mexico et il s'employait à rechercher la direction prise par la dite caravane.

Or, ayant questionné les indigènes dans un rayon de plus de cent kilomètres autour de la ville, il n'avait pu obtenir aucun renseignement.

Personne n'avait vu une caravane de cette importance.

Un fait attira pourtant son attention. Dans différents villages disséminés à droite et à gauche de la route, à peu près à la date qu'il fixait, chose très rare, on avait vu passer une automobile ou un camion.

— Parbleu, avait dit Blainville, c'est de bonne guerre. En sortant de Mexico, ils se sont séparés...

— Evidemment, mais il s'agit de savoir l'endroit où ils se sont rejoints.

Or, un jour, à Toluca, ils apprirent que, depuis environ une semaine, des voyageurs, répondant au signalement qu'ils donnaient, étaient passés et qu'ils avaient pris la direction de Vera Cruz.

Ils demandèrent des précisions, mais n'en purent obtenir et ils rentrèrent à Mexico, décidés à se contenter de cette vague indication.

A l'aurore, le lendemain, après avoir vérifié leur appareil, ils prirent leur vol. Quatre cents kilomètres à peine les séparaient, à vol d'oiseau, de Vera Cruz et ils résolurent de s'y rendre d'abord, afin de s'éviter des recherches inutiles si miss Carrell y était déjà parvenue.

Au bruit formidable de ses moteurs, donnant à plein rendement, l'avion filait, rapide, à un millier de mètres de la terre.

Les aviateurs voyaient des paysages féeriques se dérouler sous leurs yeux. Les cimes des montagnes ondulaient, telles des vagues monstrueuses, et les forêts étendaient la nappe verdoyante de leurs cimes que bleutaient tendrement les brouillards du matin.

Ils allaient.

Deux traits brillants zigzaguaient sur le sol. C'était la voie ferrée de Vera Cruz à Mexico.

De petits villages apparaissaient de temps à autre, tapis dans la montagne.

De hautes cimes les forçaient à s'élever et bientôt ils aperçurent le pic volcanique d'Orizaba et, devant eux, coupée par des vallées profondes, entre des montagnes qui allaient en décroissant, la plaine de Vera Cruz qui s'étendait jusqu'à la baie de Campêche.

Les cours d'eau scintillaient sous le soleil. La végétation était débordante, mais ils n'y prenaient point garde : ils allaient !...

Et ce fut Camarôn.

Et ce fut Soledad.

Encore quelques kilomètres et ils atteindraient leur but.

Ils descendaient...

Ils n'étaient plus qu'à trois cents mètres.

La savane s'étendait devant eux, à peine couverte de plantes dures et rabougries, brûlées par le soleil tropical, desséchées par les vents, avec, de-ci de-là, dans des replis un peu abrités, des taches vertes de nopals. Désert désolé qu'anime seulement la présence de cavaliers à figure cuivrée.

Mais, au loin, ils apercevaient Tejeria, Vera Cruz, la mer.

Soudain, de Montnoir blêmit.

Sans aucune cause, son appareil venait de se cabrer et le choc avait été si brusque que la direction lui avait froissé les poignets.

— Eh bien, quoi, clama Blainville, qu'est-ce qui se passe ?

— Je n'en sais rien, répondit de Montnoir.

Et, se ressaisissant, il voulut réagir.

— Blainville ! Blainville !... cria-t-il... Ma direction semble bloquée...

D'un élan impulsif, à travers la carlingue, Blainville s'élança auprès de son camarade...

En effet, le volant de direction n'obéissait plus au vouloir du pilote.

Le mécanicien se pencha et vérifia le mécanisme.

Il ne vit rien d'anormal.

Que faire ?...

Atterrir ?... Impossible !

Il fallait aller jusqu'à la mer et tenter de prendre contact avec les vagues en manœuvrant à la main les gouvernails.

Mais de Montnoir venait à peine d'exprimer cet avis qu'il jeta un cri.

Subitement, les quatre moteurs venaient de s'arrêter.

Dans le silence poignant, les hélices, emportées par la vitesse acquise, tournèrent encore pendant quelques secondes, puis s'immobilisèrent.

Ils se regardèrent.

Malgré tout leur courage, ils étaient blêmes.

Ils ne comprenaient pas.

Direction bloquée !... Arrêt du moteur ! C'était la mort...

Ils la sentaient rôder autour d'eux.

— Regarde, Blainville, regarde... nous changeons de direction... nous marchons contre le vent...

— Mais c'est impossible, Jacques, comment veux-tu ?...

— Je ne rêve pas... Voilà la côte... Elle nous faisait face, il y a un instant. Elle est à notre droite maintenant...

— Que veut dire cela ?...

— J'ai peur de comprendre...

— Peur !...

— Oui ! Georges... Peur !...

— Parle, je t'en supplie... Que crois-tu ?...

— Qu'on nous manœuvre.

— Es-tu fou ?...

— Pas du tout ! Notre appareil est stable. Il marche contre le vent malgré l'arrêt de nos moteurs et la perte du contrôle de notre direction. Une force inconnue est donc entrée en jeu qui compense les forces immobilisées, pour nous conduire, où ?... Je l'ignore.

— Mais c'est idiot, Jacques... As-tu jamais entendu parler d'une invention pareille ?...

— Est-ce qu'on sait tout, mon pauvre Georges ! Mais taisons-nous et observons ce qui se passe.

Ils remontaient, en effet, vers le nord, longeant les côtes du golfe du Mexique, à une trentaine de kilomètres dans les terres.

Et, peu à peu, ils virent à la savane désolée succéder la richesse de la vie des tropiques.

Des bananiers géants, des palmiers, dont les feuilles semblaient découpées dans du zinc ; des palma-christi de proportions énormes ; des magnolias aux fleurs de couleurs éclatantes, dont la senteur montait jusqu'à eux ; des lataniers, des flamboyants, l'acajou, l'arbre à caoutchouc se dressaient au-dessus des buissons impénétrables du « convolvulus Jalapa » aux fleurs azurées.

Ils dominaient le paysagee splendide et, silencieux, toujours, regardaient.

La savane avait complètement disparu.

Ils planaient au-dessus des frondaisons...

Dans le silence...

Dans la mort.

Oui !... Nous disons bien dans la mort.

Ils ne la voyaient pas, occupés qu'ils étaient à regarder la terre.

Cependant, depuis un instant, à droite, à gauche de leur appareil, dans un petit grésillement, une flamme faisait des ravages.

Et, soudain, dans un embrasement subit, l'appareil s'effondra, traversa les hautes branches comme un bolide et vint s'écraser dans un marais.

Ce fut un fracas effroyable.

Dans un jaillissement énorme, la vase monta en gerbes recouvrant de taches ignobles la nature luxuriante, emplissant l'air de ses pestilences, faisant, dans ses remous, disparaître les nénuphars, les plantes, et les fleurs aquatiques qui, un instant auparavant, se miraient dans les eaux calmes, mais étouffant du même coup l'incendie dont, fatalement, de Montnoir et Blainville eussent été victimes.

Mais n'eût-il pas mieux valu, en somme, qu'il en fût ainsi ?...

Etourdis par le choc et par la rapidité de leur chute, ils ne reprirent leurs sens que quelques minutes après...

Autour d'eux la nature avait repris son calme, comme si ces êtres tombés du ciel faisaient, dorénavant, partie de ce domaine.

— Comprends-tu, maintenant, Georges ? murmura de Montnoir.

— Non !...

— Une invention satanique nous a conduits jusqu'ici...

— Mais l'incendie ?

— Le rayon... le rayon mortel !...

Ils se turent.

Ils voyaient parmi les branches des milliers d'oiseaux évoluer en chantant, en sifflant, en criant, en piaillant. C'étaient des colibris aux ailes d'or, des perruches et des perroquets vêtus de vert et de pourpre, des ibis aux longues jambes.

Et comme il suivait le vol alourdi d'un de ces derniers qui alla se poser sur un petit tertre dominant l'eau de quelques centimètres à peine, de Montnoir tressaillit...

— Regarde, Georges, cria-t-il, dans l'eau...

Des caïmans, innombrables, tournant vers eux leurs têtes monstrueuses, les regardaient, semblant attendre...

— Et là, clama Blainville, en désignant un recoin d'ombre.

Un crapaud monstrueux les fixait de ses yeux ronds à l'abri d'un nogassaris.

— Attention !

Un serpent énorme, déroulant subitement ses anneaux et pendu par la queue, venait, en se balançant, d'avancer vers eux sa tête plate.

Un coup de revolver en eut raison.

Mais, de toutes parts, la mort les environnait. Ils étaient prisonniers de la vase. Ils étaient prisonniers des caïmans, des serpents, des lézards aux morsures empoisonnées, des moustiques qui dansaient autour d'eux en les piquant sans cesse, des exhalaisons pestilentielles qui empoisonnerait leur sang et les tueraient lentement mais sûrement, tandis qu'autour d'eux des papillons aux ailes soufrées voltigeraient, courant de tulipes en nénuphars, de magnolias en convolvulus.

C'était l'horreur d'une mort sans espoir.

. . . .

Deux jours après, de par le monde, la nouvelle se répandit.

De Montnoir, se rendant de Mexico à Vera Cruz, avait fait une chute terrible dans un marais à une trentaine de kilomètres au nord de cette dernière ville.

Un de ses concurrents, M. Harry Pertry Sullivan, avait vu l'appareil peu d'instants avant l'accident et avait été surpris, en le voyant changer de direction. Désirant savoir où il allait, il avait sauté dans une auto et s'était élancé à sa poursuite. Il eut alors une horrible vision. Des flammes avaient jailli spontanément sur le plan inférieur des ailes de l'aéro et gagnant petit à petit, en un brusque embrasement, avait provoqué la chute.

Horrifié, M. Harry Pertry Sullivan était retourné à Vera Cruz et avait donné l'alarme.

Une expédition avait été aussitôt organisée.

Malgré des dangers sans nombre, on avait fouillé le marais. Un homme avait été dévoré par les caïmans, un autre avait eu la main emportée, un autre piqué par un serpent n'avait eu la vie sauve que grâce à la présence d'un docteur, mais, si on avait trouvé l'appareil qui paraissait inutilisable, on n'avait pas trouvé de traces des deux aviateurs.

La mort, hélas ! était certaine.

Et, sous les fleurs d'un panégyrique de circonstance, nos deux héros avaient été enterrés moralement.

Elsie, pourtant, en apprenant cela, avait souri et comme Betty s'en offusquait en murmurant :

— Je voudrais bien savoir pourquoi vous riez ?

Elle répondit :

— Parce que !...

Et c'était, certes, là, une raison suffisante.

DEUXIÈME PARTE

LES MORTS VIVANTS

CHAPITRE PREMIER

AU PAYS DES MANGEURS DE TERRE

Elsie n'était pas allé, n'avait jamais eu l'idée de passer à Vera Cruz.

Les mobiles de ceux qui avaient lancé de Montnoir sur cette fausse piste s'expliquent suffisamment par le résultat acquis et la seule présence de Harry Sullivan sur les lieux de l'accident, après sa conversation avec Peter Lawson, dénonce les coupables.

Ingénieur, chimiste, inventeur, Peter Lawson, possédant une fortune assez rondelette, avait pu se payer le luxe de travailler à son gré et, dans l'ombre de son laboratoire, il avait mis à point trois machines qu'il comptait offrir au gouvernement américain, lorsque miss Elsie Carrell avait lancé son télégramme de par le monde.

Il avait connu la jeune fille au hasard des rencontres dans les salons de la haute société américaine, et s'en était épris follement, mais n'osant pas, ainsi que nous l'avons vu, déclarer sa flamme.

Une jalousie latente dormait en lui.

Elle éclata farouche, désordonnée, lorsqu'il comprit qu'Elsie allait lui échapper.

Dans sa fureur, de son œuvre géniale qui eût pu transmettre son nom à la postérité, il fit un instrument de crime. Et, résolu à se venger d'Elsie, pourtant bien innocente, il calcula froidement de la jeter dans les bras de Harry Sulliivan qui, sous des dehors de parfait gentleman, cachait une âme tarée.

Et le guet-apens fut organisé.

Aux environs de Vera Cruz, caché dans un repli de terrain, il monta ses instruments : un microphone extra-sensible permettant d'enregistrer tous les bruits dans un rayon de plus de cent kilomètres ; un appareil étrange, muni de projecteurs minuscules, pouvant envoyer des ondes formidables paralysant les organes des avions, mais ne portant préjudice en rien à leur structure, car il pouvait ensuite, au moyen des mêmes ondes, les faire évoluer à sa guise ; enfin, se groupant au second, lorsque le moment voulu était arrivé, un dernier appareil faisant jaillir, à sa volonté, de cette électricité accumulée autour de l'avion, de courtes étincelles qui mettaient le feu à sa voilure ou enflammaient le réservoir d'essence.

Et, trompé par un homme à eux, auquel avait servi la tactique employée par miss Carrell à son départ de Mexico, de Montnoir et Blainville s'étaient envolés vers la mort.

Une seconde expédition au marais avait, en effet, été organisée et, avec la conviction que désormais l'appareil des deux aviateurs était inutilisable, on avait acquis celle que de Montnoir et son ami n'avait pu échapper à l'étreinte du marais...

Elsie Carrell, pourtant, ne s'ét it pas émue outre mesure de la confirmation de la mort de de Montnoir et, comme Betty critiquait son attitude :

— Chère petite chose, dit-elle, je ne vois qu'une réponse à te faire : on n'a pas retrouvé les cadavres.

— Les caïmans ont pu les dévorer...

— Ou la vase les engloutir... Je sais... Mais malgré moi, Betty, j'espère...

Et, devant cet entêtement, Betty avait haussé les épaules.

Elsie et ses compagnons étaient maintenant au Venezuela.

Certes, la route avait été longue et dure.

Gomez Padilla, qui avait pris la direction de la caravane, peu accoutumé à l'automobile dont il n'avait goûté les charmes que dans les grandes villes, avait jugé sévèrement la volonte tenace de miss Elsie Carrell de ne pas vouloir abandonner ses limousines et ses camions pour donner la préférence au cheval.

Sur le haut plateau mexicain, à travers d'immenses plaines, bassins desséchés d'anciens lacs, à peine séparés entre eux par des collines de faible hauteur, ils avaient fait un véritable voyage d'agrément.

Roulant sans cesse à une hauteur de plus de deux mille mètres au-dessus de la mer, ils avaient bénéficié, en effet, d'une véritable température printanière, car, alors que, dans les Alpes ou les Pyrénées, ces altitudes sont âpres et rigoureuses, dans les régions tropicales elles deviennent au contraire très douces.

Ce n'était qu'une trêve.

Dire leurs luttes continuelles dans le dédale des vallées du Guatémala, du Honduras, du Nicaragua, de Costa-Rica et de la Colombie nous entraînerait trop loin. Disons simplement que, s'ils eurent à triompher des difficultés de la route et des embûches de la nature, ils eurent aussi à souffrir des piqûres des moustiques innombrables qui ne leur laissaient aucun moment de répit, et à se défendre à maintes reprises contre l'attaque des serpents à sonnettes, des serpents corail et des trigonocéphales « lovés », au long des routes.

Mais, grâce à la vaillance d'Elsie qui, dans les moments les plus difficiles, les plus douloureux, trouvait toujours le mot pour rire, grâce à l'expérience de Gomez Padilla, ils dominèrent la défaillance prête à s'emparer d'eux et, par Colon et Panama, ils arrivèrent en Colombie.

Ils se dirigèrent alors vers l'est et, après de longs jours de route, pénétrèrent dans le Venezuela, ayant mis plus de deux mois pour parcourir sept mille kilomètres.

Délaissant la côte brûlante et malsaine, la plaine des « llanos » où le sol humide dégage des exhalaisons génératrices de fièvres, ils s'enfoncèrent dans les hautes vallées où règne un printemps perpétuel, et maintenant ils descendaient le cours de la rivière Apure, ayant pour but l'Orénoque que sillonnent les « lanchas » (grands bateaux plats) des Indiens.

La civilisation n'avait pas encore pénétré jusque-là.

Certes, les indigènes du Cassiquiare, comme ceux du rio Negro, sont en relations constantes avec les blancs grâce aux rivières et aux fleuves qui leur servent de moyens de communication. Ils se livrent à la fabrication des hamacs, des fleurs artificielles en plumes, dont se parent les coquettes de Caracas, de Cumana, de Ciudad Bolivar ; ils scient des planches, empaillent les oiseaux aux plumages superbes qui animent leurs forêts, mais, de ces rapports, ils ne tirent aucun bénéfice dans ce pays déchiré par les dissensions politiques.

Leur misère est atroce...

Ils cultivent quelques ignames dont ils mangent la racine, des patates, des bananes. Les singes, les lézards, les vers de chou-palmiste, les fourmis apportent quelque variété à leurs menus, mais le plat de résistance est la terre.

Argile, mêlée d'oxyde de fer, d'un ton jaune rougeâtre, ils en font des boulettes, des galettes, qu'ils dessèchent à la fumée et dont ils mangent la poudre ou bien, quelquefois, et alors préparée ainsi, elle est plus nourrissante, ils la font frire dans de l'huile de « séjé ».

Elsie, avec des moues délicieuses, goûtait à tout, déclarant les pâtés de fourmis exquis, les galettes de terre dignes concurrentes des biscuits les plus fameux, les ragoûts de singe délectables comme des civets, les lézards et les vers frits savoureux comme des goujons.

Mais, elle ne s'attardait pas dans les villages, craignant toujours une surprise, et s'enfonçait dans les forêts.

Là, dans le splendide décor des arbres centenaires, parmi les magnifiques tapis de verdure, elle se sentait vivre, admirant, sans se lasser, les colibris, les oiseaux-mouches, rayant la pénombre de leur vol étincelant de topazes et de rubis ; cherchant à saisir par leurs ailes fragiles des papillons géants, butinant aux corolles éclatantes des aristoloches, des orchidées à la chair grasse, des liserons aux clochettes multicolores.

Les troupiales sautaient de branches en branches...

Les cardinaux ressemblaient à des fleurs mouvantes...

Les perroquets aux plumes d'or, de pourpre, d'émeraude, jacassaient.

Tandis que... tout de noir vêtu, le moqueur au ramage admirable, plus varié et plus riche encore que celui de notre rossignol, brodait sur cet ensemble ses cascades de perles, ses trilles, ses vocalises que soutenaient les hurlements des singes alouates et les cris perçants des ouistitis, des araguatos, des veuves, des capucins et des sapajous.

Nature somptueuse, certes, mais qui n'était pas sans dissimuler des dangers et des épouvantes.

Or, un soir, après une journée délicieuse à travers les méandres de la forêt équatoriale, ils arrivèrent dans une vaste clairière au bord de l'Orénoque, dont une cinquantaine de mètres à peine les séparaient.

— Nous allons camper ici, décida Gomez Padilla.

Une telle odeur de musc imprégnait l'air qu'Elsie sans hésitation répondit :

— L'endroit est bien choisi, en vérité, señor, vous voulez sans doute offrir un bon repas aux caïmans.

Devant eux, en effet, tels d'énormes troncs d'arbres couverts de mousse, une quarantaine de ces animaux hideux se prélassaient sur la rive, tandis que sur leurs dos des ibis et des hérons picoraient les insectes collés sur leurs écailles.

Gomez sourit.

— Oh ! dit-il, miss, nous n'avons pas besoin pour nous débarrasser de ce dangereux voisinage d'user nos munitions. Vous allez voir...

Et, sans crainte, s'approchant des monstres étendus, une matraque à la main il se mit à frapper à tort et à travers en poussant des cris.

Ce ne fut pas long.

L'immonde masse se mit en mouvement et se mit à détaler à grande vitesse vers le fleuve.

Elsie, Betty, Tom Lix s'en mêlèrent alors, unissant leurs éclats de rire aux cris de Gomez et cinq minutes après la place était nette...

— Oh ! ils sont charmantes, ces petites choses, s'exclama Elsie, lorsque le dernier, en un éclaboussement d'eau, eut regagné son domaine... De véritables brebis.

— Je vous engage à ne pas vous y fier, miss, riposta Gomez : dans l'eau ils sont féroces.

— Pourvu qu'ils ne reviennent pas, dit Betty.

— Nos feux les éloigneront.

— Ils sont toujours ainsi ?

— Oui !... Il est bien rare qu'ils s'attaquent à l'homme sur terre, à moins qu'il ne soit endormi. Le caïman est lâche en dehors de l'eau et il est des Indiens qui content avoir vu des jaguars dévorer la queue de ces sauriens sans qu'ils fissent un mouvement pour se défendre. D'ailleurs, au seul cri de ce fauve, c'est à qui plongera le plus vite pour lui échapper. Par contre, malheur à l'imprudent qui s'aventure sur l'eau, sur une pirogue, dans le voisinage de ces monstres. Un coup de mâchoire, et c'en est fait de lui.

— On ne les chasse pas.

— Ils sont difficiles à tuer sur le coup. La tête n'est vulnérable que près de l'œil, ou bien il faut atteindre quelque organe vital dans la gorge ouverte ou à travers la peau du ventre...

— Comment fait-on pour s'en débarrasser ?

— On les pêche avec un hameçon amorcé d'un canard, la proie qu'ils préfèrent et en halant sur une corde amarrée à un arbre. On les tue lentement en jetant à l'eau un croc bien enveloppé des tripes d'un animal quelconque qu'ils avalent gloutonnement sans prendre garde au croc qui leur déchirera les entrailles ; ou bien encore, lorsqu'ils sont jeunes, on les noie, en les pourchassant sans cesse sans leur donner le temps de remonter à la surface pour respirer. Ce dernier jeu est dangereux, je dois le dire, car, bien souvent, on tombe sur un patriarche caché dans les herbes qui, d'un coup de queue, a vite faite de se débarrasser des importuns.

Cependant, le campement s'organisait.

Sous les grands arbres, les tentes dressaient leurs cônes élégants et dans la nuit naissante les feux pétillaient joyeusement, tandis qu'autour d'eux s'affairaient les hommes chargés de la cuisine.

Une heure après, le repas du soir terminé, chacun regagna sa tente et, bien à l'abri sous d'amples moustiquaires, songea à reprendre des forces pour le lendemain.

Deux hommes, qui se relayaient par couple d'heures, veillaient sur les feux, prêts à donner l'alerte en cas d'incident.

Et la nuit passa.

Brusquement, le soleil s'éleva et l'éveil se fit.

Elsie, en compagnie de Betty, s'éloigna du camp, cherchant un coin au bord du fleuve où elles pourraient se livrer, en toute tranquillité, à leurs ablutions journalières.

Elles le trouvèrent à cent cinquante mètres environ des tentes...

Une nappe de sable blond descendait en pente douce jusqu'à l'Orénoque qui, transparent, glissait en un doux clapotis...

Causant, riant, chantant, Elsie et Betty commencèrent leur toilette.

Et l'eau était douce.

Et l'eau était tiède.

Une folie passa dans l'esprit d'Elsie.

Sous les yeux effarés de Betty, elle se dévêtit en disant :

— Un bain me fera du bien...

— Vous n'y songez pas, Elsie... Les caïmans...

— Il n'y en a pas ici, tu le vois... aucune trace...

Et elle se jeta à l'eau, barbotant à son aide, en appelant Betty.

— Viens ! Viens ! disait-elle, en nageant, l'eau est si bonne.

Mais, soudain, Betty poussa un cri d'effroi...

Les eaux étaient désertes, en effet, mais la crique où elles se trouvaient était formée par deux promontoires à pic qui s'avançaient jusqu'à une dizaine de mètres dans le fleuve et dans ces promontoires elle venait de voir une multitude de trous, que les indigènes appellent des « cuevas », et dans lesquels les caïmans pénètrent à reculons pour guetter leur proie.

Et chaque trou avait sa gueule béante garnie de dents énormes...

Elle voyait de chaque cueva des masses énormes surgir lentement...

Elle cria...

Mais Elsie riait...

— Elsie ! Elsie ! sanglota-t-elle... Revenez...

Elsie ne comprenait pas et continuait à nager à vingt mètres maintenant de la rive.

— Les caïmans ! Les caïmans ! sont là...

Et, simultanément, cinq ou six monstres plongèrent.

Betty poussa un cri d'atroce désespoir et s'évanouit...

Elsie était perdue.

Pas encore.

Gomez Padilla et Tom Lix arrivaient à cet instant, inquiets de la disparition des deux jeunes femmes et, d'un seul coup d'œil, comprirent ce qui s'était passé.

— Ah ! la malheureuse, hurla Gomez. Tom ! Il faut la sauver...

Et, sans hésitation, après avoir par deux fois déchargé son fusil pour donner l'alarme, il se jeta à l'eau, le couteau entre les dents...

Stimulé par un pareil courage, Tom Lix l'imita, tandis qu'au loin des cris s'élevaient de gens qui accouraient...

Elsie, épouvantée, les avait vus et nageait vigoureusement vers eux...

Mais le cercle des sauriens assaillants se resserrait sans cesse.

Monstrueuse, une tête s'avançait vers Gomez...

Le couteau bien en main, d'un brusque coup de jarret, il surgit le buste hors de l'eau et son bras s'abattit...

Il avait frappé juste...

Le cerveau traversé par l'œil, après deux ou trois convulsions, le caïman coula...

Victoire, certes mais combien précaire...

De la rive des coups de feu éclatèrent et, tandis que des balles perdues s'enfonçaient en sifflant dans l'eau, deux autres sauriens, blessés grièvement, s'enfuirent...

Mais toujours il en venait d'autres.

Et, tout à coup, au moment où il arrivait près

d'elle, Gomez vit s'ouvrir sur Elsie une gueule énorme...

Il poussa un cri de rage et, d'un brusque élan, plaça son couteau droit entre les deux mâchoires qui, en se refermant, s'enferrèrent...

Encore une fois, Elsie était sauvée. Mais il n'avait plus d'arme et ils se trouvaient à dix mètres de terre...

— A nous ! A nous ! cria-t-il...

Et des hommes plongèrent au moment où Tom Lix ouvrait le ventre d'un monstre d'un seul coup de couteau.

Enfin, trois, quatre, cinq, six nageurs surgirent à leurs côtés et les entourèrent, tandis que les carabines à répétition des tireurs restés sur la rive soulevaient de toutes parts des gerbes d'eau, blessant ou tuant les sauriens acharnés...

Ils avançaient...

Encore cinq mètres...

Battant l'eau de leurs queues puissantes, les caïmans ne se lassaient pas...

Enfin, ils prirent pied au moment où Elsie, exténuée par la lutte et l'émotion, s'évanouissait dans les bras de Gomez Padilla.

Elle était sauvée...

Mais, longtemps encore, ses sauveurs durent batailler pour empêcher les monstres de s'élancer à sa poursuite.

Enfin, le calme renaquit.

A la porte de la tente d'Elsie, tandis que Betty, maintenant revenue à elle, s'empressait auprès de la jeune fille, Gomez Padilla pleurait.

CHAPITRE II

CERTITUDES ET INCERTITUDES

Dans le matin clair, Santa-Marta s'éveillait.

Des bords de la plage qui s'étend en demi-cercle sous les larges feuilles des palmiers jusqu'au pied des montagnes, l'animation régnait dans les petites maisons où les ménagères s'affairaient, car c'était jour de marché.

Féerique décor : les cimes proches semblaient entourer la ville comme un écrin entoure un joyau. En un chaos grandiose, où se mêlaient toutes les couleurs de la végétation des tropiques, elles s'élançaient vers le ciel, dominées par le double cône de la Horqueta qui, comme deux bras gigantesques, étend à droite et à gauche, en forme de crique, une double rangée de montagnes qui s'abaissent en ondulant jusqu'à la mer où elles plongent, couronnées par des ruines de forteresses.

L'azur était dense autour des cimes.

Dans les hautes vallées, en longues écharpes, des brumes s'effilochaient dans les branches des arbres géants.

On croyait respirer une poussière d'or.

Il faisait bon vivre.

Et, tandis que dans les maisonnées, les femmes se pressaient, au bord de la mer, dans les ruines de l'ancien fort, sous des tentes légères, les marchands s'installaient, aidés par une nuée de « zambos » à l'affût d'un gain de quelques réaux, riant comme des fous en se montrant dans les vagues proches les requins affamés en train de se disputer quelques charognes.

Lentement, les clients arrivaient.

D'instant en instant, la foule se pressait plus nombreuse...

Les « zambos », au milieu d'un cercle de curieux, pendant que les indigènes accoutumés à leurs jeux continuaient à vaquer à leurs occupations, commencèrent leurs marchandages.

— Deux réaux, señor, deux réaux, et je plonge pour donner la chasse aux requins.

Et ayant obtenu ce qu'ils désiraient, ils se jetaient à l'eau nageant, rapides, passant en riant à la gueule et sous le ventre des terribles squales qui s'efforçaient, mais en vain, de les saisir.

— Señor ! señor ! dit alors l'un d'eux plus audacieux, dix réaux, et je donne une correction au premier requin qui s'approche de moi.

Celui à qui s'adressait cette demande se mit à rire :

— Et il est bien capable de le faire, Lawson, dit-il. Qu'en pensez-vous ?...

— Il ne sera pas le premier. Elisée Reclus nous a conté déjà de pareils exploits, confirmés d'autre part par le docteur Saffray dans son *Voyage à la Nouvelle-Grenade.*

— Je voudrais bien voir ça !...

Et se tournant vers le zambos :

— Voilà vingt réaux, poursuivit-il. Je t'en donnerai vingt autres si tu réussis.

Et le bonhomme ne se le fit pas répéter deux fois.

D'un bond formidable il s'élança et piqua une tête au beau milieu des squales.

Malgré leur habitude d'assister à des prouesses semblables, quelques curieux ne purent retenir un murmure d'angoisse.

— C'est trop d'audace, dit l'un d'eux ; il finira par se faire couper en deux.

Mais déjà le zambos reparaissait ruisselant d'eau, la face rieuse.

Derrière lui, parmi les vagues, une masse mouvante décelait la présence d'un requin.

Il s'avançait rapide vers l'homme qui semblait fuir devant lui.

Et, tout à coup, en un flot d'écume, une tête énorme apparut, presque perpendiculaire, pour découvrir la gueule garnie de dents terribles.

C'était le moment qu'attendait le « zambos ».

Au risque d'avoir la main happée par le monstre, son poing s'abattit, vigoureux, près de l'œil du requin et, le coup donné, il plongea aussitôt sous le ventre de l'animal, remonta à la surface et se mit à lui talonner les flancs à grands coups.

Affolé, le requin s'enfonça dans les remous et disparut, tandis que, sous les applaudissements, l'homme regagnait la plage.

Sa promesse tenue, Harry Sullivan (car c'était lui), après de vagues félicitations, s'éloigna en compagnie de Lawson.

Il était rêveur et restait silencieux.

Il passait parmi les maisons basses et mal construites, ne prêtant aucune attention au contraste qu'offrait cette ville presque misérable à côté de cette nature somptueuse.

— Savez-vous à quoi je songe, Lawson ? dit-il enfin, lorsqu'ils se furent libérés du contact de la foule.

Lawson ne répondit pas.

— Je pense à de Montnoir, poursuivit-il. Oui ! l'énergie, l'audace de ce zambos font que je ne puis m'empêcher d'établir un parallèle entre lui et notre adversaire.

— Qui ne l'est plus, qui ne peut plus l'être, rectifia Lawson.

— Bah ! qu'en savons-nous ?...

— Nous avons au moins la certitude que son appareil est en train de se désagréger dans les marais au nord de Vera Cruz.

— Certes ! Mais lui...

— Voyons, Sullivan, ne dites pas de bêtises. Vous avez vu, de vos yeux vu, ce cloaque infâme. Il est matériellement impossible que de Montnoir et son ami Blainville aient pu échapper aux dangers qui les guettaient.

— Le zambos n'a-t-il pas échappé au requin, au moment précis où chacun de nous le jugeait perdu.

— Ce n'est pas la même chose... Nos adversaires auraient peut-être pu échapper à un, deux, trois ennemis, mais il ne faut pas oublier que la nature entière leur était hostile... Les animaux, les plantes, l'eau, la vase, tout se liguait contre eux.

— J'en conviens, mais le zambos n'est qu'un homme...

— Et de Montnoir ?...

— Est un surhomme !...

— Bah ! coupez les ailes à un aigle et il sera plus emprunté dans ses mouvements qu'un modeste canard.

Malgré son angoisse, Sullivan ne put s'empêcher de sourire.

— Au fait, dit-il, vous avez raison, Lawson, de Montnoir n'a plus son appareil et cela seul importe pour l'instant..

— Vous en convenez, j'en suis heureux.

— Quelles nouvelles ?

— Vous m'interrogez enfin ?...

— Oui ! c'est vrai. Contrairement à mes habitudes, je ne l'ai pas fait encore. Je ne sais ce qui se passe en moi... Je suis inquiet.

— Inquiet ! lorsque vos affaires marchent à merveille, c'est ridicule...

— Je l'avoue...

— Vous me demandez des nouvelles ? En voici. San-Sima, ne désespérant pas de retrouver de Montnoir, continue à fouiller le marais de Vera Cruz... Jack Brown, épuisé de fatigue, défiguré par les piqûres de moustiques, est en panne à Colon et parle d'abandonner cette poursuite idiote. Moralez fouille la région du Popocatepetl, espérant retrouver les bandits qui, soi-disant, enlevèrent miss Carrell, et Kara-Mustagh, notre rival le plus dangereux pour l'instant, au lieu de se diriger vers le Venezuela, descend la Cordillère des Andes dans la direction de Santa-Fé-de-Bogota.

— Vous croyez donc toujours que miss Carrell se dirige vers la Guyane à travers le Venezuela ?

— Jeff a retrouvé ses traces à Panama, à Colon, à Sincelejo, à Monpas, à Santa-Rosa et à Merida... Miss Carrell, en effet, commet une grosse imprudence en voyageant ainsi qu'elle le fait. Une caravane comme la sienne ne peut passer inaperçue et nous devons avoir l'espoir de la rejoindre bientôt.

— A moins que...

— Que voulez-vous dire ?...

— Que quelqu'un ne nous devance.

— De Montnoir encore ?...

— Toujours.

— Absurdité.

— Peut-être. Mais il y a dans ces hommes un ressort sur lequel vous ne comptez pas assez, Lawson. Vous les avez terrassés, soit. Vous ne pouvez cependant pas affirmer les avoir vaincus.

— Qui vivra verra...

— Et cela ouvre la porte à toutes les incertitudes...

— Avec les seules certitudes que nous avons, il est bon, je crois, mon ami, de mettre un frein à nos hésitations.

Dans l'après-midi du même jour, à la tête d'une dizaine d'hommes connaissant parfaitement le pays, ils reprirent leur route, voulant, en contournant le golfe de Maracaïbo, gagner Santa-Rosa, Trujillo, Guanare et, en suivant un affluent de l'Orénoque, arriver à San-Fernando où, ils l'espéraient, ils rejoindraient miss Carrell.

Huit jours passèrent sans incidents notables...

La marche était pénible parmi ces forêts, dont le sol, surchauffé par l'humus accumulé par les siècles, semble imprégné de fièvre.

Ils allaient parmi les colonnades géantes des arbres centenaires, l'œil sans cesse aux aguets.

Ils gravissaient des pentes abruptes, devant s'ouvrir un chemin à coups de hache parmi les fourrés de mimosas, d'agaves, de fourcroyas, de lianes, dont les épines, longue comme des poignards, les eussent lacérés...

Ils traversèrent des savanes sous un soleil de plomb, défaillant presque à chaque pas, mais domptant leurs nerfs avec une énergie farouche.

Enfin, sentant leurs bêtes épuisées entre Santa-Rosa et Trujillo, ils résolurent de s'accorder deux jours de repos.

Ils dressèrent leurs tentes à l'orée du bois, disposèrent leurs hamacs et après un confortable repas, produit d'une demi-heure de chasse, s'installèrent pour passer leur première nu t.

La température était douce, car en ce moment ils se trouvaient à environ quinze cents mètres au-dessus du niveau de la mer.

Autour d'eux, toute la flore et la faune des tropiques grouillaient en une vie intense que rien ne paralyse dans cette solitude éloignée de plus de cent milles de tout centre de civilisation.

Depuis Santa-Rosa, ils n'avaient rencontré que quelques villages d'Indiens Atures ou Omaguas, dont les huttes misérables se dissimulaient dans les sous-bois et qui ne vivaient, en réalité, que du produit de leur chasse.

Or, voici que, la nuit passée, comme le jour se levait presque subitement, des bruits de tam-tams se firent entendre de tous côtés, et sous la feuillée une foule d'Indiens apparut.

L'alarme ayant été donnée par les sentinelles, groupées en carré, Harry Sullivan, Peter Lawson et leurs compagnons attendaient, la carabine au poing, que les intentions des nouveaux venus se révélassent.

Mais il n'y avait que de la joie sur ces visages grimaçants et, grâce à son interprète, Sullivan apprit bientôt que c'était « la fiesta de las juvias » qui commençait.

« La Fête du curare ».

Vendanges terribles, pendant lesquelles les Indiens s'en vont dans les forêts chercher les lianes du venin à base de strychnine, que le sorcier de la tribu fera macérer en y joignant des crochets de serpents à sonnettes, des queues de raies, des peaux de crapauds, des tucandaras ou fourmis venimeuses, des sauterelles, des cent-pieds, des araignées-crabes, pour en tirer le poison mortel dont ils imprégneront leurs flèches pendant toute une année pour la chasse ou pour la guerre.

— Ils n'ont donc pas de fusils, dit en riant Sullivan.

— Les munitions coûtent cher, señor ; les villes où on peut se les procurer sont loin. Ils préfèrent leurs arcs et leurs sarbacanes.

— Moyens de défense bien primitifs.

— Dont ils se servent en maîtres, señor. Vous plaît-il d'avoir un exemple ?

L'interprète fit un signe et un Indien s'approcha. Ayant entendu ce qu'on désirait de lui, il braqua une sarbacane, longue d'environ six pieds et, d'un souffle puissant, chassa sa flèche dans la direction d'un perroquet qu'il avait montré au préalable.

L'oiseau avait été touché, car des plumes s'étaient envolées, mais il continua à jacasser et à secouer ses ailes.

— Pas bien terrible, le poison, murmura Sullivan.

— Attendez, señor, répliqua l'interprète.

Et, soudain, l'oiseau se tut, paraissant inquiet... Il se tassa en boule sur sa branche, comme s'il se disposait à dormir et, après quelques oscillations, croula tout à coup.

Il était mort.

Sullinvan prit son corps entre les mains et il lui fallut le plumer presque entièrement pour découvrir la blessure imperceptible produite par la flèche.

Il réfléchissait, tandis que l'interprète continuait à discourir.

— Vous le voyez, señor, disait-il, cette arme ne pardonne pas. Même quand le curare est de mauvaise qualité, la mort est inévitable. La durée, entre la piqûre et la fin, seule, varie. Quand le poison est très bon, l'absorption par piqûre de la valeur d'une tête d'épingle suffit pour paralyser en moins d'une demi-minute l'animal le plus puissant et à amener sa mort cinq minutes après, au maximum, sans souffrance.

— Et sans bruit, murmura Sullivan, les yeux rêveurs.

— Et sans bruit, répéta l'interprète. Je négligeais, en effet, de vous faire part de cet avantage... On peut tirer plusieurs oiseaux sur le même arbre ou plusieurs cerfs dans une même harde, sans donner l'éveil aux animaux qui ne sont pas atteints.

Sullivan regardait maintenant une sarbacane.

C'était une sorte de tuyau de bois fabriqué avec un morceau de sureau, fendu dans toute sa longueur, évidé et poli ensuite, soigneusement, comme le canon d'un fusil. Les deux moitiés avaient été ensuite réunies et soudées entre elles au moyen d'une liane très mince, mais très résistante et vernie avec une couche de résine.

— Et les flèches ? demanda Sullivan.

On lui en remit une.

C'était une mince tige de roseau de la longueur d'une longue aiguille avec, enroulée à sa base, de la bourre végétale, destinée à faire pression contre les parois de la sarbacane au moment du tir.

— Qu'en pensez-vous, Lawson ? questionna Sullivan avec un sourire étrange.

— Evidemment, c'est un pis aller, répondit Lawson, ayant compris la question de son complice, mais je vous conseille de n'employer ce moyen qu'à toute extrémité.

Le marché fut vite conclu.

Tirant une poignée de monnaie de sa poche, sans compter, Sullivan la mit dans la main de l'Indien à qui appartenait la sarbacane et demanda par contre une cinquantaine de flèches qui lui furent accordées.

La fête maintenant battait son plein. Dans les buissons, les Indiens s'interpellaiaent joyeusement, amassant les lianes du venin qu'on emportait ensuite au village proche, pour être traitées par le maître du curare, en l'espèce le docteur et sorcier.

La journée passa et, en compagnie des chefs de la tribu, Sullivan, Lawson et leurs hommes prirent part au festin préparé par les femmes, tandis que les hommes travaillaient.

Les têtes s'échauffaient peu à peu.

Les boissons fermentées faisaient leur œuvre.

Au bruit des tam-tams, des danses s'organisèrent à la lueur des torches enflammées et, sur un rythme lent d'abord, les couples évoluèrent pour se lancer ensuite en un tournoiement féroce, qui ne s'acheva que faute de danseurs.

L'ivresse régnait en maîtresse.

Le maître du curare se mit à l'œuvre pour préparer le poison dans le plus grand secret, tandis qu'autour de lui tout dormait sous l'empire de la boisson.

Ayant regagné leur campement, Sullivan et Lawson causaient à voix basse sous leur tente.

— Je vous le répète, Sullivan, disait Lawson, recourir à de pareils moyens est imprudent.

— Mon cher, le ciel m'est témoin que, lorsque vous m'avez rendu visite à New-York, je ne songeais à lutter avec de Montnoir qu'avec des moyens courtois... Vous m'avez entraîné sur la pente du crime et, maintenant, je vous le jure, si ce damné Français reparait un jour devant moi, je n'hésiterai plus.

— Je passe outre à votre accusation, Sullivan, repartit froidement Lawson, parce que, quoique ne la partageant pas, je comprends votre inquiétude...

— Vous n'êtes pas intéressé dans l'affaire...

— Pardon... N'oubliez pas vos promesses...

— Je ne les oublie pas, mais ce n'est pas là le point essentiel.

— Je croyais cependant que pour vous la question d'argent primait tout.

— Au début, oui, Lawson... Mais maintenant, je ne sais ce qui se passe en moi. A la seule pensée que miss Carrell puisse appartenir à un autre, mon cœur se révolte. La fortune, je m'en moque. Je l'abandonnerais toute à celui qui pourrait me donner la victoire. Je ne veux qu'Elsie... Vous entendez, Lawson : elle seule est mon but, et pour l'obtenir, il n'est pas d'armes que je ne saurais employer.

Tandis que Sullivan parlait, une étrange métamorphose s'était opérée dans la façon d'être de Lawson. Il s'était comme replié sur lui-même, ses traits s'étaient durcis ; dans son regard un feu sombre couvait et si Sullivan, lorsqu'il eut fini de parler, eût pu appuyer sa tête contre la poitrine de son interlocuteur, il eût senti un cœur battre tumultueusement.

— Vous aimez donc, miss Carrell ? lança Lawson d'une voix blanche.

— Je n'ose l'avouer.

— Eh bien, tranquillisez-vous au sujet de de Montnoir, vous ne le reverrez plus. Songez plutôt à vos autres adversaires qui, seuls, sont susceptibles de vous arracher la victoire que vous désirez.

— Ils sont loin...

— Qui sait ?...

— Que voulez-vous dire ?

— Que les jours passent, Sullivan, et que chaque aurore nous apporte de l'imprévu. Vous êtes parti de New-York n'envisageant que la possibilité de vous emparer de la fortune de miss Carrell ; or, voici que cette fortune vous importe peu et que la jeune fille seule vous intéresse. N'est-ce pas de l'imprévu ?... Et je répète encore, qui sait si, depuis, il ne vous est pas né de nouveaux adversaires qui, sans bruit, opérant pour leur compte, ne viendrait pas anéantir vos efforts au dernier moment ?...

— Lawson !...

— Sullivan ?...

— Que savez-vous ?...

— Moi ! rien... ou plutôt...

— Ou plutôt ?...

— Si !... Je sais que vous aimez Elsie !...

Et, ayant dit, Lawson sortit de la tente, s'enfonça dans la nuit et disparut.

CHAPITRE III

LES SURPRISES DE SAN-SIMA

Etendu sur le sol, en une rigidité quasi cadavérique, San-Sima priait.

Devant lui, un Bouddha de bronze, pansu et souriant, qu'il emportait dans tous ses déplacements, trônait sur une sellette entourée de cassolettes d'où s'échappaient des vapeurs odoriférantes.

Enfin, ayant baisé le sol trois fois, grave, San-Sima se leva et se dirigea vers la vaste fenêtre qui s'ouvrait sur un square de Vera Cruz.

Mallgré l'heure matinale, de nombreux promeneurs évoluaient déjà à l'ombre des palmiers, mêlant des costumes d'une simplicité biblique aux élégants ornés de parements d'or et d'argent, tandis que, de-ci de-là, des Mexicains, qui n'avaient pas renoncé au costume national, se montraient en veste courte, et en pantalons collants à patte d'éléphant, coiffés de feutres gigantesques aux ailes disparaissant sous les galons et les torsades, à la coiffe en pain de sucre.

Dans le soleil, les moustiques dansaient à la recherche d'un patient.

Sur les palmiers, les lauriers et les tamarins, des nuées de zopilotes, sinistres vautours au col déplumé, qui ne se nourrissent que de charognes, s'ébattaient lourdement en poussant des cris aigus ou en croassant sourdement.

San-Sima, attentif, regardait au loin.

Il fit un geste et sourit.

Il venait d'apercevoir celui qu'il attendait et qui, d'un pas rapide, glissait parmi la foule.

Quelques secondes après, il était devant lui et, s'inclinant profondément, attendait que San-Sima voulût bien le questionner.

— Eh bien, It-Fou, dit ce dernier, quelles nouvelles m'apportes-tu ?

— Hélas ! maître, malgré nos recherches, nous n'avons rien trouvé. Je dois pourtant vous signaler que, dans la rue de Soledad, deux inconnus ont été aperçus, discutant avec un fournisseur de pièces automobiles...

— Qui les a vus ?

— Myaki.

— A-t-il demandé des renseignements ?

— Oui, maître, mais malgré l'offre d'une bonne récompense, il n'a pu savoir qu'une chose, c'est que c'est la troisième fois, en huit jours, que ces hommes-là s'adressent à ce marchand.

— Que veulent-ils ?...

— Myaki n'a pu arracher le secret.

— Les a-t-il suivis ?...

— Oui ! mais, arrivés sur la route de Mexico, ils ont sauté dans une petite voiture qui semblait les attendre et, rapidement, ont disparu.

— Dans quelle direction ?

— D'Orizaba.

San-Sima réfléchissait.

— Etrange ! murmurait-il. Et tu dis que ces gens-là sont complètement inconnus ici ?...

— On nous l'a affirmé.

— Pourrais-tu m'en donner un signalement détaillé ?...

— Oui, maître, si vous le désirez, mais je dois vous dire, tout d'abord, qu'il ne correspond en rien à celui de de Montnoir ou de son ami Blainville. Ces deux hommes-là sont petits, tandis que la taille des deux Français dépasse la moyenne.

— Inutile donc d'insister... Et du côté de miss Carrell ?...

— Rien de nouveau... Le complice que nous avons dans l'hôtel même de miss Carrell m'a téléphoné ce matin en langage convenu. Ils n'ont là-bas aucune nouvelle depuis le passage de leur maîtresse dans le Cassiquiare.

— Bien. Tout est prêt pour l'expédition ?...

— Oui, maître.

— Nous partirons à neuf heures...

— On nous attend là-bas...

— Tu peux te retirer, It-Fou.

Resté seul, pendant un instant, San-Sima se promena de long en large dans sa chambre. Une mâle énergie se reflétait sur son visage et ses mouvements, d'une souplesse féline, semblaient déceler des forces insoupçonnées.

Comme Elsie, il ne croyait pas et ne pouvait croire à la mort de de Montnoir et de Blainville, et, s'il s'attardait ainsi à leur recherche, au lieu de s'élancer à la poursuite de miss Carrell, c'est que — fait qu'ignorait Sullivan et dont de Montnoir ne se souvenait plus — pendant la guerre européenne, il avait été sauvé par l'aviateur, alors qu'il combattait à ses côtés dans une escadrille de chasse. Attaqué par trois Fokkers, il allait succomber, lorsque de Montnoir était survenu, avait abattu un ennemi, avait attaqué un second, et lui avait permis de se défendre contre le troisième.

Il voulait payer cette dette et lutter ensuite contre de Montnoir à armes égales.

Depuis deux mois, il s'acharnait dans ses recherches dans tout le pays et, ce jour'hui, avait décidé de tenter une dernière visite du marais dans lequel l'avion de de Montnoir était tombé.

— Allons, murmura-t-il, il faut se décider.

Il gagna la rue, traversa l'Alameda à l'ombre de ses palmiers géants et arriva dans un faubourg de la ville, où il savait que It-Fou l'attendait, en compagnie de Myaki, avec des chevaux.

Sous un soleil de plomb, ils mirent deux heures pour couvrir les quelque vingt-cinq kilomètres qui les séparaient du marais.

La savane s'étendait au loin, tachée seulement, de distance en distance, par des touffes d'une herbe rude et jaunâtre, rôtie par la chaleur, par de maigres arbustes, dont les branches aux formes tourmentées, semblent ne pouvoir s'éloigner du sol, par des flaques d'eau saumâtre où viennent s'abreuver des moutons efflanqués, tandis que leurs gardiens somnolent dans un repli de terrain.

Ils arrivèrent enfin.

Une vingtaine d'hommes étaient déjà là, ayant mis à flot quatre radeaux qu'ils avaient construits sur place les jours précédents et qu'ils devaient employer à fouiller les moindres recoins de cet îlot de verdure, véritable oasis dans la désolation de la savane, mais qui, en réalité, était beaucoup plus terrible.

San-Sima donna l'ordre d'embarquer.

Il savait déjà que l'avion de de Montnoir s'était abattu dans la partie nord du marais, mais, voulant procéder avec méthode, et ne laisser aucun passage inexploré, il dirigea la manœuvre en conséquence.

Sous l'impulsion de longues gaffes, que maniaient les hommes à tour de rôle, les radeaux commencèrent à glisser sur l'eau encombrée par des nénuphars géants et par des lianes qu'il fallait couper à coups de hache.

L'œil aux aguets, la carabine en mains, San-Sima, It-Fou et Myaki à l'avant, chacun, d'un radeau, sondaient les alentours, tandis que le quatrième radeau évoluait selon leurs indications.

Et, tandis qu'ils pénétraient plus avant dans le mystère de ces lieux mortels, l'horreur s'en révélait plus intense...

De l'onde troublée par les gaffes, des bulles énormes montaient et crevaient nauséabondes. Des cadavres de caïmans morts surnageaint, le ventre gonflé comme des outres, prêtes à éclater...

Mais ils n'y prenaient point garde.

De temps à autre, un coup de fusil éclatait et un crapaud géant disparaissait dans l'eau.

Un peu plus loin dans un « ahan ! », une hache s'abattait et un caïman trop audacieux s'enfuyait, la patte tranchée ou le mufle fendu.

Lentement, les radeaux avançaient, contournant les îlots, fouillant les coins de verdure, cherchant à découvrir un indice quelconque de la vie ou de la mort des deux aviateurs.

Mais c'était peine inutile.

Les ordres de San-Sima montaient brefs dans la rumeur du chant de milliers d'oiseaux, du cri des perruches et des perroquets et des coassements des grenouilles et des crapauds.

Ils ne se décourageaient pas...

Ils exploraient, minutieusement, les petites îles couvertes d'une végétation si dense, qu'ils étaient obligés de s'ouvrir un passage à coups de couteau et à coups de hache.

Pour passer sous les lianes retombantes, sous les branches effleurant l'eau, ils se couchaient à plat ventre sur leurs radeaux et triomphaient de ces difficultés comme des autres.

Soudain, alors qu'après une de ces passes difficiles, ils venaient d'atterrir pour fouiller un coin de verdure, un cri d'angoisse s'éleva.

Saisi dans les anneaux d'un énorme boa, un homme râlait.

Que faire ?...

Avec la rapidité de l'éclair, le monstrueux serpent s'était enroulé autour de sa victime et, sous la fantastique pression qu'il tentait d'arrêter de ses bras libres encore, l'homme sentait ses os craquer.

Tirer ?...

San-Sima n'osait pas.

Le corps de l'homme et le corps de la bête ne faisaient qu'un.

Il fallait attendre que la tête de la bête se dégageât peu à peu, car là seulement on pouvait l'atteindre à coup sûr.

Les yeux exorbités...

La face congestionnée...

Le cou gonflé par un effort suprême, l'homme râlait...

— Vite ! vite !... N'hésitez plus... J'étouffe... j'étouffe...

San-Sima comprit qu'il fallait agir, mais devant l'impossibilité absolue de se servir de son fusil, il le jeta à terre et se précipita, le couteau à la main.

Devant ce nouvel ennemi, le boa, sans lâcher sa première proie, se raidit et, rapide, à la façon d'une catapulte, sa tête s'élança.

San-Sima, sur ses gardes, l'évita d'un brusque écart et plongea son couteau dans la gorge tendue.

L'homme était sauvé...

Pantelant, la face blême, le front couvert de sueur, il gisait sur le sol, gémissant doucement, tandis qu'autour de lui ses camarades s'empressaient.

Mais, craignant que les caïmans attirés par la lutte ne vinssent à les entourer, San-Sima donna l'ordre d'embarquer.

Ils continuèrent leur route dans les méandres pestilentiels du marais, dont les lacis devenaient de plus en plus difficiles à franchir.

La faune s'unissait à la flore pour s'opposer à leur marche.

Une araignée-crabe, au corps couvert d'une carapace, aux pattes énormes et velues, s'abattit sur la face de It-Fou, qui tomba en poussant un cri de terreur.

Un trigonocéphale lové au pied d'un buisson, en une brusque détente, s'élança sur Myaki.

Un jaguar, surpris au moment où il se désaltérait, bondit sur un radeau.

Mais San-Sima, calme, veillait.

D'un coup de feu entre les deux yeux, le jaguar avait été abattu.

Le trigonocéphale avait été broyé avant d'avoir pu mordre.

L'araignée, les pattes tranchées en deux coups de couteau, avait roulé dans le marais.

Et triomphant de toutes les difficultés, ils étaient arrivés à l'endroit où l'avion de de Montnoir s'était abattu.

Effarés, ils regardaient de toutes parts, ne comprenant pas.

L'avion avait disparu.

On voyait, autour du lieu de chute, les traces d'un travail gigantesque, tandis qu'au loin, en une trouée lumineuse, la savane au sol desséché apparaissait...

Les lianes coupées pendaient lamentables...

Les arbres rasés à fleur de terre s'étaient abattus, en écrasant les buissons environnants.

Des coups de mines, de-ci de-là, avaient ouvert un passage dans des endroits infranchissables.

La hache avait fait tomber les petits obstacles et le feu avait déblayé le reste.

San-Sima, ayant à ses côtés ses fidèles It-Fou et Myaki, contemplait silencieusement ce spectacle, le front soucieux...

Qui avait fait cela ?...

Quels étaient les êtres assez courageux pour oser s'attaquer à cette nature jusqu'alors inviolée ?

Un sourire naissait dans ses yeux...

Il illumina son visage...

Il s'extériorisa...

— Eux ! C'étaient eux ! Il n'y avait au monde que ces deux êtres capables de mener à bien une telle tâche...

Et, sans conclure, il dit, en s'adressant à ceux qui l'entouraient :

— Allons, nous n'avons plus rien à faire ici. Regagnons Vera Cruz.

Et, par la route libre d'obstacles, ils sortirent du marais.

Le lendemain, un paquebot, en partance pour Caracas, emmenait San-Sima et sa suite au Venezuela.

CHAPITRE IV

DANS LES RAPIDES DE L'ORÉNOQUE

Cependant miss Elsie Carrell, après quelques jours de repos, nécessités par la terrible émotion subie, lors de son aventure au pays des Mangeurs de terre, avait repris sa marche en avant.

Suivant l'itinéraire qu'elle s'était tracé, elle avait poursuivi sa route en descendant le cours de la rivière Apure, qui devait la conduire à l'Orénoque.

Ils étaient passés à San-Fernando où, malgré l'espoir que Lawson avait fait luire aux yeux de Sullivan avant de disparaître, sa présence n'avait été marquée par aucun incident.

Après la traversée de cette ville, à quelques milles au sud, les bords de la rivière étant couverts d'un fouillis inextricable de lianes, de buissons épineux, de plantes géantes, malgré ses efforts pour passer quand même, elle avait dû s'incliner. Délaissant alors ses voitures qui devaient la rejoindre en des régions plus accessibles, elle était montée à cheval et, obliquant légèrement vers l'est, elle s'était enfoncée dans la savane.

Sous le soleil torride, la plaine s'étendait à perte de vue. De la chaîne des montagnes côtières qui, de Barcelona à Santa-Martha, en passant par Caracas, Valencia et le lac Maracaïbo, dresse ses cimes majestueuses à plus de cinq mille mètres au-dessus de la mer des Antilles, la savane couvre, en effet, seize mille lieues carrées, s'élançant au delà des rives du Meta et du Vichada, jusqu'aux sources inexplorées du Guaviare à l'ouest, atteignant à l'est le delta de l'Orénoque.

Ils marchaient dans le silence immense qui semblait les envelopper, n'ayant pour reposer leurs regards que de rares bosquets de cocotiers, dans lesquels ils apercevaient parfois des groupes d'Indiens errants et la vue lointaine de forêts où poussent à l'envi les bananiers, les cotonniers, l'acajou, le cèdre, le palissandre, embaumés par la vanille grimpante.

Dans les endroits humides, parmi les hautes herbes, apparaissaient d'innombrables troupeaux de bœufs, de chevaux sauvages, des ânes, des mulets déambulant à l'aventure, sans abris, sans gardiens, sans soins, proie facile pour les jaguars qui, après s'être rassasiés, abandonnent les cadavres aux corbeaux « samuros », dont les troupes nombreuses se chargent de faire disparaître les derniers débris.

Depuis trois jours, ils marchaient ainsi, sous la conduite d'un indigène qui devait les ramener aux bords de l'Apure, un peu avant sa jonction avec l'Orénoque.

Il était quatre heures de l'après-midi.

La chaleur avait été accablante.

Pour atteindre le bois où ils devaient camper, leur guide comptait encore deux heures de marche.

Les chevaux, harassés par une longue étape, butaient à chaque instant et Elsie crut devoir imposer une halte.

L'Indien ne s'y opposa pas, mais, le visage grave, debout sur ses étriers, il sonda la plaine du regard.

— Qu'y a-t-il, ami ? questionna Padilla. Un danger ?...

— Les chiens, répondit laconiquement le guide, en continuant à regarder au loin.

— Les chiens, répéta Padilla, que veux-tu dire ?...

Mais l'Indien, silencieux maintenant, prêtait l'oreille.

Puis, comme Elsie continuait à parler en compagnie de Betty et de Tom Lix, il fit un signe, imposant le silence à tous.

— Qu'y a-t-il ? murmura Elsie.

— Je ne sais...

L'Indien avait mis pied à terre et, l'oreille collée contre le sol, il écoutait...

Il se leva, soudain...

— Les chiens, cria-t-il, les chiens arrivent. Vite, formons le cercle, les chevaux au centre et visons juste.

Sans savoir exactement quel était le danger qui les menaçait, ils obéirent.

Tandis qu'ils vérifiaint leurs armes, l'Indien, rapidement, entrava les chevaux et reprit sa place dans le rang.

Il était temps...

Les poils hérissés, les crocs en bataille, hurlant, aboyant, se battant entre eux, une horde de chiens sauvages parut.

Combien étaient-ils ?...

Qui aurait pu le dire ?

Ils surgissaient des hautes herbes dans un essor sans cesse renouvelé.

— Feu ! ordonna l'Indien.

Et, dans un craquement sinistre, les fusils crachèrent la mort.

Mais les chiens ne reculèrent pas.

Les yeux sanglants, la bave à la gueule, ils tournaient autour du cercle que formaient Elsie et ses compagnons de voyage, bondissant au-dessus des cadavres de leurs congénères, exaspérés par l'odeur du sang et de la poudre...

Et l'œuvre de mort continuait.

Dans les carabines à répétition, les chargeurs succédaient aux chargeurs.

Les flammes jaillissaient des canons surchauffés.

Les balles sifflaient en rafales...

Les cadavres s'amoncelaient, formant un rempart entre les assaillants et les assaillis.

Et toujours... toujours du tréfonds de la plaine, de nouvelles victimes venaient s'offrir aux coups mortels...

Elsie, auprès de Betty, les joues rosées, l'œil pétillant de joie, oubliait sa fatigue, applaudissant à l'adresse de sa compagne...

— Bravo ! bravo ! criait-elle, ravie. Je suis en adoration devant toi, darling Betty.

Et, en même temps, elle visait et abattait au vol un audacieux qui, bondissant au-dessus du rempart formé par les morts et les blessés, tentait de franchir le cercle infernal.

Au-dessus du champ de bataille, un vol de « samuros », s'épaississant sans cesse, battait des ailes en croassant lugubrement.

Ils attendaient la curée.

Ils sentaient que ce soir ils feraient ripaille.

Les coups de feu répondaient à leurs cris...

Le canon de sa carabine lui brûlant les doigts, Elsie la remplaça par ses pistolets.

Aussi adroite, elle faisait feu des deux mains, tirant au jugé, mais ses balles, toujours, atteignaient leur but, tuant ou blessant grièvement.

Une accalmie se produisit...

Un flottement se faisait sentir dans la horde terriblement éprouvée.

Etait-ce la fin ?...

Pas encore...

En une ruée soudaine, l'offensive reprit furieuse.

Elle fut accueillie comme il convenait...

Durant dix minutes encore, les salves continuèrent de seconde en seconde...

Enfin, les rangs pressés des chiens survivants semblèrent s'éclaircir...

Les coups de feu ralentirent...

La tête basse, l'échine courbe, la queue entre les jambes, rôdant, flairant, peu à peu, les chiens s'éloignèrent.

C'était fini...

Alors, ayant désentravé les chevaux, ils sautèrent en selle et s'éloignèrent, rapides, de ce lieu de carnage.

— Regardez, miss, murmura Padilla, lorsqu'ils eurent parcouru environ trois cents mètres.

Et Elsie, s'étant retournée, eut un cri.

La plaine était noire...

Les corbeaux étaient à l'ouvrage...

— Oh ! la dégoûtante chose ! s'écria Elsie.

Et, comme pour échapper à l'horrible vision, elle éperonna son cheval qui fit un bond et partit au galop.

Deux heures après, ils arrivèrent au lieu choisi par l'Indien pour le campement.

Leur nuit fut exempte d'incidents et ils reprirent leur route le lendemain à l'aurore.

Quarante-huit heures passèrent encore et, ainsi que l'Indien le leur avait promis, ils se trouvèrent de nouveau au bord de l'Apure...

Accueillis par des indigènes qui s'étaient établis dans ces parages, ils tinrent conseil et résolurent, malgré le désir d'Elsie qui ne voulait pas s'attarder davantage, de laisser souffler leurs bêtes pendant quelques jours, car elles avaient énormément souffert dans la traversée de la savane...

— Nous n'avons qu'à les changer, avait dit Elsie.

Mais Padilla, prudent, était intervenu.

— Non ! miss, avait-il dit, nous savons ce que nous avons et les chevaux que pourraient nous donner ces Indiens seraient sujets à caution. Ces contrées, à part quelques villages disséminés dans les forêts ou dans la plaine, sont désertes. Je ne puis vous laisser courir le risque de manquer de monture...

Tom Lix avait insisté et Elsie avait dû s'incliner.

Hélas ! malgré la prudence de Gomez Padilla, Elsie devait connaître la fatigue de longues marches à travers la forêt équatoriale.

Dans la première nuit après leur départ, malgré les sentinelles faisant vigilance autour du campement, malgré les feux allumés pour éloigner les fauves, deux chevaux, dont celui d'Elsie, furent égorgés par des jaguars.

Le surlendemain, piqué par un trigonocéphale, un troisième animal s'abattit presque foudroyé, tandis qu'un quatrième rendu furieux par le dard d'un taon monstrueux s'emballait, jetait à terre son cavalier et allait se briser le crâne contre des rochers.

Deux seulement restaient.

Elsie et Betty, qui les montaient habituellement, mettaient souvent pied à terre pour céder leur place à leurs compagnons, mais cette dernière ressource devait leur manquer bientôt.

Un peu avant d'arriver aux bords de l'Orénoque, comme ils traversaient un bois épais, ils dérangèrent une harde de sangliers qui, au lieu de s'enfuir, leur fit front.

Le mâle et la femelle, le mufle hérissé sur des défenses énormes, pour défendre leurs petits, se ruèrent contre les intrus et, dès le premier choc, le ventre ouvert, un cheval s'affaissa en entraînant Betty dans sa chute.

La situation était critique, car la femelle, maintenant, entourée de ses marcassins, se tenait en arrêt devant Betty dont une jambe était prise sous le cheval agonisant, pendant que le mâle s'acharnait.

Courageusement, tenant leurs couteaux de chasse à la main, Tom Lix et Padilla s'élancèrent, cherchant à opérer une diversion qui, en attirant les fauves contre eux, permettrait à Elsie, aidée par les Indiens, de délivrer Betty.

Mais, d'un coup de boutoir formidable, la laie jeta Tom Lix sur le sol avant qu'il ait eu le temps de frapper, se rua sur Padilla qui l'évita d'un brusque écart, et voltant subitement, voulut foncer sur Betty.

Elsie poussa un cri d'angoisse...

Pourtant, ne perdant pas son sang-froid, jugeant que, seule maintenant, elle pouvait sauver celle qu'elle considérait comme une amie, rapide comme l'éclair, d'un coup d'éperon forcené elle enleva son cheval et le jeta au-devant de la laie.

Les deux jambes brisées dans le choc, la monture d'Elsie s'effondra en poussant un hennissement douloureux, mais Betty était sauvée.

En effet, étourdie, la laie avait marqué un temps d'arrêt et Tom Lix en avait profité pour lui planter son couteau jusqu'à la gard au défaut de l'épaule.

Restait le mâle. Rendu furieux par les grognements d'agonie de sa laie, le groin hérissé, les défenses en avant, d'un bond furieux, il s'élança, mais, au même instant, une salve strida et, flageolant pendant quelques secondes, il s'écroula enfin, tandis que les marcassins épouvantés disparaissaient dans les fourrés...

Le cheval, les jambes brisées, hennissait toujours.

Silencieux, Gomez Padilla s'approcha et, d'un coup de revolver, lui cassa la tête.

— Et maintenant ? questionna Elsie.

— A la grâce de Dieu, miss ! répondit Padilla.

Et, douloureusement impressionnés, après s'être chargés de tout ce que portaient leurs chevaux, ils s'éloignèrent.

Ils marchèrent pendant deux jours ; enfin, épuisés de fatigue, ils arrivèrent au confluent de l'Apure et de l'Orénoque.

Une tribu d'Indiens campait sur les bords du fleuve. Mais si, parmi eux, ils purent prendre le repos nécessaire après tant de vicissitudes, la situation n'en restait pas moins grave, car, pour poursuivre leur route, il leur fallait des chevaux et des vivres que les Indiens ne pouvaient leur donner.

Ah ! certes, en quittant New-York, miss Carrell avait voulu vivre d'une vie sans cesse nouvelle, d'une vie apportant chaque jour des sensations non éprouvées encore.

Elle songeait maintenant, au bord du grand fleuve vénézuélien, à ceux qui, quelque part, sur ce vaste continent, luttaient contre les forces de la nature pour la conquérir...

Où étaient de Montnoir et Blainville ?...

Que devenaient Moralès, et Sullivan, et Kara-Mustagh, et San-Sima, et Jack Brown ?

Tandis qu'elle était immobilisée ainsi, quelles étaient les difficultés qu'ils avaient à surmonter ?...

Ah ! celui qui le premier la rejoindrait serait vraiment celui qui serait digne d'être appelé l'élu...

Perdue dans sa songerie, silencieuse, elle déambulait sous les ombrages de la rive en compagnie de Betty, lorsque ses yeux se fixèrent...

Elle venait d'apercevoir des « lanchas » qui, rapides, évoluaient parmi les remous du fleuve...

Une idée germait en son cerveau.

— Viens ! dit-elle à Betty, stupéfaite.

Et elle rejoignit Padilla et Tom Lix qui causaient avec les chefs de la tribu.

— Amis !.. Amis !... cria-t-elle joyeuse, en les apercevant, nous allons partir.

Ne comprenant pas, ils la regardèrent, cherchant à deviner son idée...

— Regardez, dit-elle, en montrant le fleuve.

Ils suivirent la direction de son geste, aperçurent les bateaux, mais ne comprirent pas davantage.

— Expliquez-vous, miss, je vous en prie, dit Tom Lix... Ces bateaux ?...

— Nous serviront, puisque nous ne pouvons le faire par terre, à gagner la ville la plus proche, où nous nous ravitaillerons pour continuer notre voyage.

— En effet, dit Tom Lix, comment n'y avons-nous pas songé plus tôt ?...

Mais Padilla sourit.

— Ce serait une folie, dit-il, car nous serions broyés dans les rapides.

Et, en quelques mots, il mit le chef au courant de l'idée d'Elsie.

L'Indien, gravement, avait écouté et, regardant fixement Elsie :

— La femme blanche, dit-il, a donc beaucoup de courage ?

Et comme Padilla avait répondu qu'elle était vaillante parmi les plus vaillantes, le chef hocha la tête, en disant :

— Alors la chose est possible. Mais je vous préviens que, durant tout le trajet, la mort rôdera autour de vous, prête à vous emporter à la moindre défaillance.

Padilla fit part à Elsie de toutes les appréhensions du chef, mais, en sportive qu'elle était, elle ne trouva dans ces objections qu'un motif de plus pour passer outre.

Le chef alors appela près de lui une demi-douzaine d'Indiens et leur expliqua ce qu'on attendait d'eux.

Ils acceptèrent et, le lendemain, devant toute la tribu assemblée, trois pirogues indiennes descendirent le courant de l'Orénoque, sous la direction des meilleurs pilotes.

— La première grande ville, avait dit le chef, est Canasto, à cinquante lieues environ de notre campement.

Et, parmi des paysages d'une richesse inouïe, ils allaient, oubliant, devant cette nature somptueuse, les dangers qui les attendaient.

La première journée passa, rapide.

Ils campèrent au bord du fleuve, n'ayant pour se nourrir que le produit de leur chasse et des fruits cueillis aux arbres.

Ils repartirent à l'aube et, presque soudainement, le décor changea.

Aux splendeurs forestières, de hauts coteaux avaient succédé.

Le fleuve coulait maintenant entre deux rives escarpées dont les flancs étaient troués par une multitude de « cuevas », dominant les « charcos », trous profonds où tournoient les remous, endroits de prédilection des caïmans...

Les pirogues filaient comme des flèches.

A l'horizon une masse de blocs de granit se dressait, semblant barrer la route à la masse d'eau qui maintenant roulait dans une gorge désolée, charriant des troncs d'arbres arrachés aux rives, des masses d'herbes, de longues lianes.

Attentifs, les pilotes regardaient devant eux, une longue perche à la main, prêts à agir, tandis qu'à l'arrière, les pagayeurs suivaient leurs ordres donnés en termes brefs.

L', lentement, des lointains, une rumeur formidable semblait venir vers eux...

Bientôt, une poussière d'eau les enveloppa, les trempant jusqu'aux os.

Le grondement s'accentuait encore.

Soudain, au détour d'un ravin, à cinquante mètres à peine devant eux, ils aperçurent l'abîme.

Betty, pâle comme une morte, regardait, hagarde...

Elsie, la face dure, les dents serrées, les nerfs tendus par un effort de volonté indomptable, suivait, attentive, tous les gestes des pilotes.

Padilla et Tom Lix, résignés à leur sort, sans oser exprimer ce qu'ils ressentaient, se regardaient, souriant de leur commune faiblesse qui, devant le vouloir d'Elsie, les avait entraînés dans cette terrible aventure.

Et, soudain, dominant le tumulte de l'eau qui s'écroulait de trente mètres de hauteur, un cri d'angoisse monta sous le ciel.

La cataracte était là, à quelques mètres...

C'était la chute effroyable sur des rochers qui les déchiquetteraient pour les rouler ensuite dans les remous jusqu'à ce qu'ils servent de pâture aux caïmans.

— Oh !... Elsie, cria Betty, désespérée.

Mais, à ce cri d'effroi, un commandement bref avait succédé.

Dans un effort suprême, les trois pagayeurs tendirent leurs muscles, cambrant les reins, agrippant leurs pieds au fond des pirogues qui, obéissant à l'impulsion donnée, allèrent s'échouer parmi les branches d'un buisson dominant un tertre rocailleux qui surplombait l'abîme.

Betty pleurait...

Mais Elsie ne restait pas inactive...

Gagner les bords du fleuve ?...

Impossible.

A droite, à gauche, ce n'étaient que des falaises inaccessibles.

Courageusement elle se lança sur le tertre, suivie par les pilotes et, en s'accrochant aux branches des buissons qui dominaient le fleuve, elle se pencha sur le gouffre...

Deux colonnes d'eau s'abîmaient en mugissant entre une coulée de roches, qui divisait le courant en deux branches sur une longueur de cent mètres environ...

— Descendons, ordonna Elsie.

Et, très calme, voulant reconnaître les lieux avant de risquer la vie de ses compagnons, de rochers en rochers, de buissons en buissons, elle parvint au fond de la chute...

La descente était possible...

Ils remontèrent et, sous la direction d'Elsie et des trois pilotes, le sauvetage s'organisa...

Trois heures durant, ils luttèrent contre cette nature en courroux, dominant de courtes défaillances pour finalement triompher...

Mais ils n'en étaient qu'à la première marche de l'escalier de géant qui, de cent cinquante mètres de haut, conduit l'Orénoque à son niveau normal.

Plus de cent fois, les pirogues faillirent se briser sur des écueils à fleur d'eau.

Des troncs d'arbres les heurtèrent, menaçant de les faire chavirer...

Pris dans une masse de lianes s'opposant à toute manœuvre, ils ne purent se dégager, mais, alors qu'ils se croyaient irrémissiblement perdus, ces mêmes lianes les sauvèrent en glissant entre les rochers et en protégeant les flancs de leurs esquifs.

Enfin, au soir du sixième jour de cette terrible navigation, ils arrivèrent au pied des chutes...

L'obstacle était vaincu...

L'Orénoque s'étendait, paisible, entre deux rives verdoyantes...

— Eh bien, chère petite chose, dit Elsie, en s'adressant à Betty, vous le voyez, nous ne sommes pas morts...

— Non ! s'écria Tom Lix, en riant, mais, maintenant que nous vous avons prouvé que nous étions disposés à vous suivre au bout du monde, promettez-nous, miss, de ne plus recommencer à jouer ainsi votre vie et la nôtre...

— D'autant plus, poursuivit Gomez Padilla, que vous n'avez pas le droit de disposer ainsi d'une existence qui, somme toute, appartient comme enjeu à ceux qui se sont lancés à votre poursuite...

Elsie éclata de rire...

— Tiens, c'est vrai, dit-elle, je n'avais pas songé à cela... Eh bien, je vous le promets.

Le lendemain, ils débarquèrent à Canasto.

CHAPITRE V

L'ÉTREINTE SE RESSERRE

Cependant el señor Luis Moralès, las d'errer dans les forêts du Mexique, à marches forcées, avait gagné l'Amérique centrale et, chevauchant sans trêve, avait rejoint l'Anglais Jack Brown à Panama. Après une brève explication, dans laquelle sa verve méridionale avait eu raison du flegme du fils d'Albion, ils avaient conclu tous deux une sorte d'alliance, leur permettant d'unir leurs efforts jusqu'au jour où, prêts de toucher au but, ils reprendraient leur indépendance...

L'étreinte se resserrait autour de miss Carrell.

En effet, à la suite de ce pacte, Moralès entraînait Jack Brown, n'ayant eu aucune peine, grâce à des cadeaux distribués à bon escient, à retrouver des traces du passage d'Elsie. Traversant la Colombie, ils étaient entrés dans les provinces vénézuéliennes et se trouvaient maintenant sur les bords du lac Maracaïbo.

Plus au sud, Sullivan, abandonné par Lawson, cheminait à travers les savanes, tandis que San-Sima, ayant acquis la certitude que l'appareil de de Montnoir ne se trouvait plus dans les marais de Vera Cruz, venait de débarquer à Barcelona et se dirigeait vers Bolivar.

Ces trois groupes menaçaient donc de mettre un terme à l'aventure de miss Carrell par le nord. A l'ouest, le prince hindou Kara-Mustagh, comprenant qu'il avait fait fausse route en suivant la Cordillère des Andes, revenait vers l'est et par Bucaramanga, San-Cristobal, n'économisant ni les hommes ni les bêtes, en suivant les vallées, avait gagné les rives de l'Apure où il reprenait chaque jour du terrain.

Restaient de Montnoir et Blainville d'une part, Lawson de l'autre.

Ce dernier, tout à sa haine, dès le jour où Sullivan lui avait laissé entendre qu'en réalité il aimait Elsie, n'avait pas perdu de temps. En compagnie d'un seul Indien qu'il avait gagné à sa cause, après avoir chargé ses appareils et ses bagages sur des mulets, il était parti en avant, cherchant à distancer le plus possible son ancien associé. Il avait réussi en partie. En effet, lorsqu'il arriva à San-Fernando, Elsie venait de quitter cette ville. Il se lança immédiatement à sa poursuite, mais après quelques heures de route, il s'arrêta, car la caravane de l'Américaine rebroussant chemin, venait de le croiser, à la recherche de voies plus accessibles.

Un hasard inespéré lui permettait donc de joindre miss Carrell à coup sûr. Il n'hésita pas, et, faisant demi-tour, résolut de suivre la piste de la caravane jusqu'au jour où elle reprendrait contact avec Elsie.

De de Montnoir et de Blainville, aucune nouvelle.

San-Sima, à son retour à Vera Cruz, avait annoncé la disparition de l'avion des deux Français et cette nouvelle, publiée par les journaux locaux, reproduite ensuite par les principaux organes de la presse mondiale, n'avait pas été sans donner de l'espoir aux amis des deux aviateurs.

Hélas ! les jours passèrent et ils ne donnèrent pas signe de vie.

A l'instigation du gouvernement français, la police mexicaine fit une enquête aux fins de retrouver ceux qui avaient pris part à l'enlèvement de l'appareil, mais elle ne donna aucun résultat et, les jours succédant aux jours, ce fut l'oubli.

Donc, San-Sima à l'est, Sullivan Moralès et Jack Brown au nord, Kara-Mustagh à l'ouest entouraient miss Carrell, ne laissant libres que les routes conduisant à la Guyane.

Certes, elle pouvait, si elle le désirait, échapper à ses poursuivants, en se lançant dans les savanes à l'aventure, mais elle se souvenait encore des souffrances endurées à proximité de l'Apure et, sinon pour elle, elle ne voulait pas exposer de nouveau ses compagnons de route à de telles épreuves.

Tom Lix, cependant, grâce au service d'espionnage qu'il avait organisé avant son départ de New-York, savait quelle était la position exacte de tous les concurrents et, en arrivant à Canasto, son premier soin avait été de monter ses appareils de T. S. F. et de se mettre en communication avec ses correspondants.

Par les nouvelles qu'il reçut, en réponse à ses appels, il comprit qu'il n'avait pas de temps à perdre et, réunissant aussitôt Elsie, Betty et Gomez Padilla, ils tinrent conseil.

Elsie écouta attentivement le rapport de Tom Lix et lorsqu'il eut terminé :

— Vous n'avez pas parlé de de Montnoir ? dit-elle.

— Disparu.

— Toujours ?...

— Hélas ! miss, ce n'est pas toujours qu'il faut dire, mais... pour toujours...

Catégorique, elle affirma :

— Non, master, vous vous trompez...

— Cependant...

— Ne discutons pas. L'avenir nous apprendra qui de nous a raison...

— Sincèrement, miss, je souhaite que ce soit vous...

Un éclair fugitif de joie s'alluma dans les grands yeux d'Elsie, mais, en se dominant, elle reprit, très calme :

— Nous disons donc que les groupes les plus proches de nous sont ceux du Japonais San-Sima et de Harry Pertry Sullivan.

— En effet...

— Vous me dites aussi que Peter Lawson s'est séparé de ce dernier et qu'on ne sait pas exactement où il se trouve. Comment se fait-il ?...

— Cela se comprend, miss. Avant mon départ, j'ai détaché auprès de chacun des concurrents un détective et deux aides, avec mission de ne pas les perdre de vue et de me rendre compte de leur marche à chacun de mes appels. Peter Lawson n'a jamais fait mine de se mettre sur les rangs et nous ne l'avons considéré jusqu'ici que comme le compagnon de voyage de master Sullivan... Pourquoi, exactement, s'en est-il séparé ? je l'ignore. Quelles sont ses intentions ?... Nous n'avons aucune base sérieuse pour l'établir...

Et, souriant, narquois, il ajouta :

— En tout cas, je crois, sans crainte de me tromper, pouvoir affirmer qu'avec son physique il n'osera jamais prétendre à votre conquête.

Elsie, grave, réfléchissait.

Lentement, elle articula enfin :

— Betty, Tom Lix, Padilla, je vous dois un aveu. A l'instant, je viens de comprendre la folie que j'ai commise, en me donnant comme enjeu à une randonnée comme celle que nous effectuons en ce moment...

— Folie, en effet, n'est pas trop dire, repartit Tom Lix, car s'il est quatre hommes qui sont susceptibles de faire pour vous un époux acceptable...

— Et qui sont ?... interrompit vivement Elsie.

Tom Lix sourit.

— Faut-il, miss, dit-il, vous les nommer dans l'ordre de mes préférences ?

Du tac au tac, Elsie répondit :

— Pourquoi pas ?... Je me rendrai compte, ainsi, si vos idées sont les miennes.

— Soit ! En premier donc, je vois de Montnoir... en second, Harry Sullivan ; en troisième, Jack Brown et, en dernier, Luis Moralès.

— Vous éliminez donc le Japonais San-Sima et le prince Kara-Mustagh ?

— Oui, miss... le premier, pour des questions de race et de politique ; le second, pour des questions de race simplement

— Je comprends et je m'incline devant votre jugement en ce qui concerne ces deux hommes. Mais vous oubliez Lawson ?...

Tom Lix éclata de rire...

— Non, miss, dit-il, ne songeons pas à l'invraisemblable...

— Soit. Je pense donc, messieurs, que vous ferez l'impossible pour écarter de ma route ces trois hommes...

— L'impossible, vous l'avez dit, miss...

— Et à ces trois hommes, à mon grand regret, Tom Lix, car je vais à l'encontre de votre appréciation, j'en ajoute un quatrième... master Sullivan...

— Cependant, miss, celui que vous écartez ainsi délibérément de la compétition, ne fait-il pas partie du cercle de vos relations ? Tout le monde, à New-York, le juge comme un parfait gentleman...

— Je sais cela, Tom Lix, interrompit Elsie, mais, je ne sais pourquoi, j'ai toujours redouté cet homme. Lorsque je le rencontrais dans les salons, je me sentais glacée à son approche... Lorsqu'il me regardait, je frémissais de tout mon être... Lorsqu'il me parlait, je ne pouvais articuler une réponse, tant ma gorge était serrée... Prévention ridicule ou prescience ? Je ne puis l'expliquer... Je ne puis vous dire qu'une chose, c'est que, lorsque j'ai appris qu'il se mettait sur les rangs, j'aurais voulu reprendre ma parole. Mais hélas ! il était trop tard... Orgueilleusement alors, je me suis raidie, en me disant qu'on ne pourrait m'emporter que de haute lutte, que je saurais échapper à ceux qui ne me convenaient pas, que je n'accorderais ma main qu'à celui que j'aurais choisi parmi tous ces hommes... Je jouais avec le destin... Sullivan, à qui je préférerais Kara-Mustagh, San-Sima et même, peut-être, Lawson, est celui qui est le plus proche de moi, qui, peut-être demain, me rejoindra...

— N'exagérez pas, miss...

— Ah ! messieurs, je vous en prie, comprenez mon angoisse... L'heure est tragique, je vous l'assure, car, plutôt que d'appartenir à cet homme, je préférerais...

Violent presque, Gomez Padilla l'interrompit, la voix rauque.

— Assez, miss, cria-t-il, pas un mot de plus... Je vous le jure, Harry Sullivan ne vous approchera jamais...

— Merci, murmura Elsie, en lui tendant la main.

Respectueusement Gomez Padilla se pencha et l'effleura de ses lèvres, puis, levant le front, transfiguré :

— Et maintenant, amis, il faut partir.

— Dans quelle direction ?

— Sud...

— C'est encore la savane, fit remarquer Tom Lix.

— Oui. Mais, à deux cents kilomètres d'ici, nous rejoindrons la rivière Caroni, dont les berges seront favorables à notre marche.

— Et notre convoi...

— Nous donnerons toutes les indications utiles au guide que nous laisserons ici et peut-être nous rejoindront-ils avant que nous ayons atteint la Guyane...

— Qu'en pensez-vous, miss ? questionna Tom Lix.

— Je pense, master Lix, qu'il faut à tout prix que j'échappe au danger prêt à fondre sur moi... Pour cela, je ferai tout ce qu'il vous plaira de décider...

— Pour nous mettre hors d'atteinte, Padilla, combien de temps jugez-vous nécessaire ?...

Padilla sourit.

— Le temps ne fait rien à la chose, master, dit-il. La ruse seule peut tout arranger.

— La ruse ?...

— Oui...

— Expliquez-vous...

— Voici... Dans quelques instants, miss Carrell et miss Betty sortiront de cet hôtel en ma compagnie, ostensiblement. Je les conduirai dans une maison que je connais où, moyennant quelques réaux, elles troqueront leurs costumes contre ceux de deux femmes que je saurai amener à nous prêter main-forte... Pendant ce temps, vous préparez tout pour le départ... Miss Betty et miss Carrell ne reviendront pas ici... Les deux femmes seules, qui auront pris leurs costumes, vous rejoindront soigneusement voilées... Vous vous mettrez en selle immédiatement et filerez dans la direction de Bolivar... tandis que nous descendrons vers le sud...

— Parfait... et nous nous rejoindrons ?...

— Sur la rivière Caroni, à trois jours de marche environ de Bolivar, où vous aurez le soin de...

Il n'acheva pas.

Un coup discret, frappé à la porte de la chambre qu'ils occupaient, le réduisit au silence.

Anxieux, ils tendaient l'oreille, espérant encore qu'il y avait erreur.

Mais on insista...

Il n'y avait plus à reculer...

Pâle comme une morte, Elsie se dirigea vers la porte, comprimant à deux mains les battements de son cœur.

Qu'y avait-il, derrière cette fragile séparation de bois ?... Le bonheur ou le malheur ?...

Elle ouvrit...

C'était Peter Lawson.

CHAPITRE VI

UNE ALLIANCE

Elsie avait poussé un cri.

Mais, très calme, le chapeau bas, ne paraissant pas avoir entendu, Lawson s'avança, regardant, à tour de rôle, Betty qui s'était élancée auprès d'Elsie, Tom Lix pétrissant nerveusement le dossier d'une chaise et Gomez Padilla qui, les bras croisés, la face dure, le considérait.

Et, dans le silence lourd de menaces, sa voix s'éleva :

— Miss, dit-il, vous m'excuserez d'interrompre ainsi votre conversation. Qui attendiez-vous, au juste ?... Je ne sais. Master Harry Sullivan, le duc de Montnoir, master Jack Brown, el señor Luis Moralès, le prince Kara-Mustagh et même le Japonais San-Sima, j'en suis persuadé, auraient été accueillis de façon plus chevaleresque, pour parler ainsi que les Français...

Tom Lix l'interrompit.

— Ne raillez pas, monsieur, je vous en prie. Ce n'est pas l'heure...

Lawson le regarda un instant, puis, faisant un geste désabusé :

— Je ne raille pas, monsieur, croyez-le bien, dit-il... Je n'énonce qu'une vérité... Vous n'attendiez pas Peter Lawson...

Puis, avec un grincement de crécelle qui voulait être un rire :

— Et pourtant, miss, poursuivit-il, convenez-en, de tous ceux qui se sont lancés à votre poursuite, j'arrive bon premier et je pourrais revendiquer le droit d'exiger de vous que vous teniez votre promesse...

Gomez Padilla, d'un geste nerveux, décroisa les bras, prêt à s'élancer...

— Tout beau, jeune homme, ricana Lawson, calmez-vous... Je dis, je pourrais, cela implique forcément que je ne le ferai pas. Je sais, en effet, que je ne remplis pas toutes les conditions exigées par miss Carrell. Trente ans maximum, j'en ai quarante ! Physique agréable, il serait, je crois, difficile de trouver un facies plus antipathique que le mien...

Malgré lui, Tom Lix ne put réprimer un sourire, tandis qu'Elsie, respirant plus librement, tournait vers Betty sa pauvre face encore tourmentée.

Seul, Padilla ne broncha pas.

— Alors, dit-il durement, que venez-vous faire ici ?

— Encore que je ne sache pas en vertu de quel droit vous m'interrogez, jeune homme, je veux bien vous répondre que je ne viens pas en ennemi, mais en ami.

— Cette affirmation ne nous dit pas le but que vous poursuivez.

— Tout viendra à son heure.

Et, prenant une chaise, Lawson s'assit.

— Vous êtes sans doute, dit-il, el señor Gomez Padilla. C'est vous qui avez enlevé miss Carrell et qui, par suite d'un revirement que peut seul expliquer le charme de ma compatriote, vous êtes attaché à sa personne...

Gomez Padilla, les poings serrés, en proie à une colère terrible, s'élança...

— Assez, monsieur, assez, cria-t-il. Je vous défends de parler ainsi...

Lawson sourit.

— Décidément, mon garçon, dit-il, il n'y a pas moyen de causer raisonnablement avec vous. Vous êtes un violent... Qu'ai-je pu dire de déplaisant pour vous ?...

Elsie intervint.

— Master Lawson, dit-elle, je tiens à ce que vous sachiez que désormais Gomez Padilla fait partie de mon entourage.

— Je ne l'ignore pas, miss. Je n'ignore d'ailleurs rien de ce qui vous touche de près. Dans ses moindres détails, je connais l'histoire de votre voyage, comme je connais celle des aventures de tous ceux qui aspirent à vous donner leur nom.

Gomez Padilla ricana :

— Je voudrais bien savoir comment vous pouvez être tout à la fois ici et sur les routes parcourues par ceux qui nous poursuivent ?

— Je suis sans doute votre bête noire, señor Padilla, sourit Lawson, mais je ne vous en veux pas et vous réponds que la science supplée à l'insuffisance de mes moyens.

— En y joignant la trahison ?

Lawson s'était levé.

Il était blême.

Devant lui, Padilla, la lèvre tordue par un rictus de mépris, se dressait, tremblant d'indignation.

Du choc de ces deux volontés qu'allait-il advenir ?

Lawson semblait réfléchir...

Padilla attendait...

Mais leurs yeux, sans cesse, se heurtaient, dissimulant mal leurs sentiments.

Lawson, enfin, haussa les épaules.

— Nous sommes des sots, dit-il. J'ai mésestimé votre force et vous en faites autant de la mienne... Expliquons-nous franchement, señor Padilla... En faisant allusion à une soi-disant trahison, vous faites sans doute allusion à ma rupture avec master Sullivan ?

— En effet. Et je me demande quels mobiles vous ont conduit près de nous ?

— Eh bien, sachez-le : ma rupture avec master Sullivan n'est due qu'à des questions de sentiments. L'intérêt n'a aucune part dans notre séparation...

— Quelle preuve pouvez-vous nous donner de la sincérité de cette affirmation ?

— Je me mets à votre service...

— A notre service, murmura Elsie stupéfaite... Que voulez-vous dire, master ?...

— Miss, on m'a demandé il y a un instant quels mobiles m'ont conduit près de vous. Je viens de vous les révéler.

— Master, je vous suis reconnaissante de votre offre, mais...

— Allons, miss, je suis désintéressé, croyez-le bien... J'arrive à un moment critique pour vous... Vous avez voulu vous en remettre au destin pour faire le choix d'un époux, c'est parfait !... Mais on peut quelquefois l'aider, ce destin, et le pousser à vous conduire vers celui dont, intérieurement, on désire la venue.

— Que pouvez-vous ?...

— Tout !

— Comment ?...

— En laissant le champ libre à l'élu et en paralysant ceux qu'on juge indésirables.

— Mais comment... comment ?... cria Elsie, angoissée.

— C'est mon secret, répondit simplement Lawson.

Tom Lix, alors, prit la parole.

— Je vous demande pardon d'insister, master, dit-il, je le fais au nom de miss Carrell. Vous nous offrez une alliance sans vouloir nous dévoiler vos moyens d'action... Que devons-nous supposer devant votre discrétion ? Je vous le demande ?... J'estime, pour ma part, que miss Carrell, ayant donné sa main comme enjeu à cette course à travers le monde, doit exécuter loyalement ce qu'elle a promis.

— Et se donner au premier qui se présentera, ricana Lawson, fût-ce le Japonais San-Sima ou l'aventurier Sullivan.

Elsie avait blêmi...

— L'aventurier Sullivan, répéta-t-elle.

— Master, reprit Tom Lix, il est des accusations qu'il faut prouver...

Et, froidement, Lawson répondit :

— Miss j'étais au service de master Sullivan et je devais toucher de sa main, en cas de réussite, un million de dollars : en voici la preuve...

Et, tendant le papier que lui avait signé Sullivan, Lawson poursuivit :

— Or, je l'ai su depuis, cet homme-là joue dans cette partie les derniers dollars qu'il possède... Pour me payer, il comptait sur votre immense fortune. N'est-ce pas la façon de faire d'aventurier ?

— Et combien exigez-vous de miss Carrell pour les services que vous comptez lui rendre ? questionna Padilla, gouailleur.

— Rien !...

Le mot était tombé sèchement.

Un silence pesa...

Une secrète angoisse assombrissait les fronts d'Elsie et de Betty d'une part, de Tom Lix et de Padilla de l'autre...

Ils ne comprenaient pas...

Ils ne pouvaient comprendre...

— Master, dit enfin Tom Lix, la félonie de Sullivan étant prouvée, nous ne savons toujours pas ce que vous comptez faire pour éloigner de miss Carrell ceux qu'elle ne saurait épouser ?

— Je sais, master, que miss Carrell ne voudra jamais que lutter loyalement dans cette aventure ; je me bornerai donc à la prévenir de l'approche des concurrents divers et elle prendra toutes les dispositions qu'elle jugera utile...

— C'est une précision, mais je ne la juge pas suffisante... Comment ferez-vous pour avoir ces renseignements ?

Lawson, acculé, sembla se replier sur lui-même...

Sous ses paupières mi-closes, un feu ardent décelait la violence de la lutte intérieure.

Enfin, un soupir gonfla sa poitrine et, comme à regret, il articula :

— Vous le voulez, soit !... Je vais vous livrer le secret de quinze ans de travail... Je suis l'inventeur d'un appareil qui, adapté sur n'importe quel poste de T. S. F., permet d'intercepter toutes les émissions, quelles que soient leurs longueurs d'ondes, et qui, s'il en est de simultanées, les enregistre sans les mêler. Ce n'est pas tout. Cet appareil me permet aussi, vu son extrême sensibilité à tous les chocs électriques, dans un rayon de cent kilomètres, de recevoir toutes les dépêches envoyées par voie télégraphique... Je puis donc, en conséquence, être prévenu longtemps à l'avance, miss, des préparatifs de ceux qui vous entourent.

Et, terrifiés, ils regardaient cet homme qui détenait le secret d'un tel pouvoir, n'osant rompre le silence.

Lawson poursuivit :

— Vous me direz peut-être que, si, un jour, nous sommes perdus dans les forêts de la Guyane ou sur les rives de l'Amazone, tous ces dispositifs ne nous serviront à rien... C'est une erreur. J'ai pensé à tout... A chacun de nos campements, après avoir élevé notre mât de T. S. F., il nous suffira de creuser un trou d'un mètre de profondeur, afin d'y installer mon microphone. Reliant alors les deux appareils au moyen de fils électriques, nous serons avertis de l'approche de quiconque, dans les dispositions les plus favorables dans un rayon de quinze kilomètres et, en tout cas, dans un rayon de dix...

— Et ces appareils ? questionna Tom Lix.

— Je les ai là ! répondit, très calme, Lawson.

Et tirant de sa poche un écrin minuscule, il ajouta :

— Vous plaît-il de les expérimenter ?...

— Non ! master, répondit Elsie, nous n'avons pas le temps et je suis convaincue...

— Comment, miss, s'écria Padilla, vous voulez ?...

— Je veux qu'à dater de ce jour, master Lawson soit des nôtres. Cependant, je mets à cela une condition : ce sera sans engagement d'aucune sorte de ma part. Le jour où je m'apercevrai d'un manque de loyauté quelconque dans ses opérations, tout rapport entre nous sera rompu de plein droit et il n'aura rien à me réclamer... Acceptez-vous, master Lawson ?...

— J'accepte, miss.

Elsie alors se tourna vers Padilla.

— Eh bien, señor, dit-elle, je pense qu'il n'y a rien de changé à nos projets ?...

Padilla sembla hésiter, mais comme, à ce moment, son regard heurta celui d'Elsie, il baissa la tête et murmura :

— Non, miss. Partons...

Impassible, Lawson n'avait rien perdu de cette scène, mais comme Elsie, ayant gagné la porte, allait sortir :

— Pardon, miss, dit-il, un instant... Je dois vous prévenir que votre caravane sera ici dans une heure au plus tard et qu'en conséquence, les routes étant, dans ces parages, meilleures qu'aux bords de l'Apure, il est inutile de vous lancer à cheval à travers la savane...

La foudre, tombant dans la pièce où ils se trouvaient, n'eût pas causé plus d'émoi que ces paroles...

— Ma caravane... dans une heure... balbutia Elsie...

— Oui ! miss... Je dois vous prévenir aussi que vous avez devant vous tout le temps nécessaire pour vous éloigner, car master Sullivan n'est encore qu'à deux cents kilomètres de cette ville ; or, comme ses chevaux sont fourbus, il lui faudra au moins six jours pour y parvenir...

Stupéfaits, Elsie, Betty, Padilla, Lix se regardaient, en se demandant de quel pouvoir mystérieux disposait cet homme, pour être renseigné ainsi...

Miss Carrell et Padilla étaient revenus au milieu de la chambre et, insensiblement, à son tour, Lawson se dirigeait vers la porte...

— Bonnes nouvelles, disait-il, n'est-ce pas, miss, bonnes nouvelles ?... Et je n'ai pas encore tout dit...

Il s'arrêta pour juger de l'effet produit par ses paroles, puis, comme s'il prenait plaisir à provoquer l'impatience de ceux qui l'entouraient, il poursuivit :

— Eh oui !... Jusqu'ici nous n'avons parlé que de master Sullivan, être indigne de vous, miss Carrell, croyez-le bien ; de San-Sima, dont le pays, tôt ou tard, entrera en guerre contre le nôtre ; de Luis Moralès, l'Espagnol qui vogue de concert avec Jack Brown l'Anglais, formant, entre parenthèses, une drôle d'association ; du prince hindou Kara-Mustagh, dont la civilisation ne pourrait sympathiser avec la vôtre, et nous avons négligé de nous entretenir de celui dont la renommée a conquis le monde : je nomme Monseigneur le duc de Montnoir.

La voix de Lawson, en disant cela, avait eu des résonances métalliques... Son visage s'était transfiguré... Les joues étaient livides, son front était moite.

Sans qu'ils s'en rendissent compte, tous les acteurs de cette scène en sentaient le sens tragique.

Lawson, après avoir dévisagé ses interlocuteurs, poursuivit :

— Cette omission, en vérité, est inexplicable, car, miss, il ne faut pas l'oublier : M. de Montnoir est arrivé à New-York couronné de gloire. Et, avant de s'élancer à votre poursuite, après avoir jeté à vos pieds les lauriers de sa première victoire, selon les lois de la chevalerie française, il s'est déclaré votre chevalier servant, en vous proclamant la plus belle d'entre les belles et la plus digne de porter la couronne des ducs de Montnoir.

Elsie était blême...

Elle balbutia :

— Master, je vous en prie, ayez pitié. Que voulez-vous dire ?...

Froidement, Lawson la dévisageait, lentement, scandant ses phrases :

— Miss, dit-il, j'ai la grande joie de vous annoncer que M. de Montnoir est vivant...

— Vivant ! répéta Elsie comme un écho.

— Que, parti, hier, de Haïti à bord de son avion, il a atterri ce matin à Caracas.

— A Caracas... murmura Elsie.

— Qu'il est en route en ce moment pour cette ville, où, je ne sais qui, lui a signalé votre présence.

Elsie avait chancelé et pleurait doucement sur l'épaule de Betty.

— Vous pleurez, miss, disait Lawson, pourquoi ?... Réjouissez-vous plutôt !... L'élu, car c'est celui-là, n'est-ce pas ?... est retrouvé... Il est vivant !... Il arrive !... Je suis heureux d'avoir été choisi par le destin pour vous annoncer cette nouvelle stupéfiante et, ayant accompli ma mission, je me retire. Demain, je reviendrai me mettre à vos ordres.

Et avant que quiconque eût pu le retenir, il disparut.

Or, de Montnoir, contrairement à ce qu'avait prédit Lawson, n'arriva pas ce jour-là à Canasto.

Elsie, anxieuse, l'attendit vainement jusqu'à la nuit noire, croyant à chaque minute entendre au loin le ronflement d'un moteur.

Les heures passèrent, très lentes.

La matinée du lendemain s'écoula sans nouvelles.

Lawson n'avait pas reparu.

Enfin, à l'heure du déjeuner, comme ils étaient tous rassemblés autour de la table d'hôte, un employé vint dire quelques mots à l'oreille de Tom Lix qui blémit.

— Vous êtes sûr ? questionna le détective.

— Absolument, master.

— Ah ! le malheureux...

Elsie n'avait rien perdu de ce colloque.

— Qu'y a-t-il, master Lix ?... dit-elle.

Et avant que Lix eût pu lui imposer silence, le maître d'hôtel, heureux de cette circonstance, qui attirait sur lui l'attention des convives, s'écria :

— Une terrible nouvelle, miss : nous venons d'acquérir la certitude que l'aviateur français de Montnoir a fait une chute effroyable, à cinquante kilomètres environ au nord de Canasto... Les témoins de l'accident racontent que l'appareil naviguait à environ cinq cents mètres du sol, lorsqu'il fit un bond inexplicable et, deux minutes après, s'embrasant soudain, il vint s'écraser sur le sol où, dans un amas inextricable de toile, de ferraille, il acheva de se consumer en dégageant une chaleur telle que personne ne put s'approcher du brasier pour tenter de sauver les malheureux qui le montaient...

Pâle comme une morte, Elsie avait écouté l'atroce récit...

— Ensuite ? fit-elle.

— L'incendie, miss, dura plus d'une heure. Enfin, lorsque tout fut fini, on commença à fouiller les décombres, mais le feu, dans sa rage, avait tout détruit et il fut impossible de retrouver la moindre trace des aviateurs...

Depuis quelques instants, Lawson, debout dans l'encadrement de la porte, écoutait, en fixant miss Elsie.

Il s'avança :

— M. de Montnoir et M. Blainville, miss, dit-il, ont échappé à une mort affreuse grâce à leurs parachutes... L'accident a eu lieu à cent kilomètres d'ici et, blessés assez grièvement tous deux, ils sont soignés par un missionnaire qui les a recueillis en attendant du secours...

— Il faut lui en envoyer...

— C'est fait, miss : deux ambulances viennent de partir avec un chirurgien...

Et, se penchant vers Elsie :

— Miss, murmura-t-il, il faut partir d'ici au plus tôt...

Elsie voulut protester :

— Je sais, interrompit Lawson, M. de Montnoir est là, tout près. Mais vous ne pouvez aller audevant de lui de par vos engagements. Or, avant que les ambulances soient de retour, San-Sima doit arriver dans cette ville, car je viens d'apprendre qu'il a dépassé Bolivar.

Terrifiée, Elsie regarda ses compagnons qui l'entouraient...

Gomez Padilla, rageur, s'exclama :

— Soit ! dit-il. Nous allons partir, mais, je le jure, master Lawson, si vous avez menti, mon poignard vous clouera contre un arbre.

TROISIÈME PARTIE

L'AMOUR D'UN AVENTURIER

CHAPITRE PREMIER

RETOUR EN ARRIÈRE

La nouvelle était exacte...

Pour la deuxième fois depuis le commencement de son raid, de Montnoir avait vu son appareil s'enflammer et n'était sorti vivant de ce terrible accident — si toutefois on peut appeler ainsi un événement provoqué par un vouloir criminel — que grâce aux parachutes dont Blainville et lui s'étaient munis avant leur départ de Vera Cruz.

Ils avaient échappé au rayon diabolique de Lawson comme ils s'étaient évadés des marais de la mort où la duplicité de l'Américain, épris de miss Carrell, les avait précipités.

La lutte, alors, avait été terrible.

Dans cette nature ennemie qui les environnait de toutes parts, tendant autour d'eux ses mares vaseuses d'où des monstres surgissaient sans cesse, dressant hors de l'eau leurs têtes visqueuses, dans le fouillis inextricable de ces plantes géantes, de ces troncs d'arbres, hauts comme des piliers de basilique, qu'enserraient des lianes énormes, ils avaient eu un instant de défaillance.

Ce fut bref...

— Allons, mon vieux Georges, avait dit de Montnoir, il s'agit de se sortir de là...

— Un jeu, avait répliqué Blainville, ironique.

— Non, certes, mais tu n'as pas envie, je suppose, à la façon de Jonas, villégiaturant dans l'estomac de la baleine biblique, d'aller faire un stage dans le ventre d'un caïman ou d'un boa...

— Et cela d'autant plus, Jacques, qu'à l'inverse de ce grand prophète, j'aurais de grandes chances de ne pas être expectoré par l'animal qui m'aurait gobé...

Le rire reprenait ses droits et cependant la situation était tragique.

— Voyons, reprit de Montnoir, allons au plus pressé... Tu n'es pas blessé ?

— Quelques balafres superficielles...

— Comme moi. Donc tout est bien de notre côté... A l'appareil, maintenant...

Par un hasard providentiel, la carlingue, étant passée dans une trouée de verdure, avait peu souffert. Les ailes, seules, avaient supporté le choc et pendaient, lamentables, traînant leurs toiles à demi consumées dans les eaux verdâtres.

Les flotteurs, quoique faussés, n'étaient pas crevés et supportaient le poids de l'avion, enfoncés à demi dans la vase.

— Pas trop de bobo pour une chute pareille... Qu'en penses-tu, Georges ? questionna de Montnoir.

— Faut voir le moteur.

— Evidemment.

Et, appuyant sur ses leviers, le pilote tenta de mettre en marche.

Peine inutile.

Deux fois, trois fois, il recommença. Ce fut en vain.

— Voyons ! dit Blainville.

Et il se pencha, attentif, scrutant les organes délicats, palpant les ressorts, serrant les écrous, inspectant les bougies...

Soudain, dans un vrombissement formidable, l'hélice commença sa ronde.

— Nous sommes sauvés ! hurla de Montnoir dans le bruit.

— Oui-da, murmura Blainville, en arrêtant le moteur. Nous sommes sauvés... Mais il ne suffit pas que notre moteur marche pour cela. Ce n'est pas ici que tu pourras remplacer le bois cassé et je me demande comment tu t'y prendras pour gagner la terre ferme...

— Courage, Georges !...

— Je ne dis pas que j'en ai à revendre, mais j'en ai suffisamment pour exécuter tes ordres.

— Il faut aller chercher du secours.

— A la nage, parmi les caïmans et les crapauds ?...

— Ne plaisantons pas, Georges. Nous n'avons à

attendre aucun secours, car nous sommes victimes d'un attentat criminel. Ayons donc le courage de lutter jusqu'à la dernière limite de nos forces. La situation est grave, certes, mais elle n'est pas désespérée... En route !...

Et, stupéfait, exécutant les ordres que lui donnait de Montnoir, Blainville, après avoir mis sa carabine en bandoulière, s'empara d'une hache, d'un couteau à lame large et d'une longue corde.

— Es-tu prêt ? questionna de Montnoir.

— Oui.

— Eh bien, allons !...

Et, lestement, de Montnoir, enjambant la carlingue, s'agrippa à une liane qui retombait des branches maîtresses d'un arbre géant et s'envola littéralement vers les cimes.

— A ton tour ! cria-t-il alors à Blainville.

Et Blainville le suivit...

Alors, abattant à coups de hache les obstacles qui s'opposaient à leur marche, coupant les lianes au moyen de leurs couteaux, franchissant de longs espaces pendus par les mains, voltigeant de branches en branches parmi les oiseaux effarés, montant, descendant, ils luttèrent pendant deux jours, ne se nourrissant que de fruits, ne buvant que le suc des noix de cocos, ne goûtant qu'un repos relatif, en dormant quelques heures aux creux des arbres.

Ils triomphèrent.

Au matin du troisième jour, ils arrivèrent à la limite du marais et, après avoir repéré l'endroit où ils se trouvaient, s'acheminèrent vers Vera Cruz.

La marche à travers la savane fut extrêmement pénible...

La tête en feu, les yeux caves, les lèvres desséchées par la chaleur, ils marchaient, épuisés de fatigue, butant à chaque pas, traînant les pieds. Enfin, les premières maisons surgirent au lointain et, roulant au fond d'un fossé, de Montnoir murmura à Blainville, qui essayait de le relever :

— Non ! je n'en puis plus. Dormons pendant une heure ou deux, nous verrons ensuite.

Et la journée passa...

La nuit vint...

Ils dormaient toujours.

Enfin, au petit jour, un bruit de voix les réveilla...

Un berger passait par là, conduisant son troupeau et gourmandant ses chiens.

D'un bond, de Montnoir fut sur pied, tandis que Blainville se soulevait à demi parmi les herbes.

Mais, devant cette apparition soudaine, devant ces êtres dépenaillés à la figure torturée par la souffrance et les privations, le berger recula, brandissant son gourdin, cependant que ses chiens, le poil hérissé, les crocs en bataille, aboyaient éperdument.

Ah ! certes, qui eût reconnu de Montnoir et Blainville sous les loques qui les recouvraient ? Mais l'aviateur, possédant quelques notions d'espagnol, parvint à se faire comprendre et, ayant donné quelque argent au pauvre hère, obtint de lui des renseignements précieux quant à la suite de son aventure.

Poussant son troupeau devant lui, le berger s'éloigna :

— En route, maintenant, dit de Montnoir ; j'en sais assez pour pouvoir gagner la ville.

Et il expliqua en marchant :

— Il importe avant tout de ne pas être vus. Je me suis fait donner par cet homme l'adresse du consul de France à Vera Cruz...

— Il bavardera...

— Non ! car il part dans la savane pour deux mois et d'ici là...

— Que veux-tu faire ?...

— Aller trouver notre représentant et lui demander assistance...

— Ce n'est certainement pas lui qui pourra sordir l'avion du marais.

— Certes, mais il peut nous faciliter le recrutement du personnel nécessaire. Il nous faut, en effet, des gens capables d'une discrétion absolue...

— Pourquoi tant de précautions ?

— Nous sommes morts, ne l'oublions pas, et je crois bon, pour l'instant, d'accréditer cette légende.

Au consulat, lorsqu'ils se présentèrent, l'employé qui les reçut, ne pouvant obtenir aucun renseignement sur leur identité, faillit les jeter à la porte, mais, fort heureusement, le consul, travaillant dans une pièce voisine, accourut au bruit.

Devant ces deux hommes minables, il s'arrêta, interloqué, sur le seuil.

— Que voulez-vous ? questionna-t-il.

— Voir, en personne, M. le consul de France.

— C'est moi.

Sans mot dire, de Montnoir tendit sa carte.

Un cri, vite étouffé par un geste vif de l'aviateur, s'étrangla dans la gorge du fonctionnaire.

Il s'effaça et, indiquant de la main son cabinet :

— Entrez donc, messieurs ! dit-il.

La conversation fut longue.

Dans tous ses détails, de Montnoir raconta sa dernière aventure, faisant part de ses soupçons d'une intervention criminelle, disant les obstacles qu'ils avaient dû surmonter pour échapper à la mort et, lorsqu'il eut terminé :

— Messieurs, dit le consul, j'admire votre courage. Le fait seul que vous ayez échappé aux dangers de ce marais pestilentiel constitue à mes yeux un véritable miracle. Vos soupçons me paraissent justifiés, quoique, à dire vrai, je ne comprenne pas comment a pu opérer l'X, qui, après avoir paralysé la conduite de votre appareil, vous a conduits au-dessus de ce marécage...

— Je l'ignore, monsieur, mais, pour moi, cela ne fait aucun doute...

— Il faudrait croire à une invention monstrueuse...

— Tout est possible à la science.

— Evidemment ! Mais croyez-vous admissible qu'un cerveau capable d'exécuter de pareils travaux puisse s'abaisser à les mettre au service du mal ?...

— C'est là la donnée du problème... et je vous avoue que nous n'avons pas le temps d'en chercher la solution.

Le consul sourit.

— En effet, dit-il, d'autres soucis vous hantent. En somme, que désirez-vous de moi ?

De Montnoir s'expliqua.

Un instant, le consul réfléchit.

— Monsieur de Montnoir, dit-il enfin, je crois pouvoir vous rendre le service que vous me demandez. Un ami à moi, riche Mexicain, possède, dans les environs de Soledad, une superbe hacienda. S'il accepte de vous accueillir, vous trouverez chez lui tout ce qui vous est nécessaire pour réparer votre avion, car, sportsman accompli, il possède une demi-douzaine de voitures automobiles et deux avions. Inutile de vous dire, n'est-ce pas, que tout cela ne va pas sans un garage perfectionné ? Tours, fraiseuses, scies circulaires, foreuses ; bref, tout ce qui constitue l'outillage moderne, vous l'aurez à votre disposition dans son atelier, sans compter trois mécaniciens experts qui, tout dévoués à leur maître, ne demanderont pas mieux, si on leur en donne l'ordre, que de se mettre à votre service.

— Etes-vous sûr de sa discrétion ?...

— Je crois pouvoir m'en porter garant.

— Quand pourrons-nous avoir la réponse ?

— Dans une heure, au plus tard. Mais, excusez ma franchise, monsieur de Montnoir, ne croyez-vous pas qu'il serait bon de réparer un peu le désordre de votre toilette ?...

— En effet, et j'y songeais, monsieur le consul. Pendant que vous vous rendrez chez cette personne, nous irons à l'hôtel...

Le consul l'interrompit.

— Non ! monsieur, dit-il, catégorique. Ce serait vous exposer à être reconnus. Tous les journaux ont reproduit votre portrait...

— Mais alors ?...

— J'ai ici deux chambres d'amis. Je vais vous y conduire... Vous vous dépouillerez de ces hardes en lambeaux que j'emporterai pour aller vous acheter deux costumes de sport à vos mesures. Pendant ce temps, je pense que vous accepterez de revêtir chacun un de mes pyjamas ?

— On n'est pas plus aimable.

— Croyez, messieurs, que je suis confus de ne pouvoir faire plus.

Dans l'après-midi du même jour, après avoir dégusté un excellent repas à la table même du consul, habillés de neuf de la tête aux pieds, de Montnoir et Blainville, sortant furtivement de la maison du consul, gagnèrent une rue écartée où attendait el señor Miguel Rodriguez, au volant d'une énorme limousine.

Pas un mot ne fut échangé. Une poignée de main en guise de pr'sentation suffit à ces hommes, qui comprirent mutuellement que le même esprit de bravoure les unissait et, lorsqu'ils eurent pris place, l'auto démarr , puissante.

Un quart d'heure après, ils arrivaient et, dans le grand salon de la spacieuse demeure, ils purent faire plus ample connaissance.

L'accord se fit...

Dès le lendemain, au petit jour, ils partirent à cheval, en reconnaissance...

Les travaux commencèrent.

Mais, pour ne pas donner l'éveil, il fallait être prudent.

Les forestiers que Miguel Rodriguez employait, au fur et à mesure qu'ils avançaient, dissimulaient autant que possible la trouée qu'ils préparaient.

Pendant de longs jours ils luttèrent contre cette nature qui, livrée à elle-même, semblait avoir accumulé à plaisir les obstacles.

Il fallait déloger les caïmans de leurs mares, prendre garde au moindre geste parmi les broussailles qui pouvaient dissimuler un serpent, lutter contre la douleur des piqûres de moustiques, mettre en fuite les fauves, abattre des arbres, trancher des lianes. Enfin, le jour vint où ils atteignirent l'avion.

En compagnie des mécaniciens, de Montnoir et Blainville démontèrent les ailes brisées, qui furent transportées hors du marécage et l'exode commença.

Travail de titans.

La faible profondeur de l'eau n'offrait pas une résistance suffisante pour permettre à l'appareil de flotter.

Il enfonçait dans la vase nauséabonde et il fallait le dégager.

Sur les terres humides il fallait préparer des troncs d'arbres qui, alignés côte à côte, finirent par former comme une route.

Mètre par mètre, ils vainquirent toutes les difficultés et, traînée par des chevaux, à travers la savane, la carlingue, presque intacte, arriva quelques jours après à Soledad où, pendant la nuit, elle fut garée chez Miguel Rodriguez.

Et les mécaniciens s'en emparèrent sous la direction de Blainville, pour le moteur, et de de Montnoir, pour la voilure.

Avec joie, l'aviateur voyait renaître devant lui l'oiseau puissant qui lui avait permis de conquérir la gloire et ce ne fut pas sans émotion que Blainville, un mois plus tard, lui annonça que tout était prêt pour un nouvel envol.

Ils passèrent une dernière journée en compagnie de celui qui leur avait permis cet effort colossal et, sur la foi d'un renseignement donné par un employé d'un paquebot faisant le service des Antilles, qui croyait avoir reconnu miss Carrell à bord, s'envolèrent vers l'île de Cuba, en suivant la côte de la presqu'île de Yucatan jusqu'au cap Catoche et en franchissant d'un bond le détroit pour aller atterrir à La Havane.

Ils comprirent bien vite que le renseignement qui leur avait été donné était faux, mais pensant — avec juste raison, d'ailleurs — que miss Carrell n'avait pu que gagner l'Amérique du Sud, et, se fiant à leur intuition, par Haïti, Porto-Rico, la Guadeloupe et la Martinique, ils gagnèrent Caracas.

De par le monde, la nouvelle s'était répandue.

De Montnoir et Blainville, qu'on avait crus ensevelis à jamais dans les bourbiers, avaient entrepris une nouvelle randonnée.

Déliés du secret, le consul de Vera Cruz, Miguel Rodriguez et tous ceux qui avaient pris part au sauvetage de l'avion parlèrent, donnèrent des détails qui alimentèrent pendant plusieurs jours la chronique des journaux et, un jour, Lawson, par ses espions, apprit que l'aviateur venait d'arriver au Venezuela.

Quelques heures après, de Montnoir savait que miss Carrell était à Canasto et reprenait son vol.

On connaît la suite...

Nous devons dire pourtant que les conséquences de l'atterrissage de l'avion en flammes avaient été très exagérées par le maître d'hôtel...

Lawson, lui, savait que l'appareil abandonné par le pilote et le mécanicien, qui, avant de se lancer par-dessus bord, avaient bloqué le gouvernail de façon à — si possible — éviter une catastrophe, avait continué à descendre normalement et que ce n'était qu'à une dizaine de mètres du sol que, environné de flammes, il s'était effondré définitivement.

Le réservoir d'essence avait été crevé, mais, comme il ne contenait plus que quelques litres, la force de l'incendie n'en avait pas trouvé un regain considérable.

D'autre part, de Montnoir et Blainville, quoique sérieusement contusionnés par leur chute rapide, n'avaient pas de blessures sérieuses et si ce n'était la fièvre qui les clouait sans force, grelottants, dans les hamacs que le missionnaire qui les a ait recueillis avait mis à leur disposition, ils eussent pu rejoindre Canasto.

Lawson savait tout cela et le sachant, par mesure de prudence, il avait voulu éloigner miss Carrell, pendant que, témoignant d'un zèle outrancier, des hommes à lui simulaient le départ d'une caravane de secours, n'ayant en réalité pour mission que l'ordre de s'approcher si possible de l'avion de de Montnoir et de le rendre définitivement inutilisable.

Mais Lawson avait compté sans le « padre » (père missionnaire).

Tandis que de Montnoir et Blainville reposaient dans sa cabane, après l'avoir mis au courant de leurs exploits, rassemblant quelques Indiens, ses ouailles, l'homme de la prière, ainsi qu'ils l'appelaient, avait organisé un service de garde autour de l'appareil et, lorsque les envoyés de Lawson se présentèrent, ils furent si bien accueillis qu'ils ne jugèrent pas à propos d'insister...

Ce ne fut qu'en arrivant à Bolivar que Lawson apprit l'échec de ses hommes.

Il ne dit pas un mot, mais le visage convulsé par la colère, les lèvres frémissantes, les yeux étincelants, serrant convulsivement le pommeau de sa cravache dans sa main tremblante, subitement, dans une détente de tout le corps, il cingla le visage de celui qui venait de lui rendre compte de l'impossibilité absolue de s'approcher de l'appareil de de Montnoir...

La face striée d'une raie sanguinolente, l'homme s'affala sur les genoux en gémissant.

Lawson s'approcha de lui et, dans un râle de haine :

— Chien ! murmura-t-il. Je t'avais pourtant dit de te faire tuer si c'était nécessaire...

Mais en un sursaut de révolte, l'homme s'élança, l'empoignant à la gorge.

La lutte fut brève...

Les deux mains de Lawson s'étaient plaquées aux flancs de son adversaire qui, peu à peu, desserra son étreinte pour crouler finalement à ses pieds, inanimé.

Lawson se pencha sur le corps.

— Décidément, dit-il en ricanant, le curare a du bon : avec deux piqûres comme celles-ci, s'il en réchappe, il aura de la veine.

Et saisissant la main de l'agonisant, il plaça dans les doigts crispés une des flèchettes que l'Indien des bords de l'Orénoque lui avait données, puis, pour faire croire à un accident, il fit, dans l'autre main, une blessure profonde et appela à l'aide.

On accourut.

Mais l'homme était mort, emportant avec lui le secret de ce lâche assassinat.

CHAPITRE II

L'AMOUR DE GOMEZ PADILLA

Quinze jours étaient passés.

Traversant à gué la rivière Caroni, la caravane de miss Carrell, par Guacipati, Nueva-Providencia, avait gagné la Guyanne anglaise.

Ils roulaient maintenant entre les colonnades géantes de la forêt vierge sous un dôme de verdure, ne laissant passer que fort rarement un rayon de soleil. Des troncs énormes, s'élançant du sol, montaient vers la lumière à trente ou quarante mètres, puis étendaient leurs branches immenses dans lesquelles des milliers d'oiseaux aux plumages chatoyants chantaient éperdument, tandis que les singes se poursuivaient en bondissant.

L'air était étouffant...

Le paysage monotone...

A la splendeur des forêts riveraines des fleuves où les herbes et les arbrisseaux ont un développement normal, où les fleurs et les fruits abondent, où le soleil dispense sa lumière et sa chaleur à profusion, assainissant et vivifiant toutes choses, avait succédé une demi-obscurité dans laquelle planaient des relents de moisissure et de pourriture.

Pas un brin d'herbe, mais un épais tapis de feuilles mortes.

De-ci de-là, quelques fougères malingres, quelques arbres comme anémiés par le manque de lumière et d'air.

D'énormes champignons, en quelques minutes, croissaient aux pieds des arbres et, parfois, éclataient en une détonation sèche comme celle d'un pistolet, lançant dans l'air des vapeurs empoisonnées.

Le sol semblait être le royaume de la mort...

La vie se concentrait dans les cimes...

L'aile habitait les hauteurs...

Le reptile rampait sur l'humus.

Miss Carrell, depuis son départ de Canasto, n'avait pas retrouvé son sourire.

Un lourd chagrin semblait peser sur elle et Betty, Lix et Padilla l'observaient avec peine...

Elle s'isolait...

Lorsqu'ils arrivaient aux lieux où ils devaient camper, après quelques minutes de causerie, on la voyait s'éloigner pensive parmi les grands arbres, et, craignant toujours la surprise d'un fauve, Gomez Padilla s'était donné la mission de la surveiller à distance respectueuse.

Lawson exultait !...

Miss Carrell souffrait...

L'homme damné observait, lui aussi...

Il voyait ces grands yeux obscurcis par la peine intérieure...

Il voyait les joues pâlies par le regret des jours d'attente.

Il se réjouissait de ce désir d'isolement, affaiblissant le moral, domptant les volontés les plus énergiques.

Mais, tandis que de l'amour de Lawson, dont l'âme était pétrie de bassesse et de lâcheté, n'était née que la haine, dans l'amour de miss Carrell Gomez Padilla trouva l'esprit de sacrifice.

C'est que, dans ce garçon, malgré les tares avérées, subsistait un peu du sang des anciens conquistadores.

Il était resté noble, malgré sa déchéance, tandis que Lawson était un déchu malgré sa science...

Miss Carrell n'avait pas été sans s'apercevoir de l'influence qu'elle exerçait sur cette âme primitive...

Elle en était émue.

Elle s'était prise peu à peu au charme de cette passion contenue, de ces élans ébauchés, de cette naïve confiance, et elle témoignait parfois d'une sincère affection pour ce jeune homme qu'elle avait arraché au crime par la seule puissance de sa beauté...

Or, un jour comme, selon son habitude, Elsie, arrivée au campement, s'était égarée dans la pénombre de la forêt et qu'elle s'était éloignée plus que de coutume, se tournant subitement, en entendant derrière elle le craquement d'une branche, elle eut la surprise d'apercevoir Padilla qui se dissimulait derrière un arbre.

— Que faites-vous donc là, Gomez ? dit-elle, en souriant.

Craintif, comme un enfant pris en faute, Padilla murmura :

— Excusez-moi, miss, mais nous sommes tous inquiets là-bas, quand vous n'êtes pas près de nous...

Narquoise un peu, Elsie le dévisagea :

— Tous, dit-elle, n'exagérez-vous pas, señor Gomez ?...

— Oui tous, miss, sauf...

Il se tut...

Elsie insista :

— Sauf ?... Allons parlez...

— Vous me comprenez, miss. Inutile de préciser.

— J'y tiens.

— Eh bien, soit !... Sauf Peter Lawson...

— Vous lui en voulez ?

— Moi ! Non...

— Ah ! bah !...

— Je n'en veux pas au serpent que j'abats, miss Carrell.

Saisie, un instant, Elsie garda le silence et Padilla, avidement, la regardait.

— Vous croyez donc, Gomez, dit-elle enfin, que cet homme est capable de me trahir ?

— Je ne le crois pas, miss, j'en suis certain. Mais, hélas ! cette certitude ne peut s'appuyer que sur l'habitude que j'ai de juger les hommes et elle ne peut suffire pour vous convaincre.

— Votre jugement est donc infaillible ?

— Ecoutez, miss : je n'ai pas à avoir avec vous de fausse honte. Vous savez qui je suis. Vous m'avez vu à la tête d'un groupe de bandits et vous m'avez sauvé. Mais, et c'est à ceci que je veux en venir, dans la vie que je menais alors, il était nécessaire que je ne sois entouré que d'hommes capables de me soutenir jusqu'à la mort. La moindre trahison, en effet, m'eût été fatale. Courant la sierra pendant la belle saison, l'hiver nous regagnions les villes. Un traître, et c'en était fait de nous... Il m'appartenait donc, à moi, le chef, de savoir choisir nos compagnons et, je dois le dire, jamais je ne me suis trompé.

— Parfait, Gomez ; mais si vous n'avez pas de preuves, vous avez au moins des raisons pour étayer votre jugement. Quelles sont-elles ?...

Un instant, Padilla réfléchit.

— Miss, dit-il enfin, je vous dirai d'abord que celui qui a trahi une première fois, si son intérêt l'y pousse, n'hésitera pas à trahir une seconde.

— Mais Lawson n'a aucun intérêt en me servant ?...

— C'est justement ce qu'il y a de surprenant dans sa façon de faire, miss. Il n'y a pas d'explication plausible à trouver à son revirement. Il vous a dit, je le sais, qu'il avait appris que master Sullivan était ruiné et que la fortune qu'il lui offrait devait être prélevée sur votre dot, et c'est cela, paraît-il, qui l'a indigné. A cela, je vous réponds simplement : comment se fait-il que Lawson ait attendu si longtemps pour prendre ses renseignements ? Il n'est pas homme, il nous l'a prouvé, à se laisser surprendre ainsi.

— En effet, Gomez, répondit Elsie, troublée malgré elle par le raisonnement de l'aventurier, mais je dois vous dire que master Sullivan occupe à New-York une situation qui paraît au-dessus de tout soupçon...

— Alors, miss ?... Certes, je ne veux pas défendre cet homme qui est un inconnu pour moi, mais, si vous connaissez master Sullivan comme étant parfaitement honorable, vous ne pouvez ajouter foi aux racontars de Lawson tant que vous n'aurez pas une preuve décisive en main...

— L'engagement signé ?...

— Qui vous dit qu'il n'est pas faux ?...

— Evidemment, Gomez ; mais je vous ai dit à vous, à Lix et à Betty que je ne voulais pas épouser cet homme.

— Je ne le défends pas, miss, je vous le répète. Ce que je dis n'est que pour faire ressortir ce qu'il y a d'anormal dans la présence de Lawson à nos côtés. Ce n'est pas tout...

Elsie sourit.

— Comment, dit-elle, vous ne trouvez pas cela suffisant ?...

— Non, miss, à mon avis tout cela n'est que vétilles...

— Le reste est donc bien grave ?...

— Oui, miss, articula péniblement Gomez, car c'est votre bonheur qui est en jeu.

Et, très pâle, il se tut.

Frissonnante, Elsie le regardait.

Elle devinait ce qui passait en lui et n'osait interrompre le silence angoissant.

Enfin, Padilla fit un geste, jeta un long regard autour de lui, puis, à voix basse :

— Miss, dit-il, lorsque M. de Montnoir est tombé dans les marais de Vera Cruz, Lawson, encore au service de master Sullivan, était dans cette ville... Miss, lorsque M. de Montnoir est tombé aux environs de Canasto, Lawson, soi-disant à votre service, était dans cette ville...

Elsie avait blêmi...

— Non ! Non ! dit-elle, Gomez ! Ce serait monstrueux.

— J'attire simplement votre attention sur des faits précis, miss. Soumettez-les si bon vous semble à master Lix, il vous conseillera peut-être... J'ajoute, cependant, un dernier mot au sujet de l'accident de Bolivar... Mort provoquée par la piqûre d'une flèche indienne empoisonnée avec du curare, a-t-on dit ?... La piqûre, vraiment, était étrange. Lorsqu'on manie de tels joujoux, on le fait avec précaution.

— Que voulez-vous dire ? questionna Elsie, terrifiée.

— Qu'il est matériellement impossible que l'homme trouvé mort dans la chambre de Lawson se soit fait lui même une telle blessure...

— Gomez, haleta Elsie, je vous en prie...

Mais, imperturbable, Gomez poursuivit :

— ...et que je suis certain que ce n'était là qu'une mise en scène habile destinée à dissimuler un meurtre...

Elsie était atterrée.

Pour la première fois, elle sentait que l'épouvante la gagnait.

Le danger vu en face n'aurait su la faire reculer...

La main qui frôle et frappe dans le mystère lui faisait peur...

Sa pauvre face douloureuse se leva vers Padilla en un geste d'ardente supplication.

Il comprit...

Il comprit ce que voulaient dire ces grands yeux embués par les larmes...

Il comprit la prière muette de ces lèvres tremblantes...

Il comprit l'angoisse qui secouait ce corps menu de jeune fille qui, jusqu'alors, n'avait connu que des triomphes faciles...

Et comme, silencieuse toujours, Elsie tendait vers lui sa main, il se découvrit et posa un baiser respectueux sur les doigts effilés en murmurant :

— Vous le savez, miss, je suis tout à vous.

Puis, souriant, il poursuivit, en se levant :

— Allons, miss, il ne faut pas se décourager. Certes, Lawson est un homme avec qui il faut compter, mais, malgré sa science, je me fais fort de déjouer ses plans.

— Je tremble, Gomez, je tremble pour moi, pour tous ceux que j'ai entraînés dans cette folle aventure.

Padilla se mit à rire.

— Eh bien, miss, dit-il, il faut guérir tout de suite de cette sorte de fièvre... Vous aimez M. de Montnoir...

— Gomez !...

— Ne perdons pas notre temps, miss, je vous en pr[illegible]. Vous aimez M. de Montnoir, je le répète. Or, il importe d'amener au plus tôt auprès de vous celui que vous aimez, afin que, si vous voulez poursuivre votre randonnée, vous puissiez le faire en toute tranquillité.

— Mais c'est impossible, Gomez.

— Non ! miss, répondit Padilla très calme maintenant. J'ai tout prévu...

— Que voulez-vous faire ?...

— Lorsque nous sommes arrivés à Canasto, j'ai trouvé dans cette ville deux de mes anciens compagnons. Je m'étais réjoui de cette rencontre, car nous avons parlé ensemble du temps passé : or, je ne soupçonnais pas à ce moment que quelques heures plus tard j'aurais besoin d'eux.

— Besoin d'eux ?...

— Oui ! Lorsque j'ai vu que vous étiez décidée d'accepter Lawson auprès de vous, j'ai donné l'ordre à mes deux camarades de nous suivre à distance. Ils doivent être, s'ils ont suivi mes ordres, à trois milles environ de notre campement.

— Comment se fait-il que Lawson, avec ses appareils ne nous les aient pas encore signalés ?...

— C'est simple, miss, parce que mes amis ne campent pas en arrière de notre route mais nous dépassent chaque soir pour s'arrêter à distance convenable en cas d'alerte.

— Que craignez-vous donc ?

— Rien, tant que je serai près de vous.

— Alors ?...

— Mais je vais partir, miss.

— Partir ?...

— Oui, et mes deux camarades me remplaceront auprès de vous.

— Mais...

Padilla l'interrompit.

— Je vais rejoindre M. de Montnoir, miss, dit-il.

Eperdue, Elsie le regarda.

— Rejoindre M. de Montnoir, balbutia-t-elle... Je... Je ne comprends pas.

— Vous l'aimez, miss ; il faut que ce soit lui qui arrive le premier auprès de vous.

Il avait dit cela simplement, mais Elsie, aussitôt, sentit sa poitrine prise comme dans un étau. Sa gorge se serra et soudain, en longs sanglots, des larmes coulèrent sur son visage...

Crispé dans son héroïsme, Padilla regardait autour de lui comme s'il n'avait été qu'un témoin indifférent à cette scène. En réalité, il avait peur que sa longue absence n'ait été remarquée par Lawson et que celui-ci ne les épiât...

Enfin, Elsie se calma.

— Miss, poursuivit Padilla, il faut me promettre de ne plus vous éloigner ainsi de votre campement. Mes deux amis, je le sais, veilleront s— vous et se feront tuer avant qu'on touche à un cheveu de votre tête, mais, avec un homme comme Lawson, deux précautions valent mieux qu'une...

Sans répondre, Elsie écoutait les recommandations de Padilla. Elle semblait vivre en un rêve. Elle ne croyait plus être elle. Elle s'abandonnait au vouloir de cet homme comme s'abandonne la feuille morte tombée à la surface d'un ruisseau qui, en jasant, l'emporte loin de l'arbre qui l'a vue naître.

Padilla continuait :

— Dans une heure, Felipe et Manuel seront près de vous. Vous pourrez dire à Lix et à Betty l'entière vérité, mais, pour Lawson, je vous recommande de laisser entendre que je suis parti sans espoir de retour.

Elsie, alors, s'éveilla.

— Ami ! Ami ! s'écria-t-elle presque douloureusement, vous reviendrez, n'est-ce pas, vous me le jurez ?...

Padilla sourit.

— Oui, miss, dit-il, mais ce jour-là je ne serai pas seul : M. de Montnoir sera avec moi.

Elsie baissa la tête.

— Gomez, dit-elle, je ne sais que vous dire. Je voudrais arracher mon cœur de ma poitrine tant il me fait souffrir en ce moment. Je vois comme en un rêve M. de Montnoir. Il plane dans le soleil couchant dans des clartés d'apothéose... Il est perdu là-haut dans le ciel, tel un surhomme et voici que, auprès de lui, je vous vois aussi, vous, vous Gomez ! Vous êtes son égal... Je vous unis tous deux dans mon admiration, dans mon affection...

Livide, Padilla écoutait la voix chantante d'Elsie, sentant faiblir sa volonté, oubliant presque le sacrifice consenti, lorsque, soudain, au loin une voix retentit :

— Eh bien, les amoureux, disait-elle en riant, que faites-vous donc ?...

C'était Tom Lix.

Le charme était rompu...

Padilla se ressaisit.

— Vous entendez, miss, dit-il, rapidement. Les amoureux !... Vous comprenez toute l'ironie de ces mots. Je ne puis oublier, je n'oublierai jamais, que je ne suis, moi, que Gomez Padilla, ancien aventurier et que vous êtes la fiancée de M. Jacques de Montnoir, officier de la Légion d'honneur.

Tom Lix arrivait auprès d'eux.

— On parle d'affaires sérieuses à ce que je vois, dit-il.

— Oui ! master Lix, répondit Elsie, Gomez vient de me donner la preuve d'une affection réelle...

— Et vous ne l'avez pas embrassé, s'exclama Tom Lix en riant.

— J'y songeais, master.

Et, doucement, saisissant entre ses mains blanches la tête brune de Gomez Padilla, Elsie posa ses lèvres sur son front, en murmurant :

— Si tu n'es pas l'époux, tu seras l'ami.

CHAPITRE III

PREMIÈRE VICTIME

Cependant que se déroulaient ces événements et que de Montnoir était immobilisé à une centaine de kilomètres à peine de Canasto, les caravanes adverses avaient poursuivi leur route et le soir même où Gomez Padilla quittait le campement d'Elsie, San-Sima arrivait à Bolivar, Sullivan à Nueva-Providencia, tandis que Jack Brown et Luis Moralès franchissaient le delta de l'Orénoque et que Kara-Mustagh s'arrêtait au bord de Caroni.

La lutte, de jour en jour, se faisait plus âpre entre les concurrents...

Immensément riches, Kara-Mustagh et San-Sima pour arriver à leurs fins dispensaient l'or sans compter et, grâce à un service de relais savamment organisé, s'ils s'éloignaient d'une ville où se concentraient leurs agents de renseignements, ils n'en étaient pas moins mis au courant des faits et gestes de leurs adversaires.

Jack Brown, Luis Moralès et Pertry Sullivan, avec des moyens plus restreints, arrivaient à leur tenir tête et il fallait même que les deux Orientaux fussent toujours sur leurs gardes pour ne pas se laisser distancer.

Dire les souffrances endurées, les dangers courus par tous ces hommes et par leurs serviteurs serait impossible dans le cadre de cette histoire.

La faim, la soif, la maladie les avaient tour à tour torturés...

Les fauves les avaient assaillis...

La nature s'était dressée devant eux, comme pour couvrir la retraite d'Elsie...

Celle-ci, en effet, suivait une route déterminée d'avance par ses compagnons de voyage, ne comportant qu'un minimum de fatigue et de dangers.

Ses poursuivants, au contraire, marchaient en aveugles, s'engageaient parfois sur des fausses pistes, et, pour retrouver leur route, étaient obligés de parcourir des distances énormes.

Mais ils ne se décourageaient pas. Une énergie farouche semblait tendre leurs nerfs jusqu'au paroxysme et leurs serviteurs, dominés par leur vouloir, ne faisaient qu'un avec eux.

Jack Brown, toujours flegmatique, et Luis Moralès, toujours exubérant, poursuivaient leur voyage de concert, ne manquant jamais de s'arrêter dans une ville pendant un jour ou deux, quittes, ensuite, à couvrir de plus longues étapes pour rattraper le temps perdu.

Pertry Sullivan, seul maintenant, marchait sans trêve, attentif au moindre indice, ne s'engageant sur une piste qu'après avoir mûrement réfléchi et, sans conteste, de tous les concurrents, il était celui qui menaçait le plus directement miss Carroll.

San-Sima, entouré de ses espions, le suivait de près, un peu plus au nord, ne laissant rien à l'imprévu, prêt, lorsque le jour serait venu, à exécuter une marche foudroyante qui le conduirait jusqu'à Elsie.

Kara-Mustagh, nous l'avons dit, était aux bords de la rivière Caroni et pour arriver à combler le retard consécutif à l'erreur de parcours commise à son arrivée dans l'Amérique du Sud il avait dû crever sous lui de nombreux chevaux et exiger de ses hommes un maximum d'efforts.

Il marchait maintenant lentement, mais sûrement.

Ses hommes se déployaient par groupes sur un front de plus de cinquante kilomètres, fouillant les villages interrogeant les Indiens rencontrés, cherchant à découvrir les moindres indices dans le dédale des sentiers de la savane ou de la forêt et ne se repliant sur le centre dirigé par Kara-Mustagh et ses guides que lorsque la route suivie par miss Carrell ne faisait aucun doute.

Or, ce jour-là, après une marche exténuante, sous un soleil torride, ils avaient franchi les derniers kilomètres de « llanos » qui conduisaient aux abords de la rivière Caroni.

Une végétation intense en couvrait les rives.

Des buissons épais d'agaves, de cactus, de mimosas, de leurs épines aiguës comme des poignards, semblaient en défendre l'accès.

Durant de longues heures ils cherchèrent un passage et lorsqu'ils le trouvèrent, ils eurent la surprise d'être réunis.

La journée cependant avait été bonne.

Au sud, les hommes de Kara-Mustagh avaient relevé les traces du passage d'Elsie et des Indiens rencontrés par les patrouilles du nord avaient raconté que, l'avant-veille, un homme, entouré de quelques indigènes, avait traversé la rivière dans la direction de l'est.

Les hamacs tendus entre les branches des arbres, les tentes dressées au bord de l'eau, tandis que les hommes chargés de la nourriture de la caravane allumaient les feux, Kara-Mustagh rassembla ses guides.

— Señores, leur dit-il, nous approchons du but. Vous savez quelle récompense sera la vôtre si je réussis dans mon entreprise. Que me conseillez-vous ?...

— D'après les renseignements que nous ont fournis nos hommes, un étranger a franchi cette rivière il y a deux jours, dit l'un des guides, en joignant ce fait à ceux déjà signalés par les agents de Votre Seigneurie, je crois pouvoir affirmer que cet étranger n'est autre que l'Américain Sullivan.

— Cela ne fait aucun doute.

— Votre Seigneurie étant de mon avis, je crois qu'elle fera bien en donnant l'ordre demain à nos hommes de concentrer tous leurs efforts, afin de découvrir la piste de l'Américain.

— Et dans quel but ?

— D'envoyer en avant deux ou trois éclaireurs qui nous préviendront dès que cet homme sera en vue ?

— Ensuite ?...

— Dès que nous saurons où il se trouve, je conseillerai à Sa Seigneurie de donner l'ordre à sa caravane de se diviser en deux groupes, dont l'un, par le nord, et l'autre, par le sud, en le surveillant étroitement, marcheront pendant quelques heures à sa hauteur, en essayant de deviner ses intentions ; puis, ce résultat acquis, le dépasseront en un effort commun, se rejoindront en avant et s'élanceront enfin, libre de toute contrainte, sur les traces de miss Carrell.

Kara-Mustagh avait écouté son guide sans rien laisser paraître de ses sentiments et se tournant vers ceux qui n'avaient encore rien dit :

— Que pensez-vous de ce plan, señores ? questionna-t-il.

La discussion commença confuse et Kara-Mustagh la laissa se développer durant quelques instants, semblant s'isoler dans le bruit.

Soudain, il fit un geste.

— Señores, dit-il, tout en rendant justice à la prévoyance de votre camarade, je ne crois pas devoir me rallier à son plan.

— Il est absurde, dit une voix.

— Non, señor, continua Kara-Mustagh, il a au contraire un grand avantage : celui de nous assurer que nous laissons bien derrière nous master Sullivan. Mais, sans immobiliser la caravane entière, ce qui nous ferait perdre un temps précieux, nous pouvons arriver au même résultat. La route suivie par miss Carrel doit, indiscutablement, la conduire à la Guyane anglaise. Dès demain donc, à marches forcées, nous allons reprendre notre route dans cette direction. Mais nous laisserons derrière nous une petite troupe sous la conduite de l'un de vous que le sort désignera et qui sera chargée de reprendre contact avec master Sullivan, de l'épier et de nous rejoindre ensuite.

Pour la forme, le guide, qui avait proposé le premier plan, forma quelques objections, mais le maître avait parlé et comme les autres il s'inclina.

D'un geste, Kara-Mustagh les congédia et seul il s'avança sur les bords de la rivière.

Il la dominait.

Debout sur un promontoire, il la voyait couler paresseuse parmi les nénuphars géants, les joncs énormes, tandis qu'autour de lui les derniers chants d'oiseaux s'éteignaient dans les arbres que teintaient de pourpre les lueurs du couchant.

Un murmure imperceptible sortait de ses lèvres.

Il priait.

— Brahma, disait-il, Brahma, Avyatra, Nirrikalpa, Svayambhou... ô toi qui, avec Vichnou et Siva, formes la triple manifestation de l'Etre suprême, protège-moi. Donne-moi, Brahma, ta force et l'absolu du rêve, je t'en supplie, comme je supplie Vichnou de me donner sa sagesse et Siva de m'accorder sa justice.

Il s'arrêta.

Son regard mélancolique errait sur la forêt qui, sur l'autre rive, lui faisait face.

Il touchait au but et son visage semblait empreint de tristesse...

Enfin, il étendit les bras comme s'il désirait étreindre la nature tumultueuse qui l'environnait et, soudain, baissant la tête, à pas lents, il revint vers sa tente où il s'enferma après avoir refusé toute nourriture.

La nuit passa.

Dès l'aurore, le lendemain, le campement s'éveilla.

Sur les bords de la rivière, c'était un bruit de rires et de chants...

Les hommes reposés se livraient à leurs ablutions.

Le maître parut.

Ayant répondu aux salutations de ses serviteurs, très lent, il se déshabilla et dans un brusque plongeon disparut dans les eaux.

Il émergea à une dizaine de mètres de la rive.

Le buste presque hors de l'eau, tant sa nage était puissante, il allait et venait parmi les eaux claires et douces, faisant jaillir autour de lui des gouttelettes dans lesquelles se jouaient toutes les couleurs de l'arc-en-ciel.

Il était à ce moment à une vingtaine de mètres de la terre.

Les hommes avaient repris leurs chansons et leurs rires...

Ils ne songeaient pas, hélas ! les malheureux, que ces eaux si claires, si douces, pouvaient leur cacher un ennemi terrible.

Un cri d'angoisse, soudain, domina les cris de joie...

Là-bas, vers le milieu de la rivière, Kara-Mustagh se tordait, semblant se défendre contre des ennemis invisibles...

Pâles, les Indiens regardaient.

Ils avaient compris et murmuraient :

— Les caribes ! Les caribes !...

C'étaient eux, en effet, ces petits poissons au museau allongé, dont les dents sont formées, à chaque mâchoire, d'une seule pièce aussi coupante que celle d'un rasoir, et qui adorent le sang...

Et les Indiens tremblaient...

Que pouvaient-ils faire ?...

Rien !...

Toute intervention était impossible, car ils n'avaient pas de barque et que, maintenant, le corps de Kara-Mustagh, qui se débattait, était entouré par des milliers de caribes qui, attirés par le sang coulant des premières blessures, s'acharnaient sur la victime.

Les yeux emplis d'épouvante, l'Hindou, d'une voix étranglée par la douleur, appelait au secours. Mais nul n'esquissait un mouvement, car on savait que, se lancer dans ces eaux, c'eût été aller au-devant de la mort.

Kara-Mustagh, cependant, comprenant qu'il ne devait attendre aucun secours de la terre, voulut tenter un dernier effort.

Secouant violemment ses bras et ses jambes pour se débarrasser de ses ennemis invisibles, il esquissa deux ou trois brasses.

Il ne fit qu'activer l'hémorragie.

Les caribes, de nouveau, se ruèrent sur lui...

Alors, épuisé, il s'abandonna...

Pendant un instant encore, le visage tordu par la souffrance, ses compagnons le virent roulant à la dérive, puis, dans un remous il disparut.

C'était fini.

Harry Pertry Sullivan était délivré d'un de ses plus directs concurrents.

CHAPITRE IV

UNE RENCONTRE

Gomez Padilla parlait à son cheval, tandis que, gaillardement, il galopait dans la savane.

— Tout beau ! Tout beau ! Mon petit, disait-il, ne te fatigue pas... Certes, tu sais mon impatience de la sauver, Elle... mais... pour la sauver, il ne faut pas user nos forces... Vois-tu, petit, la route est longue encore qui nous conduira vers celui qu'elle aime ; il faut que, grâce à toi, je puisse la faire, cette route, pour aller dire à celui qui, inconscient, me broiera le cœur : « Elle vous aime... Elle vous attend... Venez !... »

Un instant, il resta silencieux, puis il reprit :

— Dis, petit, tu comprends, toi, combien je souffrirai en parlant ainsi ?... Tu sais que je t'aime, toi, qui depuis si longtemps me connais, et cependant... cependant, l'amour que j'ai pour toi n'est rien comparativement à celui que j'ai pour elle.

Il sourit :

— Les gens des villes, s'ils m'entendaient te parler ainsi, diraient que je suis fou. N'est-ce pas, petit ?... C'est qu'ils ne savent pas... Ils ne savent pas quels liens mystérieux nous unissent... Depuis plus de six mois... depuis que Chérie que je montais depuis trois ans est morte aux bords de l'Apure, tu partages mes fatigues, mes souffrances ; tu entends ma voix ; tu me connais ; tu m'obéis ; que faut-il de plus pour faire de toi un ami ?... Le cheval est à l'aventurier des pampas ce qu'est le chien aux coureurs de pistes du grand nord... Ils me comprendraient, eux... Ils ne riraient pas, en m'entendant te dire que je l'aime, elle. Petit, petit, tu m'entends ?...

Et comme pour lui répondre, frémissant, l'œil en feu, les naseaux écartés, le cheval poussa un long hennissement.

— Bien ! Bien !... petit... poursuivit Padilla, en caressant l'encolure de sa monture, je sais que tu me comprends.

Et perdu dans son rêve, il se tut.

Depuis quatre jours, il avait quitté Elsie et avait repris la route déjà parcourue, marchant sans défaillance dans ces vastes solitudes, ne vivant que du produit de sa chasse ou de quelques conserves qu'il avait emportées dans ses fontes.

Monotones, les heures succédaient aux heures. Il n'y prenait point garde, car son esprit était tendu vers le but à atteindre.

De l'accident de de Montnoir ils n'avaient su que ce que Lawson leur avait appris. Mais, on l'a vu, Gomez Padilla doutait de la véracité de ce récit et cela, d'autant plus que, depuis, d'autres motifs de suspicion étaient venus étayer son opinion première.

Cherchait-il à analyser ses sentiments ?...

C'était en vain...

Pourquoi agissait-il ainsi qu'il le faisait ?

Il n'aurait su le dire.

Il ne voyait qu'une chose : Elsie souffrait. Elle souffrait parce qu'elle aimait de Montnoir et qu'elle craignait qu'un de ses concurrents n'arrivât avant lui auprès d'elle, la forçant ainsi à tenir loyalement son engagement.

Il fallait donc à tout prix que de Montnoir soit prévenu de l'état d'esprit de la jeune fille pour tenter l impossible.

Et Gomez Padilla était inquiet.

Si Lawson avait dit vrai, de Montnoir ne serait-il pas immobilisé par ses blessures ?...

Si Lawson avait menti, l'aviateur n'aurait-il pas repris son vol ?...

Angoissant inconnu qui torturait le cœur du vaillant, car il voulait accomplir sa mission... toute sa mission.

Mais soudain, rassemblant les rênes, d'un coup sec, il arrêta sa monture.

Penché en avant, il fixait attentivement l'horizon.

Au loin, là-bas, quelques points, que seul son œil *habitué à sonder les horizons de la savane* pouvait apercevoir, se déplaçaient avec rapidité.

Il mit pied à terre et, gagnant un repli de terrain, après avoir fait coucher son cheval, il s'allongea à son tour dans l'herbe.

Ils étaient désormais invisibles.

Pourtant, Padilla ne perdait pas de vue ces cavaliers qui, peu à peu, se profilaient plus distinctement sur l'horizon.

Il les comptait.

Un, deux, trois, quatre, cinq, ils étaient six.

Mais il ne devinait pas à qui il avait affaire et, avant de se montrer, il voulait le savoir.

Un quart d'heure passa.

Enfin, il vit.

En tête marchaient deux hommes.

L'un, *au visage bronzé entouré d'une chevelure* d'un noir de jais, aux vêtements de cuir, au large chapeau de feutre était, sans erreur possible, un vieux coureur de la savane.

L'autre, grand, fort, à la carrure athlétique, quoique montant parfaitement, n'avait pas à cheval le laisser aller des hommes qui l'entouraient.

Les chevaux étaient harnachés et chargés comme pour une longue randonnée et tandis que, pendues aux arçons, Padilla apercevait des carabines, il voyait à la ceinture des voyageurs les gaines de cuir des pistolets à répétition.

Les yeux fixes, Padilla regardait.

La caravane avançait.

Dans quelques secondes, elles passerait à une dizaine de mètres de lui...

Il ne pouvait pas y avoir de doute : c'était là un des poursuivants de miss Carrelll.

Mais qui ?...

Et, à l'instant même où Padilla se posait cette question, une voix lointaine appela :

— Master Sullivan...

D'un bond, Padilla fut sur pied, sa carabine à la main, prêt à tirer...

Mais la vision d'Elsie, qui lui eût déconseillé ce meurtre, passa devant ses yeux et, frémissant de rage contenue, il attendit.

Car il avait été vu.

Souriant, à pas lents, Sullivan s'avançait vers lui..

— Eh bien, quoi, l'ami, disait-il, on a mauvais caractère ?... Nous vous avons sans doute dérangé dans votre somme ? Veuillez nous excuser.

Padilla ne répondit pas.

Un combat violent se livrait en lui.

Que devait-il faire ?...

Il avait là, à sa portée, celui que miss Carrell redoutait d'épouser ; celui qui, au dire de Lawson, avait fait bon marché du bonheur de la jeune fille, ne visant, en cherchant à la conquérir, qu'à s'emparer de sa fortune ; ne devait-il pas en se sacrifiant lui-même, écarter ce danger d'Elsie ?...

Et, nerveux, il serrait la crosse de sa carabine, prêt à épauler.

Comme s'il eût compris ce qui se passait dans l'âme de son interlocuteur, Sullivan ne le quittait pas des yeux et voyant qu'une détente adoucissait ses traits :

— Allons, s'écria-t-il en riant, l'orage est passé... C'est l'heure de l'étape. Vous plairait-il de partager notre repas, camarade ?... Nous causerons un peu.

Une dernière hésitation passa dans le regard de Padilla.

— Eh ! que diable, poursuivit Sullivan, pourquoi vous faire prier ? Ce ne doit pourtant pas être drôle de naviguer ainsi dans ces savanes, seul, toujours seul. Vous avez la chance de rencontrerr des voyageurs comme nous ; ne refusez pas l'offre qu'ils vous font de passer une heure ou deux en votre compagnie.

— Soit, master, répondit Padilla, j'accepte et vous remercie...

Il avait réfléchi pendant que Sullivan parlait et, certain maintenant de pouvoir servir Elsie, il se montra plus sociable quoiqu'en se tenant sur ses gardes.

— Allons, ordonna Sullivan, en s'adressant à ses guides, préparez le repas.

Et longuement, ils causèrent.

— Pays merveilleux, mais en vérité, pays terrible que celui-ci, disait Sullivan...

Et interrogatif :

— Etes-vous né dans ces contrées ?...

— Non, master, répondit franchement Padilla, je suis Mexicain.

— Mexicain ! s'exclama Sullivan. Eh ! pardieu, que venez-vous faire en ces régions ?...

— Master, je pourrais vous poser la même question ?...

Sullivan se mit à rire.

— Evidemment, dit-il. Mais, tranquillisez-vous, je ne veux pas être indiscret. Le désir seul de m'entretenir un peu avec un nouvel interlocuteur a fait que je vous ai invité à partager notre modeste repas.

— J'en suis heureux, master.

— Et je vous comprends, car les rencontres sont rares.

L'entretien arrivait au point critique.

Padilla le comprit :

— En effet, master, dit-il, et je vous avoue que, depuis environ huit jours, je marche de surprises en surprises.

— Ah ! fit Sullivan froidement, comme s'il ne s'intéressait pas à la réponse, vous avez rencontré beaucoup de voyageurs ?

— Oui, master. Alors qu'il y a un an, lorsque je me suis rendu en Argentine, je n'avais croisé que quelques rares Indiens. Voici, je le répète, en huit jours, le troisième groupe de voyageurs que je rencontre.

— Vraiment !...

— C'est comme je vous le dis, master.

— Quelle route avez-vous donc suivie ?...

— La même qu'à l'aller... Je viens de Manaos... J'ai suivi d'abord le cours du rio Negro où les riches haciendas ne sont pas rares... J'ai bifurqué ensuite à la hauteur du rio Branco, que j'ai remonté jusqu'à la hauteur de la Guyane anglaise ; puis, traversant les contreforts du mont Roraima, j'ai atteint la source de la rivière Caroni que j'ai descendue et quittée depuis peu pour me diriger vers l'embouchure de l'Orénoque.

— Beau voyage, en vérité !...

— Pénible...

— Je n'en disconviens pas... Mais, vous le voyez, vous n'êtes pas seul à l'affronter.

— Je vous le répète, master, j'en suis surpris.

— Bah ! des émigrants, sans doute...

— Peut-être.

— Des femmes ?...

Padilla tressaillit.

La question était nette.

— Des femmes ? dit-il, oui, master. Deux. Dans la première caravane que j'ai rencontrée, en traversant le mont Roraima.

— Jeunes...

— Et courageuses, master, montant à cheval comme des cow-boys, couchant à la dure, se riant du danger, toujours prêtes à l'effort.

Sullivan éclata de rire :

— Bref, dit-il, la compagne rêvée pour un homme tel que vous ?...

Padilla avait pâli...

D'un geste nerveux, sa main se posa sur la crosse de son revolver.

— Chut ! señor, dit Sullivan, laissez donc ce joujou tranquille, je plaisantais...

— Je n'aime pas la raillerie, master.

— Eh ! je ne raille pas, camarade. Je comprends très bien qu'une telle femme ait pu faire votre conquête...

— Assez ! master...

Un instant, Sullivan le dévisagea, puis :

— Señor, dit-il, je n'ai pas l'habitude qu'on m'impose ainsi le silence, mais vous êtes mon hôte et, même perdu dans cette savane, je ne veux pas transgresser les lois de l'hospitalité.

— Même si je vous en dégage ? clama Padilla, rageur.

— Señor, riposta Sullivan, en l'occurrence, je suis seul juge de mes actes. Le déjeuner est prêt. Mangeons, voulez-vous ?...

Mais Padilla ne répondit pas.

Il toisa Sullivan des pieds à la tête, enfonça son sombrero d'un coup de poing et sauta à cheval.

— Comment, dit alors l'Américain railleur, vous prenez ainsi une innocente plaisanterie et refusez après avoir accepté de rester quelques instants avec nous... Ma parole, señor, vous me faites croire que j'avais raison, lorsque je disais que vous êtes amoureux de la belle cavalière...

Sullivan n'acheva pas...

Enfonçant ses éperons dans les flancs de sa monture, Padilla avait bondi, revolver au poing, faisant feu trois fois coup sur coup.

Sa colère était telle qu'il manqua son but...

Alors, hébété, il regarda autour de lui et, dans une rapide volte-face, au galop de son cheval, faisant feu des quatre fers, il disparut au loin.

— Bon voyage ! ricana Sullivan, en riant comme un fou.

Il ne se rendait pas compte que, malgré les apparences, c'était Padilla qui sortait vainqueur de cette rencontre.

CHAPITRE V

DANS LEQUEL SAN-SIMA, VICTIME DE LA « MOUCHE ANTHROPOPHAGE » EST MIS HORS DE CAUSE

Furieusement, pendant plus d'un quart d'heure, Gomez Padilla avait galopé dans la savane, ne tenant aucun compte du chemin parcouru et de la direction prise, demandant à son cheval un effort tel que, bientôt, la bête écumante tomba sur les genoux, les flancs haletants, hennissant douloureusement.

Padilla, alors, reprit conscience de lui-même.

— Suis-je donc devenu fou ? murmura-t-il, en évitant la chute de justesse.

Et, rapidement, défaisant la sangle de son cheval qui s'était affalé sur le côté, il le débarassa de la selle pesante...

L'animal voulut se remettre sur ses pattes, mais en le flattant de la main, Padilla murmura :

— Reste là, petit, reste là... Repose-toi.

Et tandis que, docile, sa monture obéissait, il regarda au loin...

Il ne voyait que la plaine et, dans la plaine, une longue foulée révélant son passage récent.

— Il faudrait pourtant que je sache, dit-il. Comment n'ai-je pas pensé à cela plus tôt ?

D'un coup d'œil circulaire, il inspecta les alentours.

La savane était tranquille...

Alors, tirant de ses bagages une longue corde, il attacha son cheval à une racine d'arbre et, après avoir armé sa carabine, rapidement, mais attentif à tous les bruits, il revint sur ses pas.

Longtemps, il marcha en suivant la piste qu'il avait tracée quelques minutes auparavant ; enfin, derrière une ondulation de terrain, il aperçut une fumée légère qui montait, droit, dans le ciel.

— C'est là, murmura-t-il.

S'agenouillant dans les hautes herbes, évitant tous les chocs, il n'avança dès lors que prudemment, en s'écartant peu à peu de la route qu'il avait précédemment suivie.

Il arriva au sommet du repli et, se redressant lentement, il regarda.

Sullivan était là entouré de ses guides et discutant de la route à suivre.

Le cœur de Padilla bondit de joie...

L'Américain était tombé dans le piège tendu.

Tenant en main une carte, il indiquait la direction du sud...

Il croyait en le renseignement donné.

Elsie était sauvée de lui..

Mais Padilla voulut voir jusqu'au bout.

Il assista aux préparatifs de départ, croyant un instant avoir été découvert, car le regard d'un guide s'était fixé étrangement sur lui.

Il n'en était rien.

Sullivan se mit en selle ; ses hommes l'imitèrent ; et, bientôt, dans l'immensité déserte, le groupe entier ne fut qu'un point noir, décroissant sans cesse et disparaissant enfin.

— Manaos est loin de la Guyane, s'exclama Padilla en riant.

Et, répétant sans le savoir le mot de l'Américain :

— Bon voyage, master Sullivan ! cria-t-il, en agitant son chapeau.

Plus calme alors, il revint auprès de son cheval qu'il trouva debout, broutant tranquillement l'herbe qui s'offrait à lui.

— Eh bien ! ça va mieux, petit ? dit-il joyeusement... Moi aussi... Nous allons partir tout doucement pour nous remettre de cette émotion et, demain, tu verras, il n'y paraîtra plus...

Un instant après, ayant de nouveau sellé sa monture, Padilla se mit en selle et, s'étant orienté, reprit sa marche en avant.

Ainsi, Kara-Mustagh ayant trouvé la mort dans la rivière Caroni, dévoré par les caribes, Sullivan ayant été lancé sur une fausse piste par Padilla, miss Carrell était délivrée de deux poursuivants, dangereux pour l'issue qu'elle rêvait de donner à son aventure.

Restaient Jack Brown et Luis Moralès qui avaient franchi les branches du delta de l'Orénoque et qui, descendant le cours de la rivière Amacoura à la frontière de la Guyane anglaise, se dirigeaient vers Cadui, et San-Sima qui, ayant demandé à ses guides un gros effort, venait d'arriver à Waika, après avoir traversé la sierra de Imataca.

Le danger n'était pas immédiat, car, ayant traversé savanes et forêts, miss Carrell se trouvait maintenant au bord du lac Amuku, c'est-à-dire à près de quatre cents kilomètres au sud de son plus proche poursuivant San-Sima.

Mais le Japonais avait su la triste fin de Kara-Mustagh et en avait trouvé un encouragement à poursuivre la lutte sans merci.

Une centaine d'hommes à lui, par groupes de deux, trois au maximum, s'étaient déployés sur toute la frontière vénézuélienne et le jour vint, où les estafettes qui reliaient tous ces groupes entre eux, signalèrent la route prise par la caravane de miss Carrell.

San-Sima en connut une joie profonde. Dès le lendemain, après avoir doublé les gages de tous ceux qui le servaient depuis de longs mois, il s'élança dans la direction indiquée, résolu à ne s'accorder que le minimum de repos.

Mais ce minimum même devait lui être fatal.

Déjà, il avait franchi le rude passage des monts Mazaruni par Camacusa...

Déjà il avait atteint la rivière Potaro...

Deux cents kilomètres à peine le séparaient de miss Carrell, lorsqu'il s'engagea dans une forêt immense...

Les guides s'égarèrent dans le dédale des sentiers et, tandis qu'ils cherchaient leur route, il fallut camper.

Harassés de fatigue, hommes et bêtes, malgré le danger des exhalaisons malsaines du sol, se laissèrent choir au pied des arbres et s'endormirent.

San-Sima, lui, lutta longtemps contre la défaillance, mais, vaincu enfin, après avoir donné l'ordre à deux hommes de veiller, il s'allongea sur la terre humide.

Hélas !...

Etendu sur le dos, la tête soutenue par la paume de ses mains jointes, il s'endormit...

Soudain, sans qu'aucun bourdonnement eût décelé sa présence, une petite mouche s'abattit sur son visage.

Elle n'avait rien d'extraordinaire, la *Lucilia hominivore !...*

Son corps était bronzé comme celui de la mouche vulgaire de la viande.

Un instant, de ses pattes menues, elle courut sur le visage du dormeur et disparut.

Elle était entrée dans son nez.

Quelques secondes passèrent...

San-Sima respirait avec peine...

Elle reparut enfin, s'ébroua quelque peu et reprit son vol...

L'homme parut soulagé...

Une heure passa...

Hagard, le Japonais s'éveilla...

La sueur coulait de son front...

Un chatouillement inexplicable lui torturait les sinus du nez...

Une douleur térébrante lui traversait le cerveau.

Il s'abattit de nouveau sur le sol, en poussant un cri terrifiant...

Car il avait compris...

Avant son départ, en effet, il avait étudié tous les dangers auxquels il s'exposait et il savait...

Il savait maintenant qu'il était transformé en une ruche vivante, car la mouche anthropophage avait pénétré en lui et avait déposé ses œufs.

Il savait que des milliers de larves naissaient, au fur et à mesure que les minutes s'écoulaient, aux abords de son cerveau.

Il savait qu'éloigné de tout secours scientifique, il devait fatalement succomber en quelques jours à une méningo-céphalite, après avoir enduré des souffrances dignes de l'enfer de Dante...

Cependant, à son cri, les deux hommes de garde étaient accourus.

En un instant, tous les dormeurs furent réveillés.

Mais que faire, perdus dans le dédale de cette forêt ?

Haletant, San-Sima s'agitait sur le sol, tordu par la souffrance.

Les heures passaient dans l'attente terrifiée des guides qui ne revenaient pas.

Des spasmes douloureux le secouaient de la tête aux pieds.

Il sentait que, dans sa chair, la masse grouillante des insectes continuait ses ravages.

Il secouait la tête comme pour se débarrasser des parasites, mais il ne faisait qu'accentuer ses douleurs.

Enfin, à la nuit, les guides reparurent.

Ils avaient retrouvé la route normale à dix milles de là et, ayant suivi dans la forêt des sentiers trop à l'est, ils se trouvaient à une cinquantaine de kilomètres de Poste-Arinda.

Là, seulement, San-Sima pourrait trouver du secours...

Là, seulement, le Japonais trouverait, s'il était encore possible, un soulagement à ses terribles souffrances.

Formant un cadre au moyen de quatre branches liées entre elles, les guides tendirent un hama qu'ils fixèrent aux harnachements de deux chevaux d'allure régulière.

Sur ce brancard improvisé, San-Sima, livide, fut étendu et on se mit en route à la lueur vacillante de torches de résine...

Lugubre convoi, rendu plus lugubre encore par les cris étouffés du malade, auxquels semblaient répondre au loin les miaulements des jaguars et les rugissements des onces, troublés dans leur quiétude nocturne par le passage de ses fantômes, parmi les ombres géantes de la forêt tropicale.

La marche était lente...

Malgré les précautions prises par ceux qui conduisaient les chevaux porteurs du hamac, il fallait suivre les ondulations du terrain et cela n'allait pas sans produire de brusques déplacements, des chocs qui se répercutaient au centuple dans le cerveau malade de San-Sima, qui suppliait alors que l'on s'arrêtât...

Pendant quelques instants, les guides obéissaient, mais ils n'ignoraient pas, ces hommes, que chaque minute qui s'écoulait ainsi, reculait les chances de la guérison.

Serrant les dents, domptant leur émotion devant cette torture, feignant de ne pas entendre le supplicié qui demandait à être abandonné à son sort, qu'on le tuât, ils se remettaient en marche...

Ils sortirent enfin de la forêt...

La savane s'étendait devant eux.

Ils accélérèrent l'allure.

Des chauves-souris géantes, des vampires dansaient autour d'eux leurs rondes folles.

Ils n'y prenaient point garde.

Des papillons énormes, aux ailes veloutés, leur frôlaient le visage...

Ils marchaient, l'esprit tendu vers le but qu'ils désiraient atteindre et qui n'était autre que d'arracher leur maître à l'horrible mort qui le guettait.

Et, soudain, le ciel diamanté, le ciel lourd d'étoiles, sembla pâlir...

Ce n'était plus le même velours sombre, sur lequel, un instant auparavant, scintillaient les constellations équatoriales...

L'étincellement s'atténuait...

Au levant, une lueur s'élargissait peu à peu, envahissant l'horizon.

C'était le jour...

Encore un effort et ils atteindraient Poste-Arinda.

— A boire ! A boire !... gémit San-Sima.

Un guide le souleva et porta sa gourde à ses lèvres...

Il but...

On se remit en route...

Il supplia, demandant du repos...

Mais on ne l'écouta pas...

Malgré ses souffrances, malgré ses cris, malgré la lividité de ses traits, la marche continua.

Impitoyables ! Les guides l'étaient, mais non sans raison.

Qu'importait la souffrance présente si l'homme pouvait être sauvé !

Certes, il en aurait pour de longs mois avant de se remettre complètement, si on le sauvait...

Certes, après tant d'efforts, tant de luttes quotidiennes, c'était l'effondrement de son rêve... Elsie était perdue pour lui...

Mais n'aurait-il pas la vie ?...

Cela seul importait pour l'instant, car ces hommes rudes ne pensaient pas qu'à une vie sans l'amour de miss Carrell San-Sima eût, peut-être, préféré la mort.

Des maisons apparurent au loin...

Ils arrivaient...

Des champs de tabac, de larges pièces de terre semées de maïs, d'énormes étendues couvertes des fuseaux frissonnants des cannes à sucre, des arbustes du cotonnier ou du manioc, se déroulaient autour d'eux...

Ils passaient.

La vie s'intensifiait tandis qu'ils avançaient, mais la mort, de son aile, frôlait un des leurs...

Marchant sans répit, marchant sans défaillance, ils entrèrent en ville...

Une heure après, étendu sur un lit de fortune, San-Sima était aux mains des praticiens qui devaient décider de son sort.

CHAPITRE VI

GOMEZ PADILLA ARRIVE AU BUT

— Eh ! oui, mes amis, dans ces pays comme dans le Grand Nord, l'alcool est le principal ennemi de la race indienne. Un de mes confrères, m'a conté, jadis, avoir assisté au naufrage d'un navire chargé de rhum sur les récifs de Punta-Gallinas. Ce ne fut pas long. Les Goajires, sur leurs pirogues, s'approchèrent de l'épave, montèrent à l'assaut et burent tant et tant, que la tribu fut plongée dans l'ivresse pendant huit jours.

De Montnoir, Blainville et le missionnaire, qui les avait accueillis dans son humble maisonnette, causaient, la journée terminée, après avoir pris le repas du soir.

Les souvenirs se pressaient tumultueux dans la mémoire du « padre » et, dans sa conversation, de Montnoir avait trouvé un précieux dérivatif à son chagrin.

— La femme de l'Indien, reprit le père, respecte l'ivresse de l'époux. Lorsque, terrassé par la liqueur du soleil, il succombe au sommeil, elle s'installe auprès de lui, vaquant à des travaux du ménage, tissant des filets ou tressant des chapeaux.

— Nous sommes loin des coups de manches à balai des faubourgs de Paris, dit Blainville en riant...

— Certes, répondit le père en partageant son hilarité, la femme indienne veille au contraire à ce que le sommeil de son mari soit calme, elle écarte de lui les maringouins, dont les terribles piqûres pourraient l'importuner... elle l'évente avec une aile d'aigle.

— Tendre sollicitude...

— Non exempte de calcul... En agissant ainsi, elle songe qu'un jour elle aura peut-être besoin d'être veillée ainsi.

— Ces Goajires, si je ne me trompe, dit de Montnoir, habitent le nord du Venezuela ?...

— Non !... Ils sont Colombiens. C'est une race de toute beauté, courageuse et noble...

— Vous avez vécu parmi eux ?...

— Pendant dix ans... C'était au début de mon apostolat... J'aimais ce pays avec ses savanes, ses lagunes, ses forêts de mancenilliers, de mangliers et d'arbres épineux, mais ce dont j'ai gardé le souvenir le plus vif, c'est la vision des ébats de ces Indiens au bain, à l'embouchure du rio Hacha. C'était une véritable vision d'art. Dans ces eaux tranquilles, loin des crocodiles qui, en amont, infestent la rivière, à l'abri des requins qui, dans la mer proche font leur ronde, n'ayant pas à craindre les méduses ou orties de mer qui déchirent les chairs, toute la population riveraine se réunit, sans distinction de sexe. De tous côtés arrivent des familles entières. Leur silhouette se détache nettement sur le ciel d'un bleu profond. A l'étroit, sur la levée de sable et de coquillages qui, seule, sépare le fleuve de la mer, ils vont, en file interminable, portant à la ville de la viande, des poissons, des tortues, poussant devant eux des moutons, des vaches...

« Et c'est le rio Hacha...

« Les chevaux hennissants reculent devant l'eau de la barre qui tourbillonne... Les vagues de la mer se brisent sur les flots du rio, emplissant l'air d'une poussière d'eau.

« Les femmes sur leurs montures ramènent leurs jambes sous elles, tandis que les hommes, saisissant les chevaux aux mors, les entraînent dans l'eau écumeuse.

« Les taureaux entravés résistent.

« Les ânes braient.

« Les jeunes gens plongent et nagent, vigoureux.

« Les négrillons hurlent.

« Je vous le répète, amis, il faut avoir vu cela dans le décor éblouissant de cette nature emplie de lumière, au lever du jour, tandis qu'au lointain se détachent, sur l'horizon, les ruines de la forteresse du rio Hacha ou les cimes de la Cordillère, dont les glaciers étincellent sous le soleil naissant.

— Surtout si ces gens-là sont beaux, ainsi que vous le dites.

— Je n'exagère pas. Les temps sont lointains où j'ai assisté à cette scène et cependant je les revois encore, drapés dans leurs manteaux de couleur voyante. Le regard hautain, la marche noble, un sourire de dédain aux lèvres, cavaliers admirables, ils allaient par la savane, suivis de leurs femmes, dont la beauté n'a jamais connu les entraves de la civilisation... Mais je me laisse aller à mes souvenirs, amis, et je ne songe pas que l'heure est tardive et que vous avez besoin de repos. Votre tâche sera-t-elle bientôt terminée ?...

— Dans deux ou trois jours, nous nous séparerons...

— Et vous reprendrez le cours de votre aventure. Avez-vous appris quelque chose de nouveau ?

— Rien de sensationnel...

Blainville protesta :

— Peste, dit-il, que te faut-il de plus ? Pour t'étonner, tu voudrais sans doute qu'on vienne t'annoncer que tous tes concurrents renoncent à la lutte et qu'ils sont prêts à t'accompagner auprès de miss Carrell...

— Non, Blainville, je ne suis pas aussi exigeant.

— Alors ?...

— Je me méfie.

— Parce que ?...

— Parce que, à deux reprises déjà, nous avons reçu des télégrammes de gens que nous ne connaissons pas et qui, soi-disant, nous voulaient du bien...

— Et à deux reprises, donnant dans le piège, nous avons abouti la première fois aux marais de Vera Cruz et la seconde à la chute dans cette plaine, en n'évitant la mort que grâce à notre parachute... C'est bien cela que tu voulais dire ?...

— En effet.

— Je te fais remarquer que la situation n'est pas la même...

— D'accord... Elle ne m'en laisse que plus sceptique.

— Pourquoi ?...

Et, en se tournant vers le missionnaire, Blainville poursuivit :

— Mon père, je vous prends à témoin du parti pris de mon ami. Depuis ce matin, nous discutons sans parvenir à nous mettre d'accord. Il est têtu comme une mule.

— C'est que, mon cher monsieur, répondit le père en souriant, il est prudent, dans ces pays, de n'ajouter foi qu'aux nouvelles qui nous parviennent par une voie bien déterminée.

— C'est mon avis, acquiesça de Montnoir.

— Et le mien aussi, surenchérit Blainville. Mais nous sommes ici en présence d'un fait nouveau. En nous rendant ce matin à Canasto, pour acheter les diverses pièces qui nous manquaient encore pour le rééquipement de notre avion, nous nous sommes trouvés face à face avec l'employé de la poste qui avait reçu nos télégrammes, lorsque, à la suite de notre accident, nous avons cru devoir envoyer un mot au consul de France à Vera Cruz pour le tranquilliser. Cet employé nous a dit avoir en main, depuis plusieurs jours, une longue dépêche à l'adresse de de Montnoir et qu'il n'avait gardée que parce qu'il ne savait pas où nous la faire parvenir...

— Le nom de votre correspondant vous est-il connu ?...

— Oui ! c'est le nom d'un aviateur japonais que j'ai connu pendant la guerre...

— Et qu'il a sauvé... Mais cela n'a pas d'importance, n'est-ce pas, de Montnoir ?...

De Montnoir fit un geste vague.

Blainville se fâcha :

— Oui ! s'écria-t-il. C'est toujours la même histoire : tu n'aimes pas qu'on te parle de ces choses-là. Cependant, si San-Sima t'a télégraphié à la suite du terrible accident qui l'a empêché de poursuivre sa route, c'est, j'en suis certain, parce qu'il s'est souvenu...

Le père intervint :

— Ce San-Siman, dit-il, était bien un de vos concurrents ?...

— Oui !...

— La dépêche ?

— La voici.

Et le père lut :

« Poste-Arinda. Peut-être vous souviendrez-vous
« en lisant mon nom de celui que vous avez sauvé
« de la mort, en juin 1916, sur le front français,
« alors que, attaqué par trois Fokkers, il allait suc-
« comber. A la poursuite de miss Carrell, j'allais
« l'atteindre, il y a quelques jours lorsque, en tra-
« versant une forêt au sud de la rivière Potaro, je
« suis tombé victime de la « Lucilia hominivore ».
« Je suis sauvé maintenant. Mais, incapable de tout
« effort, je dois, sur le conseil même des docteurs
« qui m'ont soigné, rentrer dans mon pays. A dé-
« faut de moi-même, aimant miss Carrell, j'ai
« songé que nul ne serait plus digne de lui donner
« son nom que vous. C'est donc le blessé qui vous
« crie : « Courage ! poursuivez votre route... Miss
« Carrell se trouve en ce moment au sud du lac
« Amuku et se dirige vers le Brésil... Déployez vos
« ailes et, qu'une fois encore, elles soient victo-
« rieuses. De tout cœur, je vous le souhaite.

« SAN-SIMA. »

Ayant terminé sa lecture, le missionnaire, un instant, réfléchit, puis, levant la tête et s'adressant à de Montnoir :

— Mon cher ami, dit-il, je crois, sincèrement, que M. Blainville a raison : il n'y a pas de supercherie dans cette dépêche. Au surplus, il vous sera facile de la contrôler, en passant par Poste-Arinda et en y faisant escale.

— Je n'avais pas songé à cela, murmura de Montnoir.

Blainville exultait :

— Et nous ne vous avons pas encore tout dit, padre de mon cœur, s'écria-t-il. Il paraît que le prince Kara-Mustagh, en prenant un bain, a été victime des caribes...

Le visage du prêtre refléta une réelle angoisse :

— Et ? questionna-t-il.

— Il y est resté, pardienne...

Le prêtre baissa la tête.

— Oh ! le malheureux, dit-il. Il ne faut pas être égoïstes, enfants. San-Sima a échappé à la mort, mais il a dû subir une torture atroce. Quant au prince Kara-Mustagh, plaignez-le, mes amis, car une telle mort est, sans conteste, une des plus horribles que je connaisse... Allons, il serait temps, je crois, de nous coucher, si nous voulons être dispos de...

Il n'acheva pas...

Des coups de feu lointains parvenaient jusqu'à noir...

Blainville s'élança au dehors, suivi de de Montnoir...

— Il n'y a pas d'erreur, cria-t-il, ça vient de là-bas.

Et saisssant sa carabine, il se précipita.

Mais de Montnoir, plus calme, n'avait pas bougé.

— Eh bien, quoi, gronda Blainville, viens-tu ?...

— On n'entend plus rien...

— Et s'ils ont été surpris...

— Impossible ! répondit le missionnaire. D'ailleurs... tenez... voyez !...

Au loin, sur la savane, des ombres venaient vers eux...

Bientôt, dans la masse confuse, ils distinguèrent un homme à cheval...

— Qu'est-ce que cela veut dire ? murmura de Montnoir.

Et, anxieux, dissimulant mal leur émotion, ils épiaient la marche de la petite troupe, cherchant à deviner ce que ces hommes leur apportaient.

Enfin, à quelques mètres d'eux, le groupe s'arrêta, tenant en respect le cavalier inconnu, tandis qu'un Indien s'approchait de de Montnoir.

— Señor, dit-il, nous avons surpris cet inconnu qui, à la faveur de la nuit, cherchait à passer entre nos gardes. Nous avons tiré sur lui, car il n'avait pas obéi à notre ordre de s'arrêter. Aussitôt, en levant les mains, il a continué à s'avancer.

Nous l'avons désarmé et venons vous demander ce que nous devons en faire ?...

De Montnoir ne répondit pas...

Il s'approcha du cavalier...

Celui-ci, aussitôt, mit pied à terre et, avant que l'aviateur eût posé la moindre question :

— Monsieur de Montnoir ! dit-il.

— Oui ! répondit de Montnoir.

Un silence pesa.

Gomez Padilla, car c'était lui, regardait avidement cet homme qu'aimait Elsie, cet homme à qui il allait apporter la nouvelle de la réalisation de son rêve dans l'amour de miss Carrell. Enfin, baissant la tête, la voix étranglée, étouffant mal ses sanglots, il murmura :

— Je viens, monsieur, vous dire que... miss Carrell vous attend... qu'elle vous aime... et que c'est vous qu'elle a choisi pour époux...

Et, soudain, poussant un cri rauque, cet homme qui jamais n'avait tremblé dans les pires dangers, cet homme qui avait enduré de terribles souffrances, subi toutes les privations dans ses randonnées à travers les cordillères ou les savanes, roula sur le sol évanoui...

Sa mission était remplie.

CHAPITRE VII

LAWSON TRIOMPHE

— Vous savez maintenant, messieurs, qui je suis... Miss Carrell, de par l'engagement pris, ne pouvait venir vers vous. Je l'ai fait. Il vous appartient de faire diligence, afin de ne pas être devancés par ceux qui vous menacent encore.

— Mais les renseignements qu'on nous a donnés...

— Ces renseignements, messieurs, viennent à l'appui des nouvelles que je vous apporte. D'après la date de cette dépêche, je vois qu'au moment où elle est arrivée à Canasto, j'"étais encore à cinquante lieues de cette ville.

— Mais les autres ?...

— Je ne sais ! Je ne puis vous donner des précisions qu'en ce qui concerne master Sullivan qui, lancé par moi sur une fausse piste, se dirige en ce moment vers Manaos.

— Et qui nous prouve que vous n'agissez pas pareillement avec nous ? fit Blainville défiant.

— Les souffrances que j'ai endurées pour venir jusqu'à vous.

— Vous avez pu tout aussi bien vous sacrifier pour un de nos adversaires.

Gomez Padilla, longuement, regarda Blainville, puis, sourdement :

— Non ! monsieur, dit-il. Ce que j'ai fait pour miss Carrell, je ne le ferai pour aucun être au monde.

Et se levant, soudain :

— Mais je vous pardonne votre méfiance, car vous ne savez pas. Maintenant, messieurs, je vous ai dit ce que j'avais à vous dire et je vous demande, à mon tour, ce que je dois faire, car sur l'ordre de miss Carrell je vous appartiens à dater de ce jour...

Mais de Montnoir ne répondit pas à cette question précise.

Il avait besoin de se reprendre...

Lorsque Padilla, épuisé de fatigue, terrassé par l'émotion, s'était écroulé devant lui, pendant quelques instants, il s'était demandé s'il ne rêvait pas.

Mais l'aventurier, sous les soins empressés du missionnaire, était revenu à lui.

Il lui avait donné toutes les explications nécessaires pour prouver la véracité de sa mission.

Par les détails qu'il avait fournis touchant les aventures de miss Carrell, aucun doute ne pouvait subsister dans son esprit.

Il croyait donc.

Mais le choc avait été si brutal, qu'il en restait encore tout étourdi et, incapable de prendre une résolution, après quelques instants de réflexion :

— Mon ami, dit-il, je crois que, pour l'instant, le plus pressé serait que vous preniez quelques heures de repos. Je vous dirai demain ce que je compte faire.

— Bien monsieur, répondit Padilla. Je crois pourtant devoir ajouter que nous n'avons pas une minute à perdre.

— Je le sais, mais, en tout état de cause, nous ne pourrons pas prendre notre vol avant demain.

— Je m'incline... Où dois-je passer la nuit ?...

— Père, donnez-lui ma couche, répondit de Montnoir... Toi, Blainville, couche-toi... Moi, je m'en vais là-bas...

Mais Blainville protesta :

— Seul !... Non, mon vieux. Je t'accompagne.

De Montnoir sourit :

— Toujours fidèle, dit-il. Merci, ami, mais laisse-moi... Je... je sens que j'ai besoin d'être seul...

Et le cœur débordant de joie, de Montnoir s'enfonça dans la nuit.

. . . .

Or, tandis que Padilla, brûlant les étapes, était venu jusqu'à de Montnoir, Lawson, pressentant que sa vengeance allait lui échapper ne se déclara pas vaincu pour cela...

Le secret pourtant avait été bien gardé.

Hors de Betty et de Tom Lix, mis dans la confidence, personne ne savait le véritable motif de la disparition de Padilla...

Fatigue, disaient les uns.

Lassitude causée par une course sans but à travers les savanes, avaient conclu les autres.

Seul, Lawson avait compris que l'aventurier avait reçu une mission de confiance, en voyant que deux hommes à lui l'avaient remplacé auprès de miss Carrell.

De ces deux hommes, certes, Padilla n'avait pas exagéré le dévouement.

La jeune fille ne pouvait faire un pas sans être suivie par eux.

La nuit, tandis que l'un veillait, la carabine au poing à la porte de sa tente ou auprès de son hamac, l'autre, étendu sur le sol, dormait à proximité, prêt à toute éventualité.

Et Lawson souriait de toutes ces précautions, ne s'approchant de miss Carrell que pour, ainsi qu'il avait coutume de le faire, lui donner des renseignements sur la marche de ses poursuivants...

La jeune fille, par lui, avait appris la mort de Kara-Mustagh, la maladie de San-Sima, mais elle ignorait que Sullivan s'en allait vers le Brésil, cette lacune étant nécessaire aux projets de Lawson.

Car, malgré tout, il continuait à jouer son rôle de protecteur auprès de miss Carrell.

Il était attentif à ce rôle...

Il ne négligeait rien pour donner confiance.

Pourtant, certain jour, un mois environ après le départ de Padilla, comme, casque en tête, il écoutait les renseignements qui lui parvenaient par T. S. F., si on l'eût épié, on l'eût vu blêmir.

On venait de lui signaler le passage de l'aventurier à Bolivar.

— Ah ! murmura-t-il. C'est donc cela. Eh bien, soit ! J'accepte le combat.

Et il redoubla d'attention auprès de miss Carrell...

L'Américaine, pourtant, se souvenant des recommandations de Padilla, veillait.

Polie, souriante, elle s'efforçait à ne rien laisser paraître de ses sentiments réels, cherchant à gagner du temps.

Pourtant, de jour en jour, Lawson, lorsqu'il était seul, paraissait plus soucieux, mais auprès de miss Carrell, de Betty et de Tom Lix, il dissimulait toujours et ce fut avec un visage rayonnant de joie qu'il annonça un jour :

— Miss, je dois vous faire part d'une bonne nouvelle... M. de Montnoir vient de reprendre son vol. Il a survolé ce matin Canasto et Bolivar et a piqué ensuite droit vers le sud, en suivant le cours du Caroni.

Miss Carrell, affreusement pâle, avait écouté Lawson...

Certes, elle s'attendait à recevoir un jour communication du départ de de Montnoir...

Mais elle qui avait été mise en garde par Padilla, elle, qui soupçonnait l'atroce vérité, ne pouvait s'expliquer la joie qui illuminait les regards de Lawson.

Elle tremblait...

Durant les heures qui suivirent, son angoisse ne connut plus de bornes.

Elle épiait les allées et venues de Lawson, mais rien dans l'attitude de cet homme ne pouvait prêter à l'équivoque...

Lentes, les heures passaient, dans une marche désordonnée, car, à chaque instant, on s'arrêtait en croyant entendre le ronflement lointain d'un moteur.

Obsession !

Hantise !

Car, ainsi que le faisait remarquer judicieusement Lawson, malgré la vitesse de son appareil, il eût été impossible à de Montnoir de couvrir en si peu de temps, la distance qui séparait Canasto du lac Amuku.

Mais Elsie songeait, à part elle, que pour l'aviateur rien n'était impossible.

Sachant qu'il était aimé d'elle, il n'était pas pour lui de difficultés insurmontables.

Elle le voyait à la direction de son avion, les yeux attentifs sondant les lointains, le front contracté par la volonté de vaincre, le geste assuré par la victoire de son amour.

Et, malgré elle, elle tendait l'oreille.

Et malgré elle, elle levait les yeux au ciel...

Le jour passa...

Presque subitement, ce fut la nuit...

Il fallut s'arrêter.

Le campement s'organisa dans une petite clairière et, tandis que s'allumaient les feux, que les tentes se dressaient, Elsie et Betty causaient, un peu à l'écart, surveillées par leurs deux gardiens...

— Betty, ma chère Betty, disait Elsie, crois-tu possible que cela soit ?...

— Je le crois, Elsie, et de toutes mes forces je vous le souhaite.

Elsie, songeuse, dit, sourdement :

— Je ne sais... J'ai peur... Oh ! je ne doute pas du triomphe final... mais... j'ai comme la prescience que cela est loin encore... très loin... Il me semble voir s'ouvrir devant moi une longue route...

— Vous êtes fatiguée, Elsie, dit-elle, et votre esprit n'est que trop enclin à voir toutes choses en noir... M. de Montnoir, certes, par deux fois, a été victime d'accidents bizarres... Mais il est averti cette fois et il saura prendre toutes les précautions nécessaires et cela d'autant plus que Padilla est près de lui..

Mais Tom Lix les appelait.

Le repas du soir était prêt.

Elsie mangea rapidement et, presque aussitôt après, se retira dans sa tente, suivie par Betty.

Par groupes de deux ou trois, selon les sympathies, les hommes s'égrenèrent dans la clairière, causant en fumant.

Mais la fatigue eut bientôt raison des plus tenaces et, à part les sentinelles préposées à l'entretien des feux et l'homme de garde à la porte de la tente d'Elsie, une heure après la fin du repas, tout le monde reposait.

Tout le monde ?...

Non !...

Sous sa tente, Lawson veillait, lui aussi.

Etendu sur sa couverture, il simulait pourtant le sommeil, afin de ne pas donner l'éveil...

Son oreille attentive percevait tous les bruits et son microphone placé sur le sol auprès de lui scandait les pas des sentinelles...

Enfin, ce fut le silence complet...

Les hommes avaient dû s'asseoir auprès des feux...

Le moment était venu d'agir.

Lentement, Lawson se leva...

Mais chacun de ses mouvements était étudié...

Il mit plus de deux minutes pour parvenir à l'étroite ouverture de sa tente.

Rien ne bougeait autour de lui.

Il avança la tête au dehors.

A une dizaine de mètres de la sienne s'élevait la

tente d'Elsie et l'homme de garde à sa porte regardait précisément de son côté.

Il attendit...

Enfin l'occasion se présenta favorable et rapidement il se glissa au dehors, se dirigeant vers les automobiles.

Il atteignit son but sans encombre.

Le plus difficile était fait.

Caché entre les voitures, il enleva de ses courroies une des bouteilles d'air comprimé placées sur les marchepieds et en ouvrit à demi la valve.

Alors, tirant de sa poche une large boîte contenant des pastilles minuscules, il en plaça deux sur le couvercle d'acier et attendit quelques secondes, regardant les arbres.

Les cimes ondulèrent dans la direction du campement, dont toutes les tentes étaient devant lui.

— Le vent est favorable, murmura-t-il. Tout est bien.

Et il posa une mèche d'amadou enflammée sur les pastilles.

Une fumée intense se dégagea aussitôt, s'éparpillant à ras du sol, sans laisser de traces sous la poussée de l'air comprimé qui s'échappait de la bouteille.

Alors, une par une, il enflamma toutes les pastilles que contenait la boîte.

De longues minutes passèrent ainsi.

S'accrochant aux herbes, montant légère à hauteur d'homme, la fumée claire comme une brume vespérale, roulait sous l'impulsion du vent dans la direction des tentes...

Elle emplissait l'air...

Elle pénétrait partout...

Et, caché derrière les voitures, Lawson, qui avait disposé sur sa bouche et sur son nez une sorte de masque, vit soudain s'écrouler l'homme de garde à la porte d'Elsie.

— Et d'un ! ricana-t-il...

Quelques instants après, les sentinelles, qui causaient autour des feux, eurent le même sort et roulèrent dans l'herbe...

Alors, Lawson éclata d'un rire homérique.

— Ah ! cria-t-il dans la nuit, señor Padilla, vous avez cru qu'il suffisait d'aller chercher le duc de Montnoir pour que je sois vaincu... Laissez-moi rire !... Demain, lorsque vous arriverez ici, vous ne trouverez que des êtres endormis pour de longues heures... Ils se réveilleront, certes, mais ne se souviendront de rien... Quant à miss Elsie ?... Elle sera loin.

Et, d'un bond, il s'élança vers la tente où reposait la jeune fille. Et, quelques instants après, installée commodément sur les coussins d'une voiture, miss Carrell endormie était entraînée par Lawson vers des inconnus redoutables.

QUATRIEME PARTIE

L'ŒUVRE D'UN LACHE

CHAPITRE PREMIER

POUR LA SAUVER

L'émotion produite par la nouvelle de l'enlèvement d'"Elsie avait été énorme.

Prudemment, de Montnoir, sous la conduite de Padilla, voulant éviter un nouvel accident, avait atterri sur les bords du lac Amuku et avait poursuivi sa route à pied à travers la forêt et la savane.

Les traces de la caravane de miss Carrell étaient parfaitement visibles et ils n'avaient eu aucune peine à la retrouver...

Mais, en approchant, une angoisse inexprimable leur avait torturé le cœur...

De ces tentes, dressant leurs pylônes blancs sur le vert sombre de la clairière, pas un bruit ne sortait.

Aucun être humain n'allait et ne venait, témoignant d'une activité quelconque.

Effarés, cachés à demi par les buissons, ils regardaient, n'osant comprendre ; enfin, poussant un cri de rage, de Montnoir se précipita, suivi de Blainville et de Padilla.

Ils avaient mis revolvers aux poings.

Mais les armes étaient inutiles...

Ils trouvèrent les sentinelles endormies à leur poste.

Dans leurs tentes, ils découvrirent tour à tour Tom Lix, Betty, les hommes d'escorte, roulés dans leurs couvertures, et ils s'élancèrent vers celle de miss Carrell...

Sur le seuil de Montnoir vacilla...

Il hésitait à affronter la vérité...

Il se raidit pourtant...

Il entra...

Un cri étouffé...

Il reparut, livide...

Elsie n'était pas là...

Gomez Padilla, tordu par un sanglot, était tombé sur les genoux, cependant que, de Montnoir, impuissant, déchirait son mouchoir entre ses dents.

Ils s'étaient ressaisis pourtant et avaient commencé leurs recherches.

Une voiture manquait...

Sur le marchepied d'une autre, ils trouvèrent la boîte qui avait contenu les pastilles, dont de Montnoir ramassa les cendres.

Ils virent la bouteille d'air comprimé vide de son contenu, gisant parmi l'herbe.

Et ils comprirent que là était la solution du problème.

Cependant, les endormis, paisibles, continuaient leur somme.

En vain, tentèrent-ils de les réveiller ; ils ne remuaient que des corps inertes, dont ils sentaient battre le c ur, mais qui offraient toutes les apparences de la mort.

Alors, devant l'inutilité de leurs efforts, de Montnoir décida d'aller en avion jusqu'à la ville la plus proche, tandis que Padilla et Blainville garderaient le campement.

Une heure après, il atterrissait à Apouteric où il donnait l'alarme.

Les secours furent rapidement organisés et, tandis que par la route partaient des ambulances, de Montnoir ramenaient deux docteurs par la voie des airs...

Tous les soins furent inutiles...

Betty, Tom Lix et leurs compagnons ne se réveillèrent pas et, tels des cadavres, on dut les étendre dans les ambulances qui, sous la conduite des docteurs, les emmenèrent en ville.

De Montnoir, Padilla et Blainville étaient restés en arrière, en compagnie de quelques hommes amenés par les ambulances, pour plier bagages et conduire la caravane à Apouteric.

Ce ne fut que deux jours après que, hébétés, incapables de dire un mot, les premiers malades reprirent connaissance.

L'analyse des cendres, rapportées par de Montnoir, n'avait pas donné de résultats précis. Certes, on avait trouvé des traces de véronal et de chloroforme, mais les chimistes les plus experts de la ville ne purent dire comment avait été constituée la substance qui, en entrant en combustion, avait, par ses vapeurs, déterminé le sommeil de la suite de miss Carrell.

La nouvelle cependant, nous l'avons dit, s'était

répandue de par le monde, donnant un regain d'actualité à l'aventure de l'Américaine.

Par la voie des journaux, le signalement de Lawson et de miss Carrell avait été transmis à la police internationale, ainsi que la description détaillée de l'automobile dérobée...

Les recherches commencèrent et l'on sut bientôt que la voiture avait été abandonnée dans une petite ville de la Guyane hollandaise, mais de Lawson et de miss Carrell on n'eut aucune nouvelle.

De tous côtés, cependant, affluaient les télégrammes...

Les compagnies de navigation, le service de surveillance des ports, affirmaient qu'aucun passager répondant au signalement de Lawson ou de miss Carrell n'avait pris place à bord.

Les gares étaient aussi l'objet de recherches spéciales, mais aucun renseignement précis n'en résulta.

La récompense promise par de Montnoir à celui qui lui ferait découvrir la piste de miss Carrell était cependant fabuleuse.

Un demi-million de francs avait été promis pour une indication certaine.

Et c'était toujours le mystère.

Pourtant, dans son affliction, de Montnoir éprouva une grande joie.

Il reçut un jour un télégramme ainsi conçu :

« Nous, soussignés, déclarons par la présente
« dépêche renoncer à la poursuite de miss Car-
« rell et prions MM. de Montnoir et Blainville de
« vouloir bien accepter notre aide, si elle peut faci-
« liter leurs recherches. »

Et cela était signé don Luis Moralès et Jack Brown.

De Montnoir n'avait donc plus devant lui que Sullivan comme adversaire et Lawson comme ennemi.

Mais n'était-ce pas simplement... deux ennemis ?...

Il répondit sans tarder à la dépêche de l'Anglais et de l'Espagnol, en les priant de venir le rejoindre, dans le plus bref délai à Apoutéric, où les victimes de Lawson achevaient de se remettre.

Les vapeurs endormantes qu'elles avaient respirées n'avaient pas, d'ailleurs, causé de dommage à leur organisme. Soigneusement radiographiés, leurs poumons, leurs cœurs, leurs voies respiratoires n'avaient décelé, à l'examen, aucune lésion. Seule, une grande fatigue, une inappétence totale les étendaient sur des chaises longues où, en plein air, ils reprenaient lentement des forces.

Luis Moralès et Jack Brown arrivèrent quelques jours plus tard à Apoutéric.

Ce ne fut pas sans une certaine émotion que de Montnoir se trouva en leur présence, mais il comprit bientôt qu'il devait faire entière confiance à ces hommes, dont la sincérité ne pouvait être mise en doute.

Ils tinrent conseil.

Partir, pour l'instant, était impossible.

N'ayant aucun indice sur la route suivie par Lawson, ils risquaient, en effet, de faire fausse route en se lançant à l'aventure.

Certes, la voiture abandonnée en Guyane hollandaise, pouvait laisser supposer que Lawson descendait vers le sud, mais il fallait compter avec l'étrangeté des moyens employés par le ravisseur de miss Carrell pour arriver à ses fins...

Ils ne doutaient pas que la science de cet homme mettait en ses mains des armes terribles.

De Montnoir avait conté comment il avait senti, dans ses mains, se paralyser la direction de son avion ; comment il avait été entraîné par un fluide magnétique jusqu'au-dessus des marais de Vera Cruz ; comment, par deux fois, son appareil s'était abattu en flammes.

Padilla avait relaté le meurtre de l'inconnu, à Bolivar, au moyen des flèches de curare ; l'emploi du microphone perfectionné et du récepteur de T. S. F. supersensible inventé par Lawson.

Ils ne comprenaient pas les mobiles qui le faisaient agir ainsi, mais ils comprenaient qu'il ne reculerait devant aucun moyen pour atteindre le but qu'il s'était assigné.

Or, quel était ce but ?...

Ignorants de l'amour de Lawson pour miss Carrell et de sa jalousie, ils ne pouvaient le soupçonner et cela, sans doute, valait mieux, car leurs angoisses en auraient été décuplées.

De tous les renseignements reçus par de Montnoir, chaque jour se précisait davantage la certitude que Lawson n'avait pu prendre la mer, car dans tous les ports, depuis que la nouvelle de l'enlèvement de miss Carrell s'était répandue, la personnalité des passagers avait été soigneusement vérifiée.

Tom Lix et Padilla faisaient ressortir, il est vrai, que Lawson avait pu, par des moyens personnels, gagner le large, atterrir sur une petite île de l'Atlantique et prendre passage à bord d'un des nombreux caboteurs qui trafiquent tout le long de la côte sud-américaine en se livrant à la contrebande. Mais de Montnoir inclinait plutôt à croire que Lawson, suivant un plan mûrement réfléchi, n'avait pas quitté ces pays de l'Amérique du Sud qui, de par leur immensité, lui offraient des retraites sûres dans les villages écartés de toute agglomération urbaine, dans les savanes ou dans les forêts.

Dès lors, son plan fut établi.

Dès que leur parviendrait le plus petit indice, ils se mettraient en route pour prendre leurs positions.

De Montnoir, en effet, avait décidé de diviser ses forces en quatre groupes qui évolueraient à cinquante kilomètres de distance l'un de l'autre, tandis qu'il servirait de liaison entre ces groupes.

Tom Lix, Gomez Padilla, Jack Brown et Luis Moralès devaient être à la tête de ces différents détachements que conduiraient à travers les difficultés du pays les guides choisis par de Montnoir sur les indications des notables du pays...

Tout était prêt.

Ce fut alors que se produisit un véritable coup de théâtre...

CHAPITRE II

UN ÉTRANGE MESSAGE

2 3 1 6 2 5 1 9 6 2 5 5 2 5 1 3 1 2 2 5 3 2 5 7 4 2
5 1 4 2 5 3 2 1 6 1 9 8 1 7 1 6 2 1 1 2 5 1 6 2 0 1 2
5 2 5 2 5 2 5 1 1 1 1 8 1 6 2 5 1 9 1 3 1 3 1 9 8 1 5
4 5 2 3 2 3 1 6 1 7 1 0 2 1 4 2 5 2 3 1 0 1 6 3 4 2 3
2 2 2 3 7 1 3 1 7 1 2 1 7 2 0 2 2 4 1 7 1 9 2 5 2 5 8
2 2 2 3 1 5 1 1 1 1 0 3 2 3 1 4 2 5 1 3 1 4 1 5 5 1 7 2
3 1 4 1 1 1 2 1 3 2 3 2 2 2 5 3 2 3 2 2 2 5 2 1 8 1 6 2
5 2 5 2 5 4 1 0 1 7 2 2 2 3 3 2 5 7 2 3 3 2 1 2 5 1 6 2
5 2 5 2 5 6 2 2 1 5 2 2 1 3 1 9 2 5 4

L'employé du poste de T. S. F. de la ville d'Apoutéric, qui avait vu s'inscrire sur la bande de réception cette longue suite de chiffres, éclata de rire.

Un camarade qui travaillait non loin de là s'approcha :

— Qu'y a-t-il, Charlie ? questionna-t-il. Notre travail n'a cependant rien de positivement drôle.

— Regardez, Nicoll, et dites-moi si M. de Montnoir, à qui est adressée cette dépêche, n'a pas en perspective de longues journées de distraction.

— D'où vient cela ?...

— Je l'ignore. Aucune indication...

— Bah !... Il n'y a pas lieu de s'inquiéter, car de Montnoir doit avoir la clef de ce langage conventionnel et, en un quart d'heure, il aura déchiffré ce que vous croyez incompréhensible...

— Il n'y a pas de danger qu'un indiscret s'aventure à vouloir démêler ce véritable casse-tête chinois.

— Sait-on jamais ?...

Cette restriction était fondée.

Lorsque de Montnoir, en présence de Tom Lix, Padilla et Betty reçut communication de la mystérieuse dépêche, il crut d'abord à une plaisanterie de mauvais goût. Mais tel n'était pas l'avis de Tom Lix et une discussion animée s'engagea aussitôt :

— Croyez-moi, monsieur, affirmait Tom Lix, il y a certainement corrélation entre ce message et l'enlèvement de miss Carrell.

— Voyons, réfléchissez, ripostait de Montnoir : comment voulez-vous que Lawson, avec sa mentalité effrayante, n'ait pas songé que c'était me donner une indication que de m'envoyer un avertissement quel qu'il soit ?

— Je vous fais remarquer que la dite dépêche n'est pas datée et que vous ignorez l'endroit d'où elle a été expédiée.

— Le texte pourrait me l'apprendre.

— Peut-être, mais il faut le déchiffrer.

— Je ne perdrais pas mon temps à cela.

— Vous avez tort !... Oui ! mon cher monsieur, vous avez tort... Tous les policiers de métier vous le diront : Il arrive toujours un moment où le criminel, même le plus intelligent, arrive à commettre une faute de jugement. Nous nous trouvons ici devant la plus commune et je m'étonne, je l'avoue, que Lawson l'ait commise. Il a pris, d'ailleurs, ses précautions en ne vous envoyant qu'un télégramme chiffré dont il faut découvrir la clef. Mais il n'en est pas moins vrai que je persiste à croire que, dans ces chiffres, se trouve, en partie, la solution de l'énigme de la disparition de miss Carrell.

De Montnoir hésitait encore.

— Non ! murmura-t-il, cela n'est pas possible.

— En tout cas, fit remarquer Tom Lix, nous ne risquons rien d'essayer. D'ailleurs, il est bien simple de prendre l'avis de nos amis Blainville, Moralès et Brown.

Padilla intervint.

— Monsieur de Montnoir, dit-il, j'estime pour ma part que, si nous avons une chance quelconque d'obtenir un renseignement, nous ne devons pas la négliger.

— Et je suis de l'avis de ces messieurs, surenchérit Betty.

Mais Moralès, suivi de Blainville et de Brown, entrait.

— Qu'est-ce qu'on vient de m'apprendre ? s'écria-t-il. Vous venez de recevoir une dépêche, de Montnoir ?...

De Montnoir sourit et, tendant le papier :

— Oui ! dit-il. Tenez et tâchez de vous débrouiller avec ça.

L'Anglais, sur la pointe des pieds, regardait par-dessus l'épaule de Moralès.

— Qu'est-ce que ça veut dire ? balbutia celui-ci.

— Encore une chinoiserie, grogna Blainville.

Mais Jack Brown n'était pas de cet avis, car il arracha le papier des mains de Moralès, en disant :

— *Aôh !* Très amiousant, je vous le certifie, très amiousant ! Je aimais biaucoup ces petites problèmes, vous permettez ?

Et, ayant dit, il s'absorba dans la contemplation des lignes de chiffres.

Stupéfaits, ils le regardaient...

Assis, le corps penché, les yeux à demi clos, comme pour s'extérioriser, les coudes aux genoux, Jack Brown méditait.

Enfin, après quelques instants de silence, il murmura :

— 2, 5, 2, 5, 2, 5, 2, 5... Il y a biaucoup de 2, 5, dans tout cela... Très amiousant, en vérité...

Et il retomba dans son mutisme que personne n'osait troubler.

— *Moâ*, très fort, dit-il enfin, pour solutionner problèmes de cette sorte... Papier, crayons et seul...

Ils comprirent et, un instant après, muni d'une douzaine de crayons et de nombreuses feuilles de papier, Jack Brown s'attela à la besogne.

Il était devenu invisible...

A l'heure des repas on était obligé d'aller le chercher et on le trouvait débraillé, hirsute, le front couvert de sueur, penché sur sa table.

De leur côté, de Montnoir et Blainville, Betty et Tom Lix, Moralès et Padilla essayaient de déchiffrer l'énigme.

Ils avaient d'abord cru que le chiffre 25 indiquait le nombre de lettres de l'alphabet, et, faisant jouer le numéro 1, tour à tour sur les vingt-cinq lettres, ce qui donnait par exemple 1 pour M — 2 pour N — 3 pour O, ils avaient essayé cette clef sur la dépêche, mais n'avaient obtenu aucun résultat.

Jack Brown avait essayé du grillage de vingt-cinq cases au total, puis de vingt-cinq cases de côté, mais là, non plus, n'était pas la solution.

Il avait ensuite, délibérément, écarté ce chiffre et, en le supprimant, cherché, toujours par vingt-cinq, si, dans les chiffres intermédiaires, il ne trouverait pas un point de repère.

Vaines recherches...

— Folie ! disait de Montnoir. Nous ferions mieux de nous lancer à l'aventure dans la forêt vierge que de nous amuser ainsi.

Tom Lix se prenait à douter, tandis que Blainville et Moralès, moins impatients, conseillaient, en compagnie de Betty et de Padilla, d'attendre encore.

Mais les jours passaient...

Jack Brown, à demi fou, ne voulait plus voir personne et s'enfermait à double tour dans sa chambre, n'acceptant d'ouvrir que pour recevoir sa nourriture, qu'il absorbait en hâte pour se mettre à l'ouvrage.

Il multipliait des nombres...

Il divisait...

Il soustrayait...

Rien ! Toujours rien...

Depuis dix jours déjà, il s'était attelé à l'ingrate besogne et il n'avait pas eu le moindre encouragement.

Enfin, un soir, comme, harassé, il venait de s'allonger sur son lit et que, les yeux fixes, il calculait toujours, d'un brusque coup de reins il se remit sur son séant...

Il venait de songer à Elsie...

— Qui sait, murmura-t-il, si ce nom n'est pas la clef du mystère ?...

Et, se levant en hâte, il écrivit :

E = 5me lettre de l'alphabet.
I = 9me —d°—
S = 19me —d°—
I = 9me —d°—
E = 5me —d°—

— Non ! dit-il, ce n'est pas possible, il en faudrait davantage.

Et il continua avec le nom de famille Carrell, mais cela ne lui donna que le nombre correspondant aux lettres C, A et R.

Il essaya quand même.

Ce n'était pas ça...

— Pourtant, s'écria-t-il dans son jargon, je touche au but, je le sens, la solution est là.

Il compta les lettres du nom de l'Américaine dont il multiplia ensuite le total par 25, ce qui lui donna :

$$12 \times 25 = 300.$$

Ce n'était pas la clef.

ELSIE CARRELL,

écrivit-il ensuite.

Et, machinalement presque, au-dessus de chaque lettre, il traça les chiffres 1, 2, 3, 4, 5, 6, 7, 8, 9, 10, 11, 12, et s'arrêta, continuant à réfléchir...

Ce qu'il venait de faire là n'avait pour lui aucune valeur...

Il n'y attachait aucune importance, cherchant ailleurs la solution...

Et cependant ?...

Cependant, au bout de quelques instants, il murmura :

— *Aôh !* Ce était idiot, mais il faut essayer tout de même. Voyons... Nous avons pour la voyelle A le numéro 7 ! pour la voyelle E les numéros 1, 5 et 10 ; pour la consonne C le numéro 6 ; pour la consonne L les numéros 2, 11 et 12, et pour la consonne R les numéros 8 et 9.

Et, ayant terminé son tableau, il reprit la longue suite de chiffres et obtint :

— N E C — E R C — E — — L — S — A I — —
— I S — C — R R — L — — — — — E — —

Il tressaillit...

Comme le chien qui flaire la piste, il sentait que, incontestablement, il était sur la bonne voie, mais il comprenait aussi que la clef n'était pas complète...

Il regardait, anxieux, le résultat obtenu et murmurait :

« — I S — C — R R — L..., cela, j'en suis certain, veut dire MISS CARRELL », et aussitôt il remarqua qu'avant le 4 correspondant à la lettre I se trouvait le nombre 25. « Celui-là, dit-il, mettons-le de côté... Ici, en tout cas, il représente la lettre M. Nous verrons plus tard... Donc M = 25, I = 4, S = 3, et nous nous trouvons devant deux chiffres inemployés ; mettons-les sous le deuxième S de MISS. Voilà donc un mot constitué par les chiffres 25, 4, 3, 21. Poursuivons... C = 6, R = 8. En suivant mon raisonnement, les deux chiffres intermédiaires ne peuvent que former le nombre 19 qui correspond lui-même à la lettre A. Je trouve ensuite, entre la lettre R numéro 8 et la lettre L numéro 2, quatre chiffres que, selon la même méthode, j'applique au deuxième R de CARRELL et à l'E, tandis que le deuxième L doit être représenté par le chiffre 11, puisque le 1 est déjà appliqué à la lettre E.

Attentif, il étudiait la page blanche.

— De tout cela, dit-il, il ressort que la lettre S est représentée par deux chiffres ou nombres différents, par 3 et par 21 ; la lettre R par 8 et 17 et la lettre L par 2 et par 11. Il faut donc, pour utiliser ces nombres, que je trouve ce qu'il peut y avoir après ELSIE CARRELL.

Et, s'épongeant le front, il s'écria :

— *Aôh !* ce Peter Lawson, il aura donné chaud à moâ...

Et il répéta :

— Peter Lawson...

Il y avait un R, un L et un S dans ce nom.

Et Jack Brown éclata d'un rire surhumain, faisant trembler les vitres, traversant les cloisons, emplissant toute la maison à cette heure tardive...

Des bruits de pieds nus se firent entendre dans l'escalier, des murmures de voix étouffées leur succédèrent.

Et Jack Brown riait toujours.

On frappa à sa porte.

Il ouvrit.

— Hello ! s'écria-t-il, en apercevant les personnes réunies sur le palier. Hello ! de Montnoir... Hello ! Blainville... Padilla... Betty... Hello ! vous tous. Je avais l'honneur de vous dire que je étais très contenté de moâ...

— La dépêche...

— Elle n'était pas encore déchiffrée, mais je la tenais...

— Quoi ?...

— La clef.

Et comme, stupéfaits, ils se regardaient, Jack Brown de nouveau éclata de rire :

— *Aôh !* dit-il entre deux accès, je étais pas fou... Entrez, miss... Entrez, masters... Je vais montrer à vous.

Et tandis qu'il se réinstallait à sa table, ils l'entourèrent, curieux.

— Voilà, dit-il en écrivant, je mets d'abord côte à côte le nom de miss Carrell et de Lawson, comme ceci, en numérotant ensuite chaque lettre :

E L S I E C A R R E L L
1, 2, 3, 4, 5, 6, 7, 8, 9, 10, 11, 12,

P E T E R L A W S O N
13, 14, 15, 16, 17, 18, 19, 20, 21, 22, 23,

et, à ces vingt-trois nombres, j'ajoute celui de 25 qui, pour l'instant, ne s'applique à aucune lettre particulière.

« Nous voyons donc :

« La lettre E, représentée par les nombres 1, 5, 10, 14 et 16 ;

« La lettre L par les nombres 2, 11, 12, 18 ;

« La lettre S par 3 et 21 ;

« La lettre I par 4 ;

« La lettre C par 6 ;

« La lettre A par 7 et 19 ;

« La lettre R par 8, 9 et 17 ;

« La lettre P par 13 ;

« La lettre T par 15 ;

« La lettre V ou W par 20 ;

« La lettre O par 22 ;

« Et enfin la lettre N par 23.

« Appliquons maintenant, si vous le voulez bien, cette clef à la dépêche.

« Les deux premiers chiffres 2 et 3 nous donnent L et S. Cela ne signifie rien. Prenons donc le nombre 23 qui indique la lettre N, N suivi d'un 1 qui signifie E nous donne NE.

« J'écris ensuite les nombres suivants, sous lesquels je mets les lettres que nous donne la clef :

6 25 1 9 6 25 5 25 13 12 25 3 25
C — E R C — E — P L — S —

« Comme vous le voyez, je mets un trait sous chaque nombre de 25 que je rencontre, parce qu'il est destiné à remplacer toutes les lettres qui manquent à la clef, et, d'autre part, lorsque deux chiffres en se suivant ne me donnent pas un assemblage de lettres significatif, j'en forme un nombre qui me donne immédiatement satisfaction.

« Il n'est d'ailleurs pas difficile de se rendre compte que

NEC — ERC — E — PL — S —

veut dire en réalité :

NE CHERCHEZ PLUS.

Et, devant les visages stupéfaits de ses amis, Jack Brown fut repris de son fol accès de gaieté.

— Poursuivons, s'écria-t-il, lorsqu'il fut calmé.

Et, patiemment, il établit le tableau suivant :

23 1 6 25 1 9 6 25 5 25 13 12 25 3 25 7 4 25 14
N E C — E R C — E — P L — S — A I — E

25 4 3 21 6 19 8 17 16 2 11 25 16 20 1 25 25
— I S S C A R R E L L — E V E — —

25 25 1 11 18 16 25 19 13 13 19 8 15 4 5 23 23 16
— — E L L E — A P P A R T I E N N E

17 10 21 4 25 23 10 16 3 4 23 22 23 7 13 17 1 21
R E S I — N E E S I N O N A P R E S

7 20 22 4 17 19 25 25 8 22 23 15 1 11 10 3
A V O I R A — — R O N T E L E S

23 1 4 25 1 3 14 15 5 17 23 14 11 12 1 3 23 22 25 3
N E I — E S E T E R N E L L E S N O — S

23 22 25 21 8 16 25 25 25 4 10 17 22 23 3 25 7 23 3
N O — S R E — — — I E R O N S — A N S

2 1 25 16 25 25 25 6 22 15 22 13 19 25 4
L E — E — — — C O T O P A — I

Les yeux fixes, les mâchoires contractées, réprimant avec peine leur impatience, de Montnoir, Blainville, Padilla avaient suivi les recherches de Jack Brown, mais celui-ci n'avait rien vu et, ayant mis le dernier signe sur la feuille blanche, il s'écria, triomphal :

— Et voilà, masters, je avais bien dit que j'en sortirais... Je lis couramment ceci en ajoutant les lettres manquantes...

« Ne cherchez plus. J'aime miss Carrell. Je veux
« qu'elle m'appartienne, résignée ; sinon, après
« avoir affronté les neiges éternelles, nous nous
« réfugierons dans le feu du Cotopaxi. »

Mais, au lieu de voir autour de lui les visages joyeux qu'il attendait, il ne vit que des faces ravagées par la douleur.

Tout à la joie d'avoir déchiffré le message mystérieux, il n'avait pas encore songé à la valeur exacte de son texte.

Mais il vit des poings serrés...

Des yeux brillants de larmes...

Il comprit alors...

— Oui !... C'est vrai, murmura-t-il, je ne pensais pas.

De Montnoir, le premier, se ressaisit.

— Amis, dit-il, nous ne saurions tarder... Dès demain à l'aube, n'est-ce pas ?

Les têtes s'inclinèrent.

De Montnoir, alors, s'approcha de Jack Brown et dans une affectueuse accolade :

— Merci, dit-il, la parole voilée. Grâce à vous, ami, nous la sauverons peut-être.

Ce à quoi Jack répondit :

— *Aöh !...* mon cher diouc, il ne fallait pas dire « peut-être »... Je étais d'avis de dire simplement : nous la sauverons.

Et dès le lendemain, ainsi qu'il avait été convenu, ils reprirent leur route.

CHAPITRE III

FACE A FACE

Ils reprirent leur route !...

Mais, du conseil qu'ils avaient tenu à la suite de la révélation que leur apportait la solution de l'énigme, quelques avis précieux en étaient résultés.

Le premier instant d'émoi calmé, ils avaient réfléchi en songeant à ce que leur réservaient les lendemains, et de Montnoir et était arrivé à se poser la question suivante :

— Je me demande quel a été l'intérêt de Lawson en tout ceci ?

Tom Lix sourit :

— L'intérêt !... mais, mon cher monsieur, il saute aux yeux, dit-il. Tout d'abord, il vous a retardé d'une quinzaine, car, absorbés par cette dépêche, nous n'avons pas songé à poursuivre nos recherches ailleurs. Ensuite, il vous a porté, et à nous aussi, un coup terrible qui eût pu désarmer des êtres peu habitués à la lutte. Enfin, il nous a fait montre de mordant, en nous signifiant son triomphe momentané.

— Vous faites bien de dire momentané, gronda de Montnoir.

— Monsieur de Montnoir, dit Padilla, il ne faut pas se le dissimuler la lutte sera longue et pénible...

— Et, par la madone ! s'écria Moralès, nous le savons, señor Padilla. Mais il est juste que la victoire finale nous appartienne.

— Je ne le nie pas.

— *Yes !* Alors pourquoi venir parler à nous de difficioultés ?...

— Parce que, master Brown, il est bon de vous les rappeler. Lawson, dans sa dépêche, nous parle des neiges éternelles et du Cotopaxi... Il ne peut donc que s'être dirigé vers la Cordillère des Andes. C'est une randonnée de trois mille kilomètres environ. Savez-vous ce que cela suppose d'endurance et de souffrances dans le voisinage de l'équateur ?

— Qu'importe ! s'écria de Montnoir. Il ne s'agit pas de songer à cela, Padilla. Oubliez-vous les dangers que court miss Carrell ?

Un instant, Padilla dévisagea l'aviateur, puis, tristement :

— Non ! monsieur de Montnoir, dit-il, je ne l'oublie pas. Mais, en vous parlant ainsi, je crois servir celle que vous aimez, en cherchant à vous épargner des efforts inutiles.

— Je vous remercie, Padilla... Alors, selon vous... ?

— Selon moi, il serait bon que nous cherchions ensemble quelle doit être la conduite à tenir dans la situation présente, car je ne suppose pas que vous continuiez à vouloir, ainsi que vous en aviez l'intention, remonter l'Amazone, de l'Océan à sa source.

— Votre avis ?...

— Il faut immédiatement se diriger vers l'ouest en employant les moyens de communication les plus rapides...

— Pour aboutir ?...

— Au cours moyen de l'Amazone où nous reprendrons nos recherches.

Tom Lix intervint :

— Le plan de Padilla serait parfait, dit-il, s'il était certain que la dépêche de Lawson fût sincère. Mais qui nous dit qu'elle n'a pas été envoyée dans le but de nous égarer ?

— Et tandis que nous nous enfoncerons dans le centre, surenchérit de Montnoir, la surveillance ici se relâchera et ce maudit pourra s'embarquer pour une destination inconnue.

— Je vous réponds catégoriquement que je ne le crois, monsieur... Ah ! vous n'avez pas encore compris Lawson. Cet homme-là va droit au but... Il dédaigne les à-côtés, ayant confiance en sa force, et cette force, monsieur de Montnoir, vous ne la nierez pas, car vous en avez été victime. Considérez ses agissements depuis le début de cette aventure et vous ne pourrez que vous incliner devant mon raisonnement...

— Expliquez-vous ?...

— Lawson, monsieur, pour des raisons que nous ignorons, s'est d'abord attaché à master Sullivan. Pourquoi ?... Parce qu'il sentait qu'il serait votre plus rude adversaire. Il a eu raison, puisque c'est le seul qui n'ait pas désarmé. San-Sima ? Kara-Mustagh ? Il ne s'en n'est pas occupé !... De vous, messieurs Moralès et Brown, il ne s'est pas soucié ! Il n'y avait, pour lui, en réalité, que deux concurrent sérieux : Sullivan et de Montnoir. Il fallut choisir. Il opta pour son concitoyen. Admettons la logique seule de cette préférence et passons, après avoir remarqué qu'il a frappé à la tête, dès le début. Par quelle suite de circonstances s'est-il séparé de Sullivan ? Nous l'ignorons ! Mais, se trouvant seul, au lieu d'aller vers vous, monsieur de Montnoir, qu'a-t-il fait ?... Par un coup d'audace inouïe, il s'est rapproché de miss Carrell... Viendrez-vous me dire que cet homme-là est capable d'atermoyer, de ruser ? Dans les travaux d'approche, peut-être ! Dans l'attaque, jamais. Or, cette dépêche constitue bien une attaque. Dans son orgueil immense Lawson croit aujourd'hui tenir la victoire. Il nous appartient, messieurs, de lui démontrer qu'il se trompe.

Et la thèse de Padilla avait triomphé.

Ils roulaient maintenant parmi les provinces splendides du Brésil, sans souci des visions délicieuses, des paysages magnifiques, des horizons somptueux qui fuyaient sous leurs yeux, n'ayant au cœur que le souci de tirer miss Carrell des griffes de Lawson.

Or, tandis que se déroulaient ces événements, Sullivan venait d'arriver à Manaos.

La ruse de Padilla avait réussi au delà de toute espérance.

Certes, le Mexicain, en détournant l'Américain de la piste suivie par miss Carrell à l'époque où il l'avait rencontré, n'avait pu soupçonner qu'en réalité, quelques semaines plus tard, entraînée par Lawson, la jeune Américaine pourrait passer dans ces parages.

Quoi qu'il en soit, Sullivan, croyant avoir arraché à Padilla le renseignement qu'il désirait, s'était élancé vers le sud et, après quelques jours de marche, traversant la région montagneuse qui sépare le Venezuela du Brésil, avait courageusement affronté les dangers des llanos de l'Amazone dans l'espoir d'arriver plus vite à Manaos.

Ce fut une chevauchée atroce.

Les déserts de l'Afrique centrale, le Chaco qui étend ses mornes solitudes entre le Paraguay et la Bolivie, les steppes sibériens sous la neige, le chaos grandiose des glaces polaires peuvent seuls donner une idée de l'épouvante qui saisit les cœurs les mieux trempés, provoque les défaillances, à l'aspect de ces lieux désolés.

Et pourtant, il n'hésita pas...

Obligeant ses guides à marcher sous la menace du revolver, en dépit des serpents, des jaguars, des Indiens hostiles, il poursuivit sa route.

La soif, la soif qui dessèche les muqueuses, vous étreint à la gorge, vous brûle le cerveau, provoque la folie, le tortura.

Il dompta la défaillance et, épuisé, mais triomphant, il arriva à Manaos, où, grâce à une généreuse récompense, il apaisa la rancune de ses guides.

Mais ce que n'avait pu faire la désolation des plaines qu'il venait de parcourir, le résultat obtenu le provoqua...

Tant d'efforts, tant de dangers affrontés avaient été inutiles.

Malgré ses recherches, malgré une enquête soutenue par l'argent, il ne put obtenir aucun renseignment touchant miss Carrell.

Il se crut vaincu.

Fiévreux, lamentable, le front bas, les épaules courbées par le poids du fardeau moral qu'il portait, il errait dans les rues pittoresques de la petite ville, cherchant, cherchant toujours un indice du passage de miss Carrell.

Et les jours succédaient aux jours sans rien apporter de nouveau.

Il se sentait infiniment las et se demandait s'il pourrait continuer à jouer sa chance qu'il croyait toujours entière.

Il désespérait.

Et, soudain, en coup de foudre, comme dans toutes les villes de l'Amérique du Sud, arriva la nouvelle de l'enlèvement de miss Carrell, de l'intervention de M. de Montnoir, du coup d'audace de Lawson.

Il comprit alors...

Il avait été joué par Padilla.

Son premier mouvement avait été de s'élancer vers la Guyane ; mais, après réflexion, il avait jugé prudent d'attendre les événements qui ne sauraient tarder à se produire...

Qui sait si, dans sa fuite, Lawson n'entraînerait pas miss Carrell jusqu'à Manaos ?

Il eut raison.

Errant un soir au bord des ruisseaux où les goélettes, les sloops, les égariteas, aux flancs enluminés de couleurs voyantes, mettent un peu de gaîté, il tressaillit violemment.

Un homme se dirigeait vers lui.

Leurs yeux s'étaient heurtés...

Et, dans ce regard, ils s'étaient reconnus.

Pourtant, quoique cette silhouette, à n'en pas douter, eût pu être celle de Lawson, Sullivan hésitait.

Barbu, chevelu, d'une mise correcte, l'homme avait l'air d'un clergyman en promenade.

Mais ces yeux... ces yeux !...

— Non ! murmura Sullivan, c'est impossible, je ne me trompe pas.

Et, prudemment, à distance, il suivit le promeneur.

Il se dirigeait vers l'ouest de la ville et bientôt il s'engagea parmi les ruines de l'ancienne ville indienne...

L'endroit était sinistre.

De toutes parts, des excavations circulaires obligeaient les deux hommes à faire de longs détours, tandis que, dominant le tout, les vestiges de la forteresse dressaient leurs ombres sur la plaine.

La lune, qui s'était levée, éclairait leurs pas hésitants.

Sullivan, pourtant, se dissimulait le plus possible, et, en voyant celui qu'il poursuivait suivre tranquillement son chemin, ne croyait pas avoir été reconnu.

Il se trompait.

L'homme, soudain, se retourna et attendit.

Sullivan, en ce moment, en pleine lumière, s'arrêta, figé.

Les deux ennemis, seuls, étaient face à face.

Lawson, le premier, prit la parole.

— Eh bien, master Sullivan, questionna-t-il, que me voulez-vous ?...

Il n'y avait pas à hésiter et Sullivan, mettant revolver au poing, se précipita, en criant:

— Ce que je veux, bandit, tu vas le savoir...

Et striant l'ombre de brusques jets de flamme, trois coups de feu retentirent.

Mais Lawson ne broncha pas.

— Imbécile, cria-t-il, tu m'as manqué. Mais crois-tu que je n'aie pas pris mes précautions ?...

Sullivan, écumant de rage, visait de nouveau.

— Sache, poursuivit Lawson, que si je meurs,

miss Carrell mourra de faim dans la retraite momentanée que je lui ai trouvée...

L'Américain n'écoutait pas.

Il continua à tirer.

Bientôt son chargeur fut vide.

Il tira son deuxième revolver.

Maintenant, très calme, Lawson avait tourné le dos et, contournant les excavations qui gênaient sa marche, s'avançait vers les ruinesde la forteresse.

Et Sullivan se sentit envahi par l'épouvante...

Que voulait dire cela ?...

Il lui semblait impossible que sur toutes les balles tirées aucune n'eût atteint le but...

Cet homme n'était-il donc qu'un fantôme ?...

Mais il éclata de rire...

Il venait de songer que jusqu'ici il n'avait visé qu'au corps.

— Parbleu ! murmura-t-il, il a une cotte de mailles.

Et, mettant un genou en terre, longuement, il visa la tête...

Mais tandis que, faisant le premier mouvement, il regardait la terre voulant éviter toute embûche, il perdit de vue Lawson pendant quelques secondes et celui-ci fit un geste rapide.

Il était désormais complètement invulnérable...

Les balles de Sullivan avec un bruit mat s'écrasèrent sur la plaque de tôle blindée, qui, enboîtant le crâne, le protégeait contre les coups tirés derrière lui.

C'en était trop.

Ivre de rage, Sullivan se précipita...

Mais Lawson continuait toujours sa marche vers un point déterminé de la plaine...

Il ne se hâtait pas...

Pourtant, l'espace qui séparait les deux hommes diminuait à vue d'œil.

Encore quelques mètres, et ils allaient s'étreindre.

Sullivan, d'un bond, franchit un trou et s'élança tendant la main.

Mais... soudain... poussant un cri atroce... il s'effondra.

Deux chiens énormes... deux dogues, comme en employaient les anciens colons pour la chasse aux esclaves fuyards, venaient de bondir sur lui et de leurs crocs puissants lui labouraient les épaules...

Lawson, à quelques pas, regardait.

Sullivan, le premier instant de sa surprise passé, tentait maintenant de retirer son couteau de sa ceinture.

Mais, comme s'il eût compris le mouvement, un des chiens desserra aussitôt son étreinte à l'épaule et paralysa le bras.

Sullivan était vaincu.

Il s'abandonna.

Lawson s'approcha.

— Paix, dit-il, Banco ! Paix, Néron ! Couchez-vous et veillez...

Dociles, les chiens obéirent, laissant entre leurs mâchoires puissantes, pendre leurs langues écarlates.

Lawson, prudemment se pencha sur Sullivan, épiant tous ses gestes...

Mais Sullivan, souffrant horriblement et comprenant que toute résistance était inutile, ne songeait pas à la vengeance.

Alors, d'un geste brusque, Lawson s'abattit sur lui, lui arracha ses armes et se releva...

— Là, dit-il, je suis tranquille maintenant... Nous pouvons causer. Eh bien, master Sullivan, qu'en dites-vous ?... Vous ne répondez pas ?... Soit !... Au surplus, ce que j'ai à vous dire n'exige pas de réplique. Le hasard, un hasard qu'en réalité je ne m'explique pas, car je vous croyais en Guyane, nous a mis en présence. Tant mieux. Rappelez-vous notre dernière conversation, master Sullivan. Vous m'avez avoué, qu'après avoir été attiré seulement par l'appât de la fortune de miss Carrell, vous vous étiez pris à votre propre jeu et que vous commenciez à l'aimer. Je vous ai quitté aussitôt, pourquoi ?... Parce que je hais tous ceux qui aiment Elsie... Je hais de Montnoir comme je hais Padilla, comme je vous hais, vous, comme je hais tous ceux qui l'ont approchée, parce que je sais que tous, sans exception, restent plus ou moins sous son charme. Je pourrais, certes, vous faire dévorer par ces chiens. En retrouvant les débris de votre corps, dans quelques jours, on mettrait cette mort sur le compte des fauves, mais je ne le veux pas. Je veux, au contraire, que tout le monde sache que je poursuis mon but. Miss Carrell est entre mes mains et si elle m'échappe, ce ne sera que dans la mort. Ainsi donc, allez vers ceux qui me poursuivent encore et dites-leur que je sais me garder et qu'ils ne pourront rien contre moi. Mais dites-leur aussi que, si par hasard la roue tournait, s'ils s'entêtent dans leur poursuite, ils ne pourront que causer la mort de celle qu'ils rêvent de m'arracher. Maintenant, comme si vous restiez ici, les risques pour vous seraient grands et que je veux que ce que je viens de vous dire soit connu de tous, je mets, là, à la portée de votre main ce petit flacon. Il contient un puissant élixir qui, lorsque vous l'aurez bu, vous donnera des forces suffisantes pour rentrer à Manaos. N'oubliez pas ma haine...

Et, ayant dit, Lawson disparut dans l'ombre, suivi par ses chiens...

Au jour seulement, Sullivan, épuisé, arriva à son hôtel ; mais, puisant dans son désir de vengence une force nouvelle, il garda le silence, voulant en poursuivre seul la réalisation.

CHAPITRE IV

UNE FEMME FORTE

Lawson, après avoir enlevé miss Carrell, avait, on s'en souvient, gagné la Guyane hollandaise où, après avoir abandonné la voiture volée qui eût pu faciliter les recherches, il s'en était procuré une autre avec laquelle il avait poursuivi sa route.

Toutes ses précautions étaient prises.

Il avait en poche un faux état civil dûment timbré et paraphé qu'il avait établi lui-même à New-York avant son départ en prévision d'incidents possibles.

Il évitait, autant que le lui permettait la route, la traversée des villes, profitant des moindres sentiers pour les contourner, n'opérant son ravitaillement qu'en laissant Elsie endormie au moyen d'un narcotique, dans quelque lieu écarté, sous la garde des chiens qu'il avait achetés à prix d'or à un planteur de la Guyane.

Il avait aussi changé son aspect physique.

Certes, Sullivan l'avait reconnu, parce que, ayant vécu durant de longues semaines à côté de lui, il avait remarqué non seulement son aspect général, mais encore tous ces mille riens, tics, gestes, éclat du regard, démarche qui forment une personnalité.

Dans le signalement fourni par dépêche, il était impossible de le reconnaître.

Et d'étape en étape, il était arrivé è Manaos que les Brésiliens appellent : A Barra do rio Negro.

Dans les environs de cette ville importante, il avait retrouvé les vestiges de l'ancienne Manaos des Indiens et, parmi les ruines, avait découvert une sorte de souterrain pouvant lui servir de refuge.

C'était là qu'il avait endormi miss Carrell pour s'en aller ensuite jusqu'à la ville chercher ce qui lui était nécessaire.

Nous avons vu ce qu'il en était résulté et le machiavélisme précautionneux de cet homme qui lui avait permis d'affronter impunément les balles de Sullivan.

Après avoir parcouru une vingtaine de mètres à peine, il se retourna soudainement, sondant de son regard aigu la nuit environnante.

Rien ne bougeait.

— Allons, murmura-t-il en souriant, il a son compte et je n'ai rien à craindre.

Mais, se ravisant :

— Banco, Néron, dit-il simplement, veillez.

Les chiens tournèrent autour de lui en le regardant. Doucement, il les flatta de la main, puis, leur indiquant la plaine, il répéta :

— Veillez.

Et, suivant un sentier en pente qui s'enfonçait entre deux talus de terre ocre, il arriva bientôt à un réduit de quelques mètres carrés, qui servait de refuge à Elsie.

Ayant allumé sa lampe électrique, il la voyait très pâle, adossée au mur de terre, les bras croisés, gardant aux lèvres un sourire énigmatique.

— Réveillée déjà, miss ? dit-il. Au fait, c'est compréhensible. Figurez-vous que j'ai été retardé dans mon retour auprès de vous par la rencontre de quelqu'un que vous connaissez fort bien...

Elsie tressaillit, mais cachant son trouble, elle questionna :

— Et peut-on savoir quel est ce personnage ?...

— Je vous le donne en mille...

— Ce n'est pas une réponse.

— Essayez de deviner.

— Je ne suis pas d'humeur à déchiffrer des charades.

— Soit ! Je ne veux pas vous faire attendre plus longtemps : il s'agit de master Sullivan.

L'espoir s'évanouissait.

Nonchalante, Elsie se leva.

— Master Lawson, dit-elle, il y a certainement plus d'une heure que je vous attends et je vous avoue que la compagnie de vos chiens n'a rien d'attrayant pour moi.

— Excusez-moi...

— Vous excuser ?... En vérité, vous voulez rire. Pas de paroles inutiles... Quand partons-nous ?...

Les yeux sombres, Lawson la regarda.

— Du dédain, encore, du dédain, toujours. Elsie, quand donc vous départirez-vous de cette attitude ?

— Avec vous ?... Jamais.

Tranchant, le mot était tombé allumant un reflet de colère dans les yeux de Lawson. Il se domina pourtant et poursuivit :

— Quel crime ai-je donc commis ?...

Elsie éclata de rire :

— Vous me le demandez ? dit-elle.

— Je sais, gronda Lawson, vous me reprochez d'avoir jeté de Montnoir dans les marais de Vera Cruz ; de l'avoir empêché d'arriver à Canasto ; de vous avoir enlevée au moment où, guidé par Padilla, il allait vous rejoindre en Guyane. Mais vous oubliez, il me semble le motif qui m'a fait agir.

— Non ! je ne l'oublie pas, master Lawson. Vous m'aimez. Mais votre haine domine votre amour et c'est en cela surtout que réside votre crime...

— Vraiment ?...

— Oui ! Lawson. Que dans un moment d'égarement, d'aberration, cédant à votre égoïsme, vous ayez commis les actions que je vous reproche, cela serait pardonnable. Mais ces actions deviennent criminelles au moment où, ayant repris conscience de vous-même, vous persévérez dans votre vouloir insensé de vouloir m'arracher à celui que j'aime.

— De Montnoir, encore ! De Montnoir, toujours !

— Pourquoi le nier ?

Fou de colère jalouse, tressaillant de tout son corps, levant ses poings crispés, Lawson s'élança :

— Ah ! taisez-vous... cria-t-il, la voix haletante.

Elle le regarda longuement, puis haussant les épaules :

— Et vous m'aimez, dit-elle.

— Oui, je vous aime, râla Lawson, je vous aime follement... Certes, je vous comprends... Pour vous prouver cet amour, il faudrait que je vous livre à de Montnoir, quitte à me broyer le cœur. Cela, entendez-vous, est au-dessus de mes forces, au-dessus des forces humaines...

— Non, master, vous vous trompez. Vous ne réfléchissez pas qu'en agissant ainsi vous ne songez qu'à vous. L'amour qui n'est pas partagé est une tyrannie et il est un homme qui, m'ayant approchée de très près, malgré sa nature fruste, a su le comprendre...

— Padilla ?...

— Vous l'avez dit...

— Il vous aime aussi ?...

— Oui ! mais il a su sacrifier son amour à mon bonheur.

— Folie !...

— Non ! car je lui en garderai une reconnaissance éternelle...

— Je ne ramasse pas les miettes...

— Est-ce donc faire l'aumône que d'accorder une affection fraternelle à celui qu'on ne peut aimer d'amour ?...

— De cette affection, je ne veux pas, miss Carrell... Ah ! certes, je le sais, la nature a fait de moi une laideur. En suis-je responsable ?

— Avez-vous essayé, Lawson, de la masquer par une beauté morale ? Non ! Avouez-le. Ce n'est pas cependant l'intelligence qui vous a manqué. Vous auriez pu vous élever par la science, car, maintes fois, j'ai entendu parler de votre savoir... Vous avez aimé dans l'ombre, vous complaisant à votre rancune, cherchant à annihiler les efforts de ceux qui cherchaient à me conquérir noblement, vous unissant d'abord à Sullivan qui ne voyait dans cette aventure que la dot à conquérir.

— Soyez heureuse, il vous aime maintenant...

Stupéfaite, Elsie Carrell le regarda.

— Ah ! dit-elle, je comprends maintenant pourquoi vous vous êtes séparés. Mais qu'importe !... Allié à cet homme, vous avez accompli la plus lâche des besognes et lorsqu'après l'avoir quitté, vous êtes venu vers moi, vous avez continué en agissant pour votre propre compte...

— Je vous aime...

— Ah ! je vous en prie, comprenez qu'il y a entre nous de la boue et du sang...

— Du sang ?...

— Est-ce l'amour que vous me portez qui vous a poussé à assassiner l'inconnu de Bolivar...

Lawson blêmit.

— L'inconnu de Bolivar ?... répéta-t-il. Je ne comprends pas. Cet homme s'est blessé avec une flèche...

Mais, véhémente, Elsie l'interrompit :

— Non ! dit-elle. Ne dissimulez plus, Lawson, c'est inutile... Je vous ai vu à l'œuvre. Je sais ce dont vous êtes capable. Vous me tenez, soit ! mais vous ne tenez pas encore la victoire...

Lawson, alors, jeta le masque.

— Eh bien, dit-il sinistre, puisqu'il en est ainsi, j'avoue... Mon but primordial, miss Carrell, a été de vous livrer à master Sullivan parce que je croyais cet homme-là incapable d'aimer... C'était ma vengeance, à moi, qui n'ai jamais pu me faire d'illusion sur ma chance d'obtenir de vous la moindre amitié...

— Vous vous trompez, master : mon amitié, je vous l'aurais donnée entière, si vous étiez resté noble... Maintenant, il est trop tard.

— Je le sais... Vous dites que vous n'ignorez pas ce dont je suis capable ? C'est une erreur, miss Carrell.

— Peut-être ! car vous êtes un abîme et l'abîme est insondable...

— Il est cependant un fait certain : la victoire, miss Carrel, mais je la tiens, la victoire ! Elle est là, à portée de ma main. Vous en êtes l'incarnation délicieuse et quand les temps seront révolus...

— Vous commettrez la suprême lâcheté, n'est-ce pas, master ?... Et vous appelez cela une victoire...

— La mienne, oui !

— Vous êtes monstrueux !

— Qu'importe !

— Ah ! prenez garde, Lawson, c'est mon corps que vous tenez. Mon âme, vous ne l'aurez jamais...

— Je l'admets.

— Alors ?...

— Alors, miss, que puis-je vous dire ? Vous vivrez auprès de moi avec un corps sans âme... Les fakirs de l'Inde nous enseignent que l'être peut se dédoubler... Votre âme s'en ira de par le monde à la recherche de de Montnoir et lorsqu'elle l'aura trouvé, elle voletera autour de lui sans pouvoir lui dévoiler sa présence...

Et, avec un ricanement hideux :

— Après tout, ce vaillant jeune homme se contentera peut-être de cela, tandis qu'auprès de moi restera la preuve tangible de ce qu'est miss Elsie Carrel, la plus belle d'entre les belles, la plus vaillante, la plus pure...

A ce rappel de la proclamation que de Montnoir avait lancée du bord de son avion, Elsie frémit d'indignation.

— Assez, master, assez ! cria-t-elle. Vous vous targuez de me tenir à votre merci ; vous me croyez terrifiée par vos menaces, or, sachez-le, jamais je ne me suis sentie aussi forte. Ce n'est pas de l'amour qu vous avez pour moi. C'est de la haine. Cette haine, je l'affronterai ! Cette haine, je la dompterai ! Cette haine, je la materai ! A votre vouloir, sans que je sache comment vous vous y prenez, vous pouvez m'endormir, mais, puisque jusqu'ici vous n'avez rien osé tenter contre moi, je dois vous avertir que si jamais vous allez jusqu'à l'accomplissement de vos menaces...

— Allons... dites... ricana Lawson, que ferez-vous ?...

— Je vous tuerai et me tuerai ensuite

— Parfait, miss ; mais pour l'instant, je vous le répète, vous n'avez pas à redouter pareille éventualité. J'aurai, peut-être, d'autres moyens de vous convaincre que chercher un refuge dans la mort est une solution par trop simple qu'il ne faut envisager que lorsque tout est irrémédiablement perdu... Allons, l'heure de notre départ est proche ; veuillez vous préparer à me suivre.

Très lente, Elsie endossa ses vêtements de voyage, ne perdant pas Lawson de vue. Celui-ci, très calme en apparence, allait et venait dans le réduit, roulant des couvertures, préparant son sac.

Soudain, comme il se baissait pour ramasser un objet qui avait roulé à terre, miss Carrel bondit sur lui.

Surpris, il s'effondra.

Une lutte farouche s'engagea aussitôt.

L'homme était fort.

Mais miss Carrell, dans l'espoir d'une proche délivrance sentait son énergie décuplée.

Un genou sur la poitrine de Lawson elle le maintenait à la gorge d'une main, l'étranglant presque, tandis que, de sa main restée libre, elle cherchait à s'emparer d'un revolver.

Elle poussa un cri de triomphe.

Sous ses efforts, la gaine qui contenait l'arme venait de céder...

Sous ses doigts elle sentait la crosse brillante...

Encore un instant et elle pourrait abattre l'homme qui depuis de longs jours la retenait prisonnière...

Mais Lawson avait compris.

D'un effort surhumain il se tourna sur le côté, dégagea son bras et porta un sifflet à ses lèvres...

Un son strida...

Des aboiements lointains se firent entendre.

C'en était fait.

Elsie était vaincue.

Pour ne pas être mise en pièces par les chiens, elle lâcha prise et se leva...

Il était temps...

Les chiens arrivaient...

D'un mot, Lawson les calma, puis :

— Bien joué, miss, dit-il. Mais vous avez perdu.

Elsie, essoufflée, encore, se mit à rire.

— Non, master, dit-elle. La partie est nulle, et c'est tout. Nous recommencerons.

CHAPITRE V

LES SINGES ROUGES

Et de Montnoir était arrivé à Toffe...

Il n'avait, pour poursuivre sa route, aucun renseignement.

Qu'allait-il faire ?...

Dès qu'il sortait de la ville, il se sentait enveloppé par le mystère de la nature en délire qui, en suivant le cours de l'Amazone, étend ses forêts profondes sur, environ, cinq mille kilomètres...

Ici, pas de clairières...

Des deux côtés du fleuve, pressés comme les tuyaux d'orgues géantes, réguliers comme les colonnades des temples, les arbres se dressent gigantesques, montant vers le soleil leurs cimes verdoyantes.

Tout est ombre et tout est lumière.

Dans le sous-bois, parmi les bruyères, les lianes fleuries, les palmiers, c'est la pénombre mystérieuse des chapelles, emplie du bruissement de la brise, du gazouillis ininterrompu de milliers d'oiseaux aux plumages chatoyants que dominent le cri des singes, qui se balancent aux branches ou se disputent un fruit, et le bavardage continu des perroquets, vêtus de pourpre, d'émeraude ou d'or.

Aux cimes, c'est la houle profonde de la verdure, qui ondule à l'infini sous la caresse du vent qui fait jouer la variété de ses gammes dans les nappes des rayons de soleil.

Des parfums montent comme d'un encensoir. Les cèdres, les orangers, les caféiers, le seringa, la salseparcille embaument l'air qu'on respire, en livrant leurs corolles aux papillons géants ou aux abeilles butineuses.

Et dans la poésie de ce désor le fleuve s'étend.

Il roule, entraînant dans sa marche rapide des troncs énormes arrachés aux forêts riveraines ; de vastes nappes d'herbes qui, flottant à sa surface, lui donnent quelquefois l'aspect d'une prairie mouvante.

Il roule, et, parfois, dans son essor, il fait s'écrouler les terres, entraînant avec elles les arbres et les animaux qu'elles portaient, ravageant les îles, emportant tout sur son passage.

Décor surhumain...

Force indomptable...

De Montnoir, en l'admirant, se sentait inquiet.

« Si Lawson, songeait-il, s'est engagé dans ce dédale, comment ferais-je pour le découvrir ? »

Et, malgré lui, c'est, découragé, qu'il regagnait la ville.

Il était arrivé à Toffe depuis deux jours.

Padilla avait cherché en vain à réunir des indices suffisants pour continuer la marche en avant et, devant l'inutilité de ses efforts, il avait conseillé à de Montnoir d'en revenir à son plan primitif et d'organiser des groupes chargés de fouiller les villages, de questionner les indigènes, tandis que, ainsi qu'il avait été convenu, de Montnoir et Blainville serviraient de liaison à bord de leur avion.

Mais il fallait remonter l'appareil.

Blainville, avec le concours de deux mécaniciens de la ville, s'en chargea.

Mais il fallait trouver la cavalerie nécessaire aux guides.

L'or est un levier puissant et Padilla en fut pourvu.

Mais cela n'alla pas sans une certaine curiosité de la part des habitants de Toffe.

Le bruit se répandit vite de l'arrivée de de Montnoir...

Le bruit gagna les environs et un soir, en se mettant à table, le fils d'un colon annonça la nouvelle à sa famille réunie.

Le père avait écouté attentif.

— Répète le nom, dit-il, quand son fils eut terminé.

— De Montnoir ! Voyons, père, tu connais l'histoire de cette Américaine...

— Oui ! oui ! interrompit le père. Mais ce n'est pas à cela que je songe...

Intrigués, tous les convives attendaient que le père maintenant silencieux voulût bien poursuivre.

Mais, nerveux soudain, il ordonna :

— Allons, dînons les enfants. Vous sellerez ensuite mon cheval : il faut que j'aille faire un tour en ville.

— Veux-tu qu'on t'accompagne ?

— Non.

Le repas terminé, il se leva.

Son cheval avait été sellé par les domestiques ; souple, malgré son âge, il l'enfourcha et s'éloigna rapide.

— On n'a pas besoin de savoir, murmurait-il en éperonnant sa monture ; une indiscrétion est vite commise et je suis certain que je vais rendre un grand service à un compatriote.

Il arriva.

Ce fut un jeu de découvrir l'hôtel où de Montnoir était descendu.

L'aviateur allait se coucher, au moment où on vint le prévenir qu'un visiteur demandait à l'entretenir pendant quelques instants.

— Au diable l'importun ! grogna-t-il, croyant avoir affaire à un curieux. Ne pouvait-il attendre à demain ?

— Il paraît que c'est urgent, monsieur.

— Urgent. Je connais ça... Enfin, faites monter.

Quelques secondes plus tard, le colon frappait à sa porte.

— Entrez.

— M. de Montnoir ?...

— C'est moi.

— Monsieur Gabriel Darbois, monsieur de Montnoir. Je suis votre compatriote et je crois pouvoir vous rendre service en vous mettant au courant de la découverte que j'ai faite ces jours derniers sur la route, à vingt-cinq kilomètres environ de la ville, d'un petit papier sur lequel votre nom était écrit très lisiblement.

— Un papier ?... mon nom ? Je ne comprends pas, monsieur.

— Je ne comprends pas davantage, monsieur de Montnoir, mais, étant un peu au courant par mes enfants de votre aventure, j'ai pensé qu'il était de mon devoir de venir vous trouver. Sous votre nom, monsieur, trois lignes à peu près indéchiffrables suivaient...

— Mais... ce papier... haleta de Montnoir, qu'en avez-vous fait ?...

— Hélas ! Après l'avoir lu, je l'ai jeté.

— Jeté !...

— Oui... Je ne pouvais savoir l'importance qu'il avait...

— Mais, au moins, vous souvenez-vous à peu près du sens de ces quelques mots.

— Oui.

— Dites, mais dites donc !

— Sous votre nom : trois lettres seulement : S. O. S. Puis, plus bas : « Nous poursuivons notre route vers le couchant... L'irréparable me guette... »

— C'est tout ?...

— Oui...

— Et vous dites que l'écriture ?...

— M'a paru celle d'une jeune personne surprise en train d'écrire et qui, craignant une indiscrétion, avait continué, mais en se dissimulant...

— Quand avez-vous trouvé ce papier ?

Le colon réfléchit un instant :

— Il y a quatre jours exactement.

— Etait-il sale ?... Avez-vous eu l'impression qu'il avait séjourné longtemps à l'endroit où vous l'avez trouvé ?

— Non. Et c'est justement ce qui a attiré mon attention.

— Il avait donc été jeté là le jour même ?

— C'est mon avis.

De Montnoir, la tête entre les mains, concentrait toute sa pensée, afin de décider ce qui lui appartenait de faire.

— Un mot encore, dit-il enfin : n'avez-vous rien remarqué d'anormal dans les parages de l'endroit où vous avez ramassé ce papier ?...

— Non !... C'est-à-dire... Mais cela ne doit avoir aucun rapport... A deux kilomètres une voiture automobile avait été garée au bord de la route... Elle est restée là pendant deux jours, mais elle a disparu depuis.

De Montnoir se leva.

La joie brillait dans ses yeux.

— Monsieur Darbois, dit-il, vous m'avez, en effet, rendu un grand service et je vous en remercie. Sans nul doute, le papier que vous avez trouvé a été jeté là par miss Carrell qui cherche, mais en vain, à échapper à son ravisseur. Grâce à vous, j'ai maintenant la certitude qu'il est passé ici il y a peu de jours et si j'osais...

Il s'arrêta et fixa longuement le colon, semblant hésiter à poursuivre.

— Si vous avez quelque chose à me demander, monsieur, dit alors celui-ci, n'hésitez pas. Je vous le répète, nous sommes compatriotes et, s'il est en mon pouvoir de vous rendre service, je le ferai avec plaisir.

— Peut-être serai-je trop exigeant.

— Parlez toujours.

— Eh bien, voici : vous serait-il possible, monsieur Darbois, de quitter les vôtres pour un temps indéterminé ?...

— De quitter les miens ?

— Oui ! Il me serait nécessaire d'avoir auprès de moi un guide, sûr, connaissant parfaitement ces régions, capable non seulement d'éviter les difficultés, mais de les surmonter au besoin... Je ne discuterai pas du prix des services et, lorsque mon but sera atteint, ce sera une fortune que je lui offrirai.

— Hélas ! monsieur de Montnoir, je n'ai plus vingt ans et je ne peux accepter. Mais je peux cependant vous faire une offre intéressante. Mon fils aîné, coureur de prairies et de forêts, pourra me remplacer avantageusement auprès de vous...

— Connaît-il bien le pays ?...

— Parfaitement. Il a trente ans. Et depuis l'âge de quinze ans, il n'a cessé de voyager.

— Parfait. Votre prix ?...

— Sera celui que vous fixerez vous-même.

Trois jours après, ayant acquis la certitude que la voiture abandonnée n'avait pu l'être que par Lawson, de Montnoir reprit sa marche en avant, guidé par Philippe Darbois.

Le jeune Brésilien n'avait approuvé qu'en partie le plan de Montnoir.

— Disséminer nos forces. Inutile, monsieur, avait-il dit. Avec votre avion nous allons prendre les devants, tandis que vos hommes s'achemineront vers l'ouest par la route. Nous pouvons avoir besoin d'eux, d'un moment à l'autre, pour cerner votre adversaire et il faut qu'ils soient réunis le jour où il sera nécessaire qu'ils interviennent.

Et de Montnoir s'était incliné.

D'un coup d'aile, ils avaient gagné Tabatinga sur la frontière du Pérou et là, délaissant momentanément l'avion, à travers les forêts, ils avaient commencé à fouiller les villages indiens, tandis que, lentement, sous la conduite de Padilla, la caravane poursuivait sa route.

Ils n'étaient que trois : De Montnoir, Blainville et Philippe Darbois. Courageusement, sans répit, ils couraient cependant les sentiers durant la journée et la nuit, veillant à tour de rôle ; reposaient à même le sol, enroulés dans leurs couvertures...

Or, un jour à l'aube, comme il montait sa garde, de Montnoir tressaillit.

Il venait d'entendre parler.

Puis, soudain, ce fut le bruit effroyable d'une ruée de buffles dans les sentiers de la forêt.

— Alerte ! alerte ! cria de Montnoir épouvanté.

En un clin d'œil, Blainville et Darbois furent debout, la carabine au poing.

Mais le bruit avait cessé...

Seul un chant se faisait entendre, mélancolique, dans les hautes cimes.

— Eh bien quoi, qu'y a-t-il, monsieur de Montnoir ? questionna Darbois.

Mais de Montnoir n'eut pas le temps de répondre.

Le vacarme venait de reprendre...

A la galopade des buffles avaient succédé le rugissement des jaguars, les miaulements des léopards, la crécelle des colocolos, le mugissement des taureaux sauvages...

Effarés, Blainville et de Montnoir se tournaient de tous côtés.

Rien ne bougeait.

— Qu'est-ce que cela ?...

Et Philippe Darbois éclata de rire.

— Ça, dit-il, ce sont les singes rouges. Tenez, regardez-les là-haut ; ils ne sont qu'une cinquantaine, mais cela suffit grandement pour nous donner ce concert.

Et levant les yeux, de Montnoir et Blainville aperçurent des êtres étranges.

Vêtus de rouge, cravatés de blanc, coiffés d'une chevelure épaisse, portant barbe de moine, ils fredonnaient doucement maintenant, comme lassés par le vacarme qui retentissait quelques instants auparavant.

— Comment, dit de Montnoir, ce sont ces singes-là qui...

— Qui ont causé votre effroi, oui, messieurs. Ils sont rares par ici, mais, dans le Paraguay, ils pullulent dans les bois. Ce ne sont d'ailleurs pas seulement des imitateurs parfaits et des chanteurs curieux. A ces petits talents de société, ils unissent un sens pratique étonnant et deviennent même, à l'occasion, des chirurgiens et des docteurs, dont le concours est précieux pour leurs congénères.

— Voyez-vous ça ! s'écria Blainville, en riant.

— Vous croyez que j'exagère, monsieur Blainville. Vous vous trompez. Que parmi la compagnie qui est là-haut un singe se blesse, vous verrez aussitôt tous les autres accourir pour se rendre compte de ce qui se passe et, tandis que les uns le soutiendront, les autres étudieront la blessure, arrêteront le sang avec des feuilles d'arbres, cependant que les plus avisés se mettront à la recherche de plantes qui, posées sur la blessure, amèneront une prompte cicatrisation.

— Réclament-ils des honoraires ? questionna Blainville, toujours sceptique.

— Tout est possible, répondit Darbois du tac au tac, mais ils doivent payer en monnaie de singe.

Ce fut dans la soirée du même jour qu'ils obtinrent enfin le résultat qu'ils cherchaient.

Ayant aperçu sur la rive gauche du fleuve, à trois cents mètres environ en aval, un groupe d'Indiens, ils résolurent d'aller les questionner.

Philippe Darbois, pour cela, dut construire un radeau. En réunissant au moyen de lianes quelques troncs d'arbres échoués sur le sable lors des dernières crues, il y parvint sans trop de difficultés et, blottis sur ce fragile esquif, tandis qu'à l'arrière Darbois pagayait à l'aide d'une branche, ils s'élancèrent sur le fleuve.

Poussés par le courant, la traversée fut rapide et le jeune Brésilien servant d'interprète, ils apprirent que l'avant-veille, un homme et une femme, jeune encore, suivis de deux chiens énormes, étaient passés, seuls, à cheval, à environ trois milles plus au nord.

La jeune femme paraissait exténuée et comme les Indiens, généreusement, avaient voulu lui offrir de se reposer parmi eux, l'homme avait mis revolver au poing et leur avait donné l'ordre de s'éloigner.

La piste était retrouvée.

Lawson ne devait plus échapper à son destin.

CHAPITRE VII

LES PÊCHEURS DE TORTUES

— Monsieur de Montnoir, dit Philippe Darbois, le premier moment de surprise passé, voulez-vous me permettre de vous donner un conseil ?...

— N'êtes-vous pas notre guide ?... Mais je sais ce que vous allez me dire, mon ami. Il serait utile, n'est-ce pas ? de prévenir vos amis au plus tôt, pour nous lancer sur la piste de ce bandit ?...

Darbois fit un geste.

— Non ! dit-il. Ce n'est pas cela. Il y a onze jours que nous sommes partis de Toffe pour Tabatinga, effectuant un vol d'environ cinq cents kilomètres ; ajoutez deux cents kilomètres par voie de terre, car les détours de la route sont nombreux, cela fait sept cents kilomètres. Or, en admettant que vos amis n'en aient couvert que cinquante par jour, ils ne sauraient tarder à nous rejoindre. Nous n'avons donc qu'à les attendre à Tabatinga.

— Alors ?

— Il faut au plus tôt reprendre contact avec Lawson...

— Vous vous en chargez ?...

— Personnellement, non, car Lawson se défierait de moi. Mais il y a un moyen de tout arranger...

— Parlez.

— Le chef de ce village n'est pas sans pouvoir

nous fournir quelques hommes sûrs, qui, moyennant une bonne récompense, suivraient de loin Lawson à la piste.

— Et lui donneraient l'éveil.

— Non, monsieur de Montnoir. Je ne me chargerai pas, moi, d'une pareille tâche ; l'Indien seul peut la mener à bien. Il sait étouffer le bruit de ses pas, se glisser parmi les buissons sans accrocher une branche, ramper sur le sol en retenant son souffle, profiter du moindre accident de terrain pour devenir invisible... Or, avec un adversaire tel que Lawson, jamais je ne vous conseillerai la manière forte. Il faudra le suivre, peut-être pendant longtemps encore, attendre un moment de défaillance, profiter d'une faute, pour ne frapper qu'à coup sûr.

— Bah ! la morgue de cet homme ne résistera pas à la menace de nos carabines.

— En êtes-vous sûr ?...

— Vous semblez en douter ?...

— Oui ! car je fais état de tout ce que vous m'avez dit à son sujet.

De Montnoir, inquiet, se tourna vers son ami.

— Qu'en dis-tu, Blainville ? questionna-t-il.

— Je suis de l'avis de Darbois. Soyons prudents. Ah ! s'il ne s'agissait que d'amener ce bandit à composition, je te dirais : Allons-y ! Tapons dans le tas !... Mais il ne faut pas oublier que miss Carrell est en son pouvoir. Et, se voyant pris, dans un accès de rage, qui peut savoir à quelles extrémités il en arrivera ?

— Parfaitement raisonné, monsieur Blainville, dit Darbois. Le tigre fuit parfois devant les chasseurs ; s'il se sent traqué, il fait face à l'adversaire et devient terrible.

— Eh bien, soit, monsieur Darbois, consentit de Montnoir, je vous donne carte blanche.

Les pourparlers furent menés rapidement et une heure ne s'était pas écoulée, que Darbois se présentait de nouveau devant de Montnoir en compagnie de trois Indiens.

— Voià nos hommes, dit-il. Sachant la direction prise par Lawson, l'un d'eux va partir immédiatement. Sur la piste qu'il suivra, il sèmera des indices que les Indiens seuls savent reconnaître et, lorsque le second partira, dans trois heures, il n'aura qu'à suivre la route tracée... Trois heures après, ce sera au tour du troisième ; puis, à l'aube, mon tour à moi. Ainsi échelonnés, nous resterons en contact avec vous et lorsque nos amis seront arrivés à Tabatinga, nous diminuerons la distance qui nous séparera, pour être prêts à agir le moment venu.

— Mais nous, quand partirons-nous ?...

— Je me suis entendu avec le chef à ce sujet. Il met des hommes à votre disposition. Ces hommes vous conduiront à Tabatinga, en pirogue, demain dans la journée.

— Pourquoi pas plus tôt ?...

— Parce que c'est inutile, répondit Darbois.

Puis, sans laisser à de Montnoir le temps de se ressaisir :

— Avez-vous déjà assisté à une pêche à la tortue ? questionna-t-il.

— Non ! jamais.

— Le chef veut vous offrir ce spectacle et je vous transmets ses propres paroles : « Faites comprendre à vos amis, m'a-t-il dit, que, aux prises avec les suiveurs de pistes que je vous ai donnés, leur adversaire n'échappera pas. Ils ont le temps devant eux. Qu'ils profitent donc de la distraction que je leur offre et, dès que la caravane sera arrivée, j'irai moi-même les mettre sur la bonne route... »

— Nous ne pouvons donc refuser.

— D'autant plus, je vous le répète, monsieur de Montnoir, que rien ne presse. Vos hommes, sous la conduite de Padilla, auront vite fait de reprendre contact avec moi. Quant à vous, à bord de votre avion, remontez l'Amazone, jusqu'à la jonction de ce fleuve avec la rivière Napo ; c'est là, sans doute, que se fera notre concentration.

Et, ayant fait ses dernières recommandations aux Indiens qui allaient prendre la piste, Philippe Darbois conduisit de Montnoir et Blainville jusqu'à l'ajoupas du chef.

La nuit maintenant était noire.

A peine distinguait-on, tapies sous les abris des feuilles, des masses sombres. C'étaient des pêcheurs qui veillaient...

— Je crois que c'est pour cette nuit, dit le chef en accueillant de Montnoir. Reposez-vous donc, messieurs ; dès qu'il sera temps, on vous avertira.

Le chef ne s'était pas trompé.

Il était environ deux heures du matin, lorsqu'ils furent réveillés...

D'un geste, le chef leur montra le fleuve.

La nappe brillante de l'eau se détachait nettement à deux cents pas environ de l'abri qu'ils occupaient.

Devant eux, une plage de sable fin s'étendait.

Tout à coup, comme sous l'effort d'un immense mascaret, l'eau se mit à bouillonner...

Des milliers de tortues se dirigeaient vers la terre...

Pesamment, énormes, elles surgirent.

On voyait leurs cous se tendre, leurs pattes s'agiter dans un froissement continu, cependant que, patients, silencieux, les pêcheurs attendaient le moment d'agir.

De Montnoir et Blainville réprimèrent un cri de surprise.

Par groupes, les tortues creusaient dans le sable une longue tranchée.

Sous l'effort de leurs pattes énormes, le sable volait autour d'elles, retombant en pluie dorée.

Quelques minutes passèrent et bientôt, large d'environ cinq pieds, long de plus de cent mètres, profond de trois pieds, un long sillon coupa la plage.

Alors, péniblement, les amphibies remontèrent sur le bord qui longeait le fleuve et laissèrent tomber leurs œufs au fond du trou.

Puis ils se remirent à l'ouvrage...

De nouveau, le sable volait, mais, maintenant, c'était sous l'effort des pattes de derrière, car il s'agissait, pour cacher les œufs, de combler la fosse immense.

Et les tortues mettaient dans leur travail une ardeur telle que, bousculées par leurs compagnes, plusieurs d'entre elles roulèrent dans la terre meuble où elles furent ensevelies vivantes.

Puis soudain, comme obéissant à un signal mystérieux, en désordre, elles se précipitèrent vers le fleuve.

Le chef poussa un cri.

C'était le moment attendu.

Les Indiens s'élancèrent et, évitant de se porter au-devant des amphibies, qui les auraient renversés et foulés aux pieds, saisirent les fuyards par les pattes de derrière, les retournant sur le dos.

Ils volaient, littéralement, autour des tortues affolées, ne s'occupant plus de celles qui, lamentablement, s'agitaient, cherchant à se remettre sur leurs pattes, mais s'attaquant sans cesse à de nouvelles victimes.

Et le jour parut.

C'était fini. Les dernières rescapées avaient disparu dans le fleuve.

Le massacre commença.

A coup de haches, les Indiens éventrèrent les pauvres bêtes et, par l'ouverture béant dans la carapace, arrachèrent les intestins qu'ils remirent aux femmes, chargées d'en retirer la graisse.

Cependant de Montnoir, qui circulait parmi la foule joyeuse, s'arrêta, intrigué.

Pour la cinquième fois, il venait de voir un Indien qui, après avoir regardé une tortue, s'était penché sur elle et lui avait fait avec son couteau une large entaille aux quatre pieds.

— Que font-ils ? questionna-t-il, en s'adressant à Darbois.

— Ce sont des animaux de choix, répondit celui-ci, qu'ils gardent, soit pour les vendre, soit pour s'en nourrir.

Mais la curée était terminée.

Tandis que les femmes, sur les feux qui flambaient joyeusement, s'occupaient à faire fondre la graisse qu'elles versaient ensuite dans des jarres, les hommes se mettaint à la rcherche des œufs.

Le chef s'approcha.

— L'heure est venue pour vous de partir, dit-il en s'adressant à Darbois ; la chasse est finie et les diverses opérations qui restent à faire ne concernent que nos femmes. Bonne chance, señor !

Puis, se tournant vers de Montnoir et Blainville, il poursuivit :

— Quant à vous, señors, ainsi que je vous l'ai promis, je vais vous faire reconduire à Tabatinga par deux de mes hommes, qui resteront à votre disposition, jusqu'à ce que vos amis aient atteint cette ville, pour les mettre sur la piste.

Un quart d'heure s'écoula et Philippe Darbois, ayant serré la main à de Montnoir et à Blainville, s'éloigna, après avoir fait ses adieux au chef du village.

Resté seul auprès de ce dernier, tandis que Blainville s'installait dans la pirogue, de Montnoir lui remit une large indemnité et prit place à son tour dans le léger esquif.

Ils gagnèrent le large.

Longtemps, ils virent au loin des chapeaux et des écharpes qui s'agitaient, puis... peu à peu... tout s'estompa...

Leur aventure les reprenait...

En cadence, les pagaies frappaient l'eau qui retombait en gouttelettes diamantées.

Les Indiens chantaient une mélopée pleine de charme.

L'air était comme imprégné de lumière.

Le soleil tombait en larges nappes sur les forêts qui les environnaient...

Ils glissaient parmi les canaux tortueux qui serpentent entre les îles du fleuve géant.

Les arbres penchés les caressaient de leurs feuilles.

D'autres dressaient leurs cimes dans la clarté, déployaient de larges éventails verdoyants, ouvraient leurs ombrelles de feuilles.

Ils allaient...

Des lianes fleuries se balançaient en guirlandes.

Des trous d'ombre apparaissaient, emplis du mystère de la forêt vierge.

Ils aperçurent des jaguars en train de se désaltérer...

Des caïmans allongés paresseusement au soleil, tandis que des hérons picoraient leurs carapaces verdâtres, tendirent à leur passage leurs mufles avides.

Un boa déroula, à quelques mètres d'eux, ses anneaux gigantesques et saisit une proie qu'ils n'eurent pas le temps de reconnaître, tant l'enveloppement avait été rapide...

Et les singes s'élançaient de branche en branche ; les oiseaux de paradis passaient rapides, vêtus de plumes magnifiques.

Ils allaient...

Mais bientôt des « fazendas » apparurent parmi les arbres.. .

La nature perdait de sa sauvage beauté.

La ville approchait.

Elle apparut.

Ils reprenaient contact avec la civilisation.

La lutte se poursuivait.

CHAPITRE VIII

LA MORT DE SULLIVAN

Au lendemain de sa rencontre avec Lawson, Sullivan, prêt à tout, malgré les souffrances que lui causaient ses blessures, était revenu en compagnie de ses guides, fouiller les ruines de l'ancienne Manaos des Indiens.

Ce n'était qu'après de longues et prudentes recherches qu'il était parvenu à découvrir le souterrain qui avait abrité miss Carrell, et ce fut pour lui une pénible déconvenue de ne trouver aucun indice favorable à la poursuite de ses projets.

Il ne se découragea pas pourtant et donna l'ordre d'un départ immédiat, craignant, s'il attendait davantage, de perdre encore la trace de miss Elsie.

Comment voyageait-elle ?...

Il l'ignorait.

Mais, songeant qu'il aurait en route suffisamment de temps pour méditer, dès que les chevaux furent harnachés, il sauta en selle et se lança sur la route.

Toute la journée, il chemina, obtenant, de-ci delà, de vagues renseignements des colons qu'il rencontrait.

L'un avait vu passer des cavaliers, mais n'avait pu distinguer si, parmi eux, se trouvait une femme...

L'autre avait aperçu une auto roulant à grande allure...

Celui-ci, derrière des buissons, avait entendu les éclats de voix d'une dispute...

Celui-là avait entendu des aboiements de chiens.

Mais, dès qu'il s'agissait d'apporter une précision quelconque, il se heurtait à l'impossible.

Ses blessures le faisaient atrocement souffrir.

La fièvre le dévorait.

Mais il réagissait et, le masque douloureux, il marchait quand même, domptant la défaillance proche.

Pourtant, les forces humaines ont des limites et, malgré toute son énergie, il dut s'arrêter avant la fin du jour.

Les tentes furent dressées.

Après avoir pansé soigneusement les plaies produites par les morsures des chiens de Lawson, roulé dans ses couvertures, il s'endormit.

Il ne s'éveilla que le lendemain au lever du jour.

Debout immédiatement, il se sentit mieux et résolut, voulant profiter de la fraîcheur matinale, de se remettre en route sans tarder.

Or, vers huit heures du matin, comme il galopait au long d'un champ de cannes à sucre, il vit sortir d'un sentier un groupe de travailleurs.

Il les questionna.

Et voici qu'un homme affirma avoir vu passer la veille une femme à cheval, entourée de quatre hommes et suivie par des chiens énormes.

— Combien ? demanda Sullivan.

L'homme réfléchit un instant.

— Je ne puis, dit-il enfin, vous dire exactement le nombre, mais il y en avait au moins cinq ou six...

Sullivan songea qu'il n'avait été aux prises qu'avec deux, mais, en somme, cela ne signifiait rien, car les autres avaient été peut-être dévolus à la garde de miss Carrell.

— Avez-vous eu le temps d'apercevoir la femme ? questionna Sullivan.

— Oui, car ils se sont arrêtés en haut de la petite côte que vous voyez là-bas.

— Comment était-elle ?...

— Grande, blonde, paraissant âgée de vingt à vingt-cinq ans. Elle avait l'air triste et, tandis que ses compagnons de voyage discutaient, elle n'a pas dit un mot.

— C'est elle, murmura Sullivan.

Et s'adressant de nouveau à son interlocuteur :

— Vous dites que ces gens-là discutaient... Avez-vous entendu ce qu'ils disaient ?...

— Celui qui paraissait être le chef était d'avis qu'il fallait continuer par la route. Les autres, au contraire, conseillaient de rejoindre la forêt proche et d'en suivre les sentiers.

— Qu'ont-ils fait ?...

— Ils ont rejoint la forêt en se dirigeant vers l'ouest.

Sullivan en savait assez.

Mais, tandis qu'il s'en allait vers le point que lui avait désigné le planteur, il réfléchissait.

N'avait-il pas déjà été dupé une fois lorsque, rencontrant Padilla dans les plaines du Venezuela, celui-ci l'avait dérouté, en l'envoyant vers Manaos, alors que miss Carrell était en réalité en Guyane hollandaise ?...

Mais alors qu'en Venezuela il avait ajouté foi aux renseignements d'un inconnu, rencontré au hasard de ses pérégrinations et qui avait fort bien pu être envoyé par ses adversaires, il se disait que les travailleurs qui lui avaient donné l'avis de ce passage n'avaient aucun intérêt à le tromper.

— Et puis, en somme, songea-t-il, cela ne m'a pas trop mal réussi, puisque j'ai tout de même retrouvé miss Carrell à Manaos.

Et, à son tour, il prit le chemin de la forêt.

Les planteurs ne l'avaient pas trompé.

Une petite caravane de voyageurs avait passé par là depuis peu.

Il voyait sur l'humus des traces fraîches de fers de chevaux...

Il retrouvait, de loin en loin, des foyers éteints, entre quatre pierres ou au creux des rochers.

Il pressait l'allure de son cheval.

Mais toujours... toujours... devant lui semblait fuir la piste mystérieuse.

Il marcha ainsi durant quatre jours.

Etait-ce miss Carrell qui était devant lui en compagnie de Lawson ?...

Il ne devait jamais le savoir.

Au soir du quatrième jour, il s'arrêta, en effet, exténué.

La marche durant cette dernière journée avait été particulièrement pénible. La piste, en effet, n'avait cessé d'onduler parmi des buissons épineux qui, en les fouettant au passage, menaçaient de leur déchirer les chairs, tandis que des rochers, qu'ils n'étaient parvenus à franchir que difficilement, s'opposaient à une allure rapide.

Bêtes et gens avaient besoin d'un long repos pour se remettre.

Sullivan le comprit et, ayant ordonné l'arrêt, fit préparer le repas du soir.

L'air était délicieux dans le sous-bois.

De la terre surchauffée, pendant les longues heures du jour, montait comme d'un encensoir une buée légère, imprégnée du parfum des essences de bois, qui, en se condensant dans les hautes cimes, tendait parmi les branches comme de longs voiles violacés.

Les parfums des plantes se mélangeaient aux parfums de la terre, mêlant l'odeur des seringas à celle des orangers, celle des fougères à celle des graminées.

Des papillons de nuit commençaient à danser au hasard des corolles.

Des chauves-souris, silencieusement, de leurs ailes ouatées, frôlaient les troncs géants, montant, descendant, semblant tomber pour, ensuite, reprendre leur vol.

Des corneilles, des hiboux, des grands ducs, se répondaient de tous côtés, tandis que les trilles légers des rossignols tombaient en cascades de perles.

La brise était douce et balançait les branches en un léger bruissement.

Sitôt le repas terminé, Sullivan, avec l'aide de ses hommes, ne voulant pas dormir sous la tente par le charme de cette soirée, tendit son hamac entre deux troncs et se coucha.

La nuit maintenant était complète.

Il songeait, les yeux fixés sur la voûte de verdure qui frissonnait à trente mètres du sol, apercevant, de temps à autre, dans l'écartement des branches, une étoile.

Il revivait les aventures de ces derniers mois et il espérait arriver bientôt au terme de ce long voyage...

Hélas !...

Ses yeux, peu à peu, perdirent la nette vision de tout ce qui l'entourait...

Son esprit vagua, déformant ses pensées, comme s'il voulait, en un dernier effort, dompter l'engourdissement qui l'envahissait.

Il poussa un profond soupir et perdit connaissance.

Il dormait.

Autour de lui, les chauves-souris, les papillons continuaient leurs rondes silencieuses.

Autour de lui, par la voix de ses oiseaux nocturnes, la forêt chantait.

Autour de lui, la nature vivait puissamment.

Et cependant la mort était là, blottie auprès de son hamac. (

Elle veillait, elle...

Sullivan, en un rêve, poursuivait la vision du passé.

Il eut un tressaillement.

La mort venait de le frôler.

Deux formes noires venaient de s'abattre sur son hamac.

On eût dit deux chauves-souris géantes aux ailes et au dos d'un brun sombre, au ventre plus clair.

Les pattes agrippées, au long des cordages, elles s'avançaient doucement vers le dormeur, en agitant faiblement leurs ailes soyeuses.

L'homme, béat, s'abandonnait, croyant sentir sur son visage la fraîcheur de la brise...

Et, soudain, deux têtes hideuses se tendirent et se fixèrent l'une derrière l'oreille de Sullivan, l'autre à son cou...

C'était fini...

Il était la proie des vampires.

Les oiseaux immondes continuaient à battre doucement des ailes...

Il n'avait rien senti...

Deux piqûres, cependant, lui avaient ouvert les veines et son sang coulait vermeil, dont les bêtes se délectaient.

Au bout d'un instant, pourtant, Sullivan s'agita.

Mais il ne s'éveilla pas.

Les ailes continuaient, endormantes, à lui frôler le visage.

En proie à un lourd cauchemar, il devinait pourtant que quelque chose d'anormal se passait.

Il éprouvait la sensation qu'un monstre s'attaquait à lui.

Il lui semblait que, définitivement, il sombrait dans le néant.

Et cependant il ne réagissait pas.

Il ne le pouvait déjà plus.

Et, toujours, démoniaques, les vampires se gorgeaient de sang.

Sullivan ne bougeait plus.

Sa faiblesse augmentait, d'instant en instant...

Les horribles ventouses continuaient leur œuvre.

Enfin, repus, les deux monstres s'envolèrent lourdement.

Mais, par les deux imperceptibles blessures, le sang continuait à couler.

Il inonda la couverture...

En larges gouttes, il tomba sur la terre...

La mort venait lentement...

Sullivan, endormi, s'enfonçait dans la nuit éternelle, sans souffrance, sans un tressaillement.

Soudain, ses lèvres s'agitèrent...

Ses yeux s'ouvrirent, horrifiés...

C'était le dernier sursaut de la vie qui s'enfuyait...

Il se raidit...

Il était mort !

Au matin ses guides, surpris de ne pas le voir bouger, lui qui d'ordinaire était debout aux premières lueurs de l'aube, s'approchèrent...

Ils virent la couverture souillée de sang, comprirent et se précipitèrent.

Ils ne soulevèrent qu'un cadavre exsangue.

Pâles, très pâles, ils se signèrent...

Puis, sans mot dire, car ils ne voulaient pas laisser le cadavre devenir la proie des fauves, ils creusèrent une fosse et l'ensevelirent.

Une croix de bois surmonta le tumulus qu'ils avaient construit avec de la terre et des pierres...

Sullivan était entré dans l'éternité...

Désormais, de Montnoir et Lawson se trouvaient seuls en présence.

CINQUIÈME PARTIE

L'EFFORT SUPRÊME

CHAPITRE PREMIER

DANS LES MARÉCAGES DU PÉROU

Deux mois étaient passés depuis la mort de Sullivan, et Lawson, dans une colossale randonnée, entraînant à sa suite de Montnoir et ses guides, était arrivé dans la région de la Montana, à l'est des Andes.

En vain, les Indiens, lancés à ses trousses, avaient-ils cherché à surprendre chez cet homme une défaillance quelconque, qui leur eût permis de se risquer à délivrer miss Carrell de l'horrible joug qu'il faisait peser chaque jour plus lourdement sur elle.

Il restait invulnérable.

Et pourtant, il ne savait pas.

Il ne savait pas que les trois Indiens qu'avait recrutés Philippe Darbois étaient à l'affût, épiant tous ses mouvements, le suivant partout.

Deux fois cependant, ces hommes s'étaient approchés si près... si près de son campement, qu'un instant ils avaient pu espérer pouvoir surprendre l'adversaire endormi. Mais, au moment où ils allaient s'élancer, ils avaient entendu gronder les chiens et, pour ne pas donner l'éveil, avaient battu rapidement en retraite.

L'étreinte se resserrait pourtant chaque jour davantage.

De Montnoir se montrait impatient...

A grand'peine, Blainville, Padilla et Darbois, s'unissant à Moralès et à Jack Brown, l'apaisaient et lui démontraient l'imprudence d'une action prématurée qui eût pu entraîner la perte de miss Carrell.

Car Lawson ne désarmait pas.

Il suivait son plan inéluctablement.

Il voulait affaiblir le moral de la jeune fille par les souffrances endurées...

Il voulait provoquer l'effondrement de sa volonté par la désespérance...

La région qu'ils traversaient maintenant était une région d'épouvante...

Partout des bois celant dans leurs buissons les reptiles les plus dangereux, dissimulant dans leurs taillis des fauves prêts à l'attaque.

Ils ne sortaient des bois que pour entrer dans des marécages que hantaient les caïmans, les crapauds monstrueux, les anguilles énormes...

La marche était pénible parmi tous ces dangers. Il fallait une attention soutenue pour surmonter toutes ces difficultés.

La tâche était dure, surtout pour de Montnoir, qui ne pouvait plus avancer avec son appareil que par bonds successifs d'une vingtaine de kilomètres à peine.

Ses guides lui avaient bien donné le conseil de remonter vers le nord, dans la région de Loja ou de Cuenca où, fatalement, Lawson devait passer pour atteindre le Cotopaxi, mais de Montnoir n'avait pas voulu se rendre à leurs raisons, craignant de ne pas être là pour la délivrance de sa chère Elsie.

Et les jours succédaient aux jours, sans apporter de changements appréciables dans la situation respective des deux groupes de voyageurs.

Mais, tandis qu'entre Lawson et miss Carrell l'inimitié grandissait par les souffrances endurées, sous les affronts subis par la jeune fille, dans la caravane de de Montnoir les cœurs semblaient battre à l'unisson ; chacun avait fait sienne la cause de l'aviateur ; tous poursuivaient le même but.

La confiance était absolue entre tous ces êtres. Chaque individualité concourait à faciliter la tâche de la collectivité et il n'était pas jusqu'aux Indiens qui n'eussent compris que leurs efforts seraient amicalement récompensés.

Ils luttaient donc courageusement, contre les traîtrises de cette route dangereuse.

Les chevaux s'embourbaient ?...

Ils les dégageaient !

Des herbes traîtresses s'enroulaient autour de leurs jambes, paralysant leurs mouvements ?

Il les coupaient !

A coups de bâtons, ils chassaient les caïmans trop audacieux.

A coups de fusils ils abattaient les fauves, venus jusqu'aux bords des marécages pour se désaltérer.

L'air devenait parfois irrespirable.

Des vases remuées au passage, montaient des odeurs de pestilence dans des bulles de gaz qui, venues des profondeurs, crevaient au contact de l'atmosphère.

Des cadavres de sauriens, de crapauds, d'animaux de toute sorte, le ventre gonflé de pourriture, achevaient de se décomposer sur des tertres gazonnés ou dans les eaux... Charognes dédaignées même par les corbeaux et les vautours.

Ils passaient sans les voir...

Là-bas, était Elsie qui souffrait...

Là-bas, était Elsie qui les attendait...

Et Betty, comme les hommes, se montrait vaillante...

Elle chevauchait, placide, auprès de Blainville, qui semblait l'avoir prise sous sa protection.

Betty parlait d'Elsie.

Blainville parlait de de Montnoir.

Ils avaient tous deux au cœur un pareil dévouement, pour les êtres qu'ils avaient accepté de servir.

Et c'étaient des anecdotes sur l'enfance de miss Carrell, aimable, jolie, courageuse, vaillante, qui succédaient aux prouesses accomplies par l'aviateur depuis son premier vol...

— Croyez-vous, Betty, disait Blainville, que cet animal-là, à sa troisième sortie, s'est payé le luxe d'une randonnée de plus de cinq cents kilomètres. Nous étions affolés à l'aérodrome. Des autos étaient parties à sa recherche. Mais, dans un rayon de plus de cent kilomètres, personne n'avait rien vu. Nous n'avons eu l'explication que le lendemain et il vint lui-même nous l'apporter. Il était allé jusqu'à Dijon où, après un atterrissage impeccable, il avait passé la nuit.

Betty avait éclaté de rire.

— Cela me rappelle, avait-elle dit lorsque sa gaîté s'était un peu calmée, les débuts d'Elsie dans l'art difficile de l'équitation. Ses parents lui avaient donné comme maître un cavalier consommé qui, pour donner ses leçons, se servait d'un cheval assez difficile... Elsie, ce jour-là, montait une jument très douce et galopait dans le manège aux côtés du professeur, dont le cheval ardent piaffait en hennissant. Un domestique vint prévenir le professeur que quelqu'un demandait à lui parler. Après avoir recommandé à Elsie de poursuivre sa ronde autour du manège, celui-ci, donc, la quitta... Ah ! ce ne fut pas long. Le cheval du professeur était attaché à un pieu au centre du manège ; Elsie n'avait plus besoin de sa jument. Elle le détacha ; d'un bond se mit en selle et, rassemblant les rênes, lança l'animal... Mais celui-ci n'avait pas l'habitude d'être monté par une femme et lorsque, quelques secondes plus tard, le professeur revint, il trouva mon Elsie, qui, rouge de plaisir, s'efforçait à calmer le cheval cabré... Il s'élança. Mais Elsie, d'un coup brusque d'éperon et d'une cinglade de cravache, venait de mettre la bête à la raison...

— Laissez-moi ! laissez-moi ! cria-t-elle. Vous voyez bien que je me tiens.

Et(sous les yeux ahuris du professeur, elle reprit ses exercices.

Telles étaient les conversations de Betty et de Blainville.

Mais, sans qu'ils s'en doutassent, de cette commune adoration de leurs maîtres naissait, peu à peu, une commune sympathie.

Ils avaient les mêmes idées, ils découvrirent bientôt qu'ils avaient les mêmes goûts.

Betty parla longuement de la France.

Blainville questionna Betty sur la vie aux Etats-Unis.

Et Betty se contenta de rougir le jour où lui ayant dit :

— Si vous suivez M. de Montnoir à New-York, nous ferons une paire de copains.

Blainville lui répondit :

— Qui sait, peut-être mieux, Betty !

Mais il fallait lutter encore... lutter toujours pour en arriver là...

Il fallait sauver Elsie...

Depuis quelques jours, ils avaient laissé l'Amazone à leur gauche et, tout en continuant leur route vers l'ouest, remontaient vers le nord.

La terre était plus ferme...

Mais les maringouins continuaient à les assaillir par milliers, leur causant des souffrances intolérables par leurs piqûres.

La chaleur était étouffante.

Enfin, dans le lointain, les premiers contreforts des Andes apparurent.

Finis les marécages !

Ils marcheraient plus vaillamment encore parmi les rocs !...

Une embuscade serait enfin possible !...

Ils ne songeaient pas que d'autres dangers les attendaient...

Ils ne songeaient pas que là, où Lawson et Elsie pourraient passer facilement, une caravane comme la leur, traînant à sa suite de nombreuses bêtes de bât pour le ravitaillement. éprouverait des difficutés sans nombre et qu'une marche rapide serait presque impossible...

Les guides n'avaient encore rien dit...

Padilla, cependant, se montrait inquiet et se retournait souvent sur sa selle, en regardant la file interminable des animaux qui les suivaient...

Il avait, lui, l'expérience de la montagne et se demandait comment allaient se comporter tous ces chevaux, à qui une bonne nourriture est nécessaire, dans ces sentiers où ne croît qu'une herbe maigre, sur ces plateaux où règne, parfois, pendant la nuit, une température glaciale.

N'était-ce pas une folie que de laisser de Montnoir s'engager dans la montagne en pareil équipage ?

Ils arrivèrent au pied des monts.

Il n'y tint plus.

Et, un soir, en fin d'étape, il dit à de Montnoir :

— Avez-vous songé, ami, à ce qui vous attend là-haut ?

De Montnoir le regarda, surpris.

— Que voulez-vous dire, Padilla ? dit-il.

— Je veux dire, monsieur de Montnoir, que, sur les plateaux que nous allons affronter, nos chevaux risquent de faire bien piètre figure. Il nous faut des mulets pour franchir ces passes difficiles, car, non seulement ils sont plus résistants, mais on les nourrit avec presque rien et ils ne sont pas susceptibles de nous envoyer rouler dans des gouffres de cinq cents mètres, ne connaissant pas la peur.

Et s'adressant aux guides qui, attentifs, écoutaient :

— Allons, amis, dit-il, donnez votre avis. Croyez-vous que c'est avec l'herbe des « quebradas » que nos chevaux pourront se nourrir ? Croyez-vous qu'ils pourront supporter le froid de la montagne ?

La réponse fut unanime et interprétant la pensée de tous :

— Señor, dit Philippe Darbois, je pensais à cela ces jours derniers et si je n'en ai pas parlé plus tôt, c'est que j'estimais que nous avions encore le temps de changer de monture avant de nous engager dans les sentiers de la Cordillère.

— Et maintenant ?...

— Nous avons encore une journée de marche devant nous. Demain nous arriverons, en remontant vers le nord, à un petit village où nous trouverons le nécessaire.

— Il nous faudrait aussi deux « capateces » (1), une dizaine de « peones » (2) et des « ponchos » (3), dit Padilla.

— On nous fournira tout cela en échange de nos chevaux...

Mais de Montnoir restait soucieux.

— Et moi, dit-il, que ferais-je avec mon appareil dans le dédale de ces sentiers de chèvres ?

— Ah ! monsieur de Montnoir, murmura Padilla, si j'osais, je vous dirais bien de l'abandonner aux bons soins...

Mais il n'acheva pas.

De Montnoir avait tressailli...

— L'abandonner, cria-t-il, jamais, Padilla... Il a triomphé jusqu'ici, il triomphera encore, dussé-je risquer cent fois la mort en atterrissant.

— Dieu vous protège ! conclut Padilla.

CHAPITRE II

AUX PRISES AVEC LES CONDORS

Le guide ne s'était pas trompé.

Le surlendemain, parfaitement outillée, la caravane se remettait en marche sous la conduite de deux chefs muletiers.

On se dirigeait vers Loja.

En tête marchait un enfant, conduisant la jument chef de file (mandriña) qui, une clochette au cou, marchait en avant, entraînant à sa suite toutes les mules qui la suivaient d'instinct.

Les « capateces » et les « peones » surveillaient le convoi.

Parfois un bât se dérangeait.

Aussitôt un « peon » s'élançait et, enveloppant la tête du mulet de son poncho, rétablissait l'équilibre de la charge.

De Montnoir, joyeux, avait vu s'éloigner tous ces hommes, ne devant partir lui-même en compagnie de Blainville que quelques heures plus tard et, tout en causant, il visitait avec soin son appareil.

— Alors, ces nouvelles ? questionnait le mécanicien.

— Excellentes, mon cher. Lawson, paraît-il, faiblit. Il n'avance plus qu'avec peine et, hier, à deux ou trois reprises, il a failli rouler dans un précipice.

Mais Blainvile ne partageait pas la joie de de Montnoir.

— Et Elsie, dit-il, que devient-elle dans tout cela ?...

— Elle n'a jamais été plus courageuse.

— Vraiment ?...

(1) *Chefs muletiers.*

(2) *Conducteurs de mulets.*

(3) *Manteaux sans manches.*

— Je ne fais que te transmetrte les paroles de l'Indien chargé de surveiller leur marche. Elle ne cesse de chanter et cela, paraît-il, a le don d'exaspérer Lawson. Du haut des rochers où ils étaient en observation, les Indiens l'ont vu, faisant de grands gestes, comme s'il faisait des remontrances à Elsie... Ah ! si je le voyais ainsi, il me semble que je ne résisterais pas à l'envie de lui loger une balle dans la tête.

— Et ton émotion serait si grande que tu le manquerais... Non ! ce n'est pas le moyen, de Montnoir, d'arriver à tes fins... Cet homme-là sait ce qu'il fait... Il poursuit sa route seul, afin de ne pas avoir de distractions. Il va vers son but en isolé, croyant être ignoré de tout et de tous. Ses chiens veillent sur lui, et nos Indiens te l'ont dit : il est impossible avec de pareils gardiens de s'approcher de son campement. Si, par malheur, tu cédais à la tentation de passer outre, il n'hésiterait pas, j'en suis certain, et poignarderait Elsie, quitte à nous vendre ensuite chèrement sa vie.

De Montnoir haussa les épaules.

— Et cela, dit-il, peut durer encore longtemps, sans doute ?...

— Je ne le crois pas.

— Parce que ?...

— Il arrivera un moment où Lawson s'effondrera...

— Et qui te dit alors, gronda de Montnoir, que, voyant la partie perdue pour lui, il n'en arrivera pas à l'extrémité à laquelle tu faisais une allusion, il y a un instant ?...

La remarque était juste.

Un silence lourd d'angoisse pesa entre les deux hommes.

— Souviens-toi des termes de sa dépêche, dit enfin de Montnoir sourdement, « et après avoir « affronté les neiges éternelles, nous nous réfugie« rons dans le feu du Cotopaxi »...

Blainville, anxieux, ne répondit pas.

— Ah ! ce volcan, s'écria de Montnoir, dire que, d'un seul coup d'aile, je pourrais aller en survoler les flancs et que je ne le puis pas, parce qu'il me l'assassinerait peut-être avant...

Mais, devant la torture de son ami, Blainville domina son inquiétude.

— Allons, dit-il, ce n'est pas le moment de se laisser aller au pessimisme... Nous touchons au but. Il n'est pas dit que nous ne lutterons pas jusqu'au bout.

— Tu as raison, ami. Travaillons.

Et ils reprirent leur ouvrage.

Enfin, tout fut prêt, et, aidés par quelques colons accourus pour assister au départ, ils prirent leur envol.

La matinée était superbe.

Traçant de grands cercles dans le ciel inondé de lumière, ils montaient rapides, avant de prendre leur essor vers le nord.

Ils apercevaient la houle formidable des monts géants qu'ils allaient affronter. Au nord, au sud, creusant des abîmes profonds, qui semblaient atteindre le centre de la terre, ou élevant vers le ciel ses cimes couronnées de neige, la Cordillère s'étendait.

Et le spectacle était grandiose de ce déroulement continu de roches énormes qui, de la Terre de Feu, monte jusqu'aux régions polaires, après avoir traversé toute l'Amérique du Sud, gagné l'isthme de Panama, couvert de ses cimes abruptes le Nicaragua, le Honduras et le Guatémala, pour s'élancer ensuite vers le nord.

Leurs yeux, après s'être grisés de la vision, s'étaient abaissés vers la terre.

Dans les champs, ils voyaient des étendues immenses couvertes de cannes à sucre, d'ananas, de tabac. Les coteaux disparaissaient sous les magnoliers, les orangers, les citronniers. Plus haut, les cactus, les palmiers, les fougères arborescentes étalaient la splendeur de leurs feuillages.

— Crois-tu que c'est beau ! murmura Blainville à l'oreille de de Montnoir.

— Oui ! répondit celui-ci, mais il manque quelqu'un auprès de nous, pour que nous puissions réellement admirer ces beautés...

— J'y pensais...

— Et ce quelqu'un, poursuivit de Montnoir, est perdu là, quelque part dans ces roches... Avoue-le donc, Blainville, c'est à devenir fou.

Mais Blainville ne répondit pas, ne voulant pas encore aviver la souffrance de son ami.

Ils dominaient les monts maintenant.

Des ruisseaux couraient parmi les rochers, croulant soudain en cascades magnifiques.

Suivant les ondulations de la masse rocheuse, ils montaient ou descendaient, se trouvant par moments à deux mille mètres de hauteur, ou filant rapides au milieu de larges vallées, à cinq cents mètres à peine du sol.

— Les voilà ! cria soudain Blainville à de Montnoir.

Et suivant les indications de Blainville, de Montnoir aperçut ses amis qui, en file indienne, se hâtaient au long d'un sentier courant à flanc de coteau.

— Tiens, voilà Betty qui nous salue, poursuivit Blainville en voyant s'agiter un point blanc.

De Montnoir sourit :

— L'amour a de bons yeux, dit-il simplement.

Blainville voulut protester.

— L'amour ! L'amour ! dit-il. N'exagère pas...

Mais, tristement, de Montnoir l'interrompit :

— Allons, dit-il, ne dissimule pas, mon vieux Georges. Tu aimes...

— Mais je t'assure !

— Et tu es aimé ! poursuivit de Montnoir.

— Tu crois !

— J'en suis certain, vieux. Et cela, crois-le, m'est une grande joie... N'es-tu pas l'ami ?...

— Jacques, murmura Blainville, les larmes aux yeux, tant son émotion était grande, toi aussi tu seras heureux.

Et comme, pour ne pas donner l'éveil à Lawson, il ne fallait pas qu'il dépassât la tête de la caravane, il fit demi-tour.

Ils montaient maintenant, car un pic énorme dressait son arête redoutable devant eux.

— Deux mille cinq cents, annonça de Montnoir.

Et sachant où se trouvait la caravane qu'ils avaient repérée, ils planaient tranquilles parmi les hautes cimes.

Soudain, un choc brutal fit vibrer l'appareil dans toutes ses membrures.

— Qu'est-ce que c'est que ça ? cria Blainville.

Et se penchant par-dessus la carlingue, il aperçut une masse noire, qui tombait rapide au milieu d'un nuage de plumes.

— Un aigle, cria-t-il. De Montnoir, c'est un aigle que notre hélice a broyé.

Il se trompait ! C'était un condor.

Et, regardant autour de lui, il poussa un cri d'angoisse...

— Fuyons !... Fuyons !... De Montnoir... Ils nous entourent...

En effet, autour de l'avion, le cou décharné, l'œil sanglant, le bec en bataille, énormes, une dizaine de ces géants évoluaient, portés par des ailes immenses.

Fuir !...

De Montnoir voulut suivre le conseil de Blainville et rapide l'avion fendit les airs.

Mais le mouvement des ailes des rapaces, imperceptible au moment où ils les avaient aperçus, se fit plus vif et, sans effort, ils se maintinrent à la hauteur de l'appareil...

Il fallait se débarrasser de la dangereuse escorte et Blainville, saisissant sa carabine, épaula vivement et tira.

Il avait manqué son but.

Plus calme, il visait maintenant, mais un cri de Montnoir attira son attention et, se retournant, il vit, les serres agrippées aux bords de la carlingue, battant l'air de ses ailes énormes, un condor qui luttait furieusement avec de Montnoir qui ne pouvait, ne voulant pas lâcher sa direction, se défendre que d'une main.

D'un coup de couteau, Blainville ouvrit le ventre de l'animal, qui tomba dans le vide en tournoyant.

Mais les autres ne désarmaient pas.

Ils filaient rapides autour de l'avion, poussant des cris sauvages, attendant le moment propice à l'attaque.

— La mitrailleuse, hurla de Montnoir. Il n'y a que cela... Tape dans le tas.

Blainville n'y avait pas pensé.

D'un geste rapide, il débarrassa l'arme de sa housse et se mit en devoir de la mettre en position de tir.

Une minute à peine était passée et, de nouveau, deux géants des airs venaient de se poser auprès de Blainville.

La mitrailleuse devenait inutile.

Formidables, les ailes battaient, étourdissant le mécanicien de leurs coups puissants, agitant l'air de remous énormes.

— Eh bien ? clama de Montnoir.

Réagissant contre la défaillance, Blainville répondit :

— Ça va... T'occupe pas...

Et, d'un coup de couteau, trancha net les pattes d'un condor.

Mais l'autre, d'un coup de bec, venait de lui lacérer la main...

Le sang coulait...
La douleur était vive...
Blainville lâcha son couteau...
Excité par l'odeur du sang, le rapace bondit sur ses épaules, couvrant la face d'une de ses serres puissantes, tandis que son bec attaquait la nuque.
De Montnoir, qui, depuis un instant, suivait les phases de la lutte, n'hésita plus. Il cala sa direction et, bondissant hors de son siège, il s'élança.
Il était temps.
Blainville faiblissait.
D'un geste rapide, le pilote ramassa le couteau qui gisait à ses pieds et le plongea dans les flancs de l'oiseau qui lâcha prise.
Blainville se releva.
Il avait la face couverte de sang ; sur sa nuque des lambeaux de chair étaient arrachés, les nerfs de sa main gauche étaient à nu...
Mais il n'y prit point garde.
Il bondit vers sa mitrailleuse et la mit en action, tandis que de Montnoir regagnait son siège et reprenait sa direction.
Ils étaient sauvés...
Les balles sifflaient en rafales, nettoyant l'espace autour d'eux.
Les ailes brisées ou mortellement atteints, successivement cinq condors churent sur les rochers où ils achevèrent de se déchiqueter.
Rendus prudents, les autres laissèrent l'appareil prendre du champ, le suivirent pendant quelque temps à distance pour, finalement, disparaître.
De Montnoir songea alors à atterrir, car Blainville, la réaction opérant, gisait maintenant évanoui au fond de la carlingue.
Une plate-forme longue d'environ cinq cents mètres s'offrit à sa vue et, quelques minutes après, l'avion venait, léger, se poser sur une piste de sable.
Blainville, à cet instant, reprenait connaissance et comme de Montnoir inquiet se précipitait vers lui :
— Ah ! les cochons, dit-il, ils m'ont bien arrangé... Betty est capable de ne plus vouloir de moi.

CHAPITRE III

DANS LEQUEL LAWSON VOIT L'UN DE SES CHIENS ÉTRANGLÉ

Elsie, ce soir-là, en arrivant à l'étape, complètement épuisée, avait sauté de son cheval et s'était allongée sur l'herbe.
La randonnée, en effet, avait été plus longue que les jours précédents, car il avait fallu atteindre un endroit favorable pour camper, c'est-à-dire trouver de l'eau pour se désaltérer, du bois pour faire du feu et de l'herbe pour nourrir les chevaux.
D'autre part, Lawson le savait, ils approchaient de Loja. Et dédaignant les célèbres chaussées qui, par les monts et par la plaine, unissent cette ville à celle de Quito, après un parcours de plus de deux mille kilomètres, il s'était enfoncé plus profondément encore dans les couloirs sauvages des Andes pour éviter toute rencontre qui eût pu mettre ses adversaires sur ses traces.
Peine inutile, on le sait.
Donc, les yeux mi-clos, miss Carrell reposant sur l'herbe, Lawson, après avoir entravé ses chevaux, s'aprocha :
— Eh bien, dit-il, ma charmante, on ne chante plus ?
Miss Carrell, dédaignant de répondre, il poursuivit :
— Vous êtes fatiguée ?... Cela se conçoit... Ah ! la belle vie de New-York... dans votre petit hôtel... au milieu des collections d'art amassées par M. votre père... Où est-elle ?... Je me demande parfois quelle folie subite vous a poussée à commettre une pareille exentricité ?...
Elsie, en entendant cette voix exécrée rappeler les charmes de sa vie de jeune fille, s'était relevée et, dédaigneuse, regardait maintenant Lawson qui poursuivait :
— Car c'est une folie, une véritable folie, que d'abandonner son foyer pour courir l'aventure, quand on est belle, riche, heureuse et qu'auprès de soi se pressent les partis les plus flatteurs pour l'orgueil d'une femme.
Cinglante, la réponse d'Elsie arriva :
— Vous voulez, sans doute, parler de votre amour, dit-elle amèrement. Ou, encore, de celui d'un Sullivan, d'un de ces inutiles au teint blême, aux muscles en papier mâché, au moral atrophié, qui pullulent dans nos salons ?... Eh bien, sachez-le, master, c'est pour échapper à pareille éventualité que je me suis évadée des formules, des préjugés, afin de reconnaître, parmi ceux qui se lanceraient à ma poursuite, celui qui serait vraiment digne d'être l'époux.
— Et vous êtes tombée de Charybde en Scylla ?...
— Non !...
— Vraiment ?...
— Vous le savez, Lawson.
— Que sais-je ?... Que vous aimez M. de Montnoir et que M. de Montnoir vous aime ?... Est-ce une solution ?...
— Peut-être !
— Allons donc !... Où est-il ?... A cent lieues d'ici sans doute. Que fait-il ?... Il cherche... Les dernières nouvelles que j'ai eues de lui datent de notre passage à Tabatinga. Il faisait, paraît-il, des recherches aux bords de l'Amazone... Depuis, le temps est passé et rien ne peut nous faire supposer que son intervention soit proche.
— Et cependant, je n'en doute pas, Lawson.
— Illusion !...
— Non ! prescience...
Lawson ricana...
— La prescience, hélas ! n'appartient qu'à Dieu. Mais, au fait, ne sommes-nous pas des créatures formées par le vouloir divin... Il a peut-être mis en nous un peu de sa force, de sa flamme...
— Ne raillez pas...
— Je m'en garde, miss, et vous souhaite que cette devination précieuse de l'avenir ne vous trompe pas...
— J'en suis certaine.
— Ce serait une cruelle désillusion...
Elsie, moqueuse, le dévisagea :

— Prenez garde, master, dit-elle, de ne pas l'éprouver vous-même...

— Oh ! moi, miss, je vais vers mon destin...

— Non, Lawson... Votre destin, vous l'avez violenté, vous l'avez étranglé. Votre instinct a toujours dominé votre savoir... Vous étiez fait pour devenir un homme de science, une gloire, peut-être, de notre pays. Vous n'avez pas su étouffer en vous les révoltes de la brute et vous êtes devenu un monstre...

— Parce que telles étaient les forces que la nature avait mises en moi... Ceci dit, miss, je vous accorde que votre raisonnement est parfait... Un amour a dominé toute ma vie et cet amour est celui que je vous porte... J'en suis l'esclave... Je le traîne, attaché à ma chair comme un boulet... Il a fait de moi un traître, un ravisseur, un assassin et je ne puis m'en libérer.

— Parce que vous ne le voulez pas.

— Non, miss, parce que je ne le puis pas.

— L'instinct, toujours !...

— Non, plus maintenant.

— Alors ?...

— L'orgueil !...

— Vous n'en êtes que plus vil.

— Je le sais ! L'instinct est une excuse, l'orgueil n'en est pas une... M'avouer vaincu ? Jamais !... Je préfère la mort.

Et, sans insister davantage, Lawson s'affaira dans la préparation du campement.

Bientôt, autour des tentes qu'il avait dressées, le feu pétilla joyeusement.

La marmite, posée dans les flammes, ronronnait. Il y jeta des morceaux de viande sèche, du riz, qu'il assaisonna avec du piment et, tandis que cette modeste chère cuisait, il alla jusqu'à la source voisine chercher de l'eau.

Les deux chiens rôdaient autour d'Elsie.

Elle les appela.

Ils vinrent se coucher auprès d'elle.

Inconscientes de la tâche criminelle que leur faisait remplir Lawson, ces deux bêtes l'aimaient, croyant ne faire fonction auprès d'elle que de l'office de gardiens, alors qu'en réalité ils remplissaient celui de geôliers.

Elsie l'avait compris et s'était prise d'amitié pour elles.

Elle affectionnait surtout Néron qui se montrait plus doux, plus caressant avec elle, tandis que Banco, quoique docile, gardait une attitude plus lointaine.

— Ah ! Néron, murmura-t-elle en passant doucement sa main sur la tête de l'animal, pourquoi ne peux-tu me comprendre ? Je suis sûre que, si tu savais, tu me libérerais de ce monstre... Tu me regardes... Tu as de la douceur dans tes yeux... Tu ne sais pas... Tu ne sais pas...

Et, tendant sa main vers Banco :

— Et toi, Banco, dit-elle, que regardes-tu ainsi, au loin ?... Tu parais inquiet, depuis quelques jours surtout... Dis-moi ce que tu vois ?... Dis-moi ce que tu sens ?... Dis-moi ce que tu entends ?... Est-ce lui qui s'approche, qui veille, qui me protège ?... Ah ! je t'en supplie, Banco, s'il vient, ne le trahis pas.

Et, très douce, elle acheva, presque dans un sanglot :

— Je vous sauverai de lui, si je me sauve moi-même, et vous vivrez auprès de moi toujours... toujours...

Mais Lawson revenait.

Il aperçut des larmes aux yeux d'Elsie...

— Allons ! allons !... dit-il, pas de défaillance, miss Carrell. Le dîner est prêt, il s'agit d'y faire honneur.

Et, silencieuse, Elsie se mit à manger, tandis que Lawson continuait à discourir.

Le repas prit fin.

Heureuse de se libérer de la faconde de son ennemi, Elsie s'enveloppa dans ses couvertures et, ayant choisi un repli de terrain favorable, s'endormit...

Elle ne s'éveilla qu'à l'aube, mise en alerte par les grondements furieux de Néron et de Banco.

Lawson était déjà debout auprès d'elle, la carabine à la main...

Inconsciente d'abord par le brusque réveil, elle regarda autour d'elle, mais ne vit rien...

Les aboiements des chiens lui déchiraient les oreilles et, soudain, au commandement de Lawson, ils s'élancèrent.

Elle aperçut alors, à une dizaine de mètres, deux ours énormes qui se dirigeaient vers eux, en secouant leurs pattes auxquelles s'accrochaient, en jouant, une demi-douzaine de petits oursons...

En voyant les chiens, les fauves se levèrent et, debout, battant l'air de leurs griffes acérées, découvrant leurs dents dans la contraction irritée de leurs gueules, ils s'avancèrent en se dandinant.

— Tirez !... mais tirez donc !... cria Elsie. Qu'attendez-vous ?...

Fous, la langue pendante, les yeux mauvais, le poil hérissé, Banco et Néron tournaient autour des deux fauves, attendant l'instant favorable pour attaquer.

Soudain, comme un petit ours venait de le mordre aux pattes, Banco l'empoigna et, d'un coup sec de mâchoire, lui broya les reins.

L'ourse avait vu.

Folle de rage, elle se précipita sur Banco et lui déchira l'épaule de ses griffes.

Un hurlement du chien blessé et ce fut la mêlée.

D'un saut formidable, Néron avait bondi à la gorge de l'ours qui, sous le choc, perdit l'équilibre et roula sur le sol.

Entre les pattes de l'ourse, Banco se débattait, cherchant un point vulnérable où enfoncer ses crocs.

Mais la toison épaisse des deux fauves était une véritable armure qui s'opposait à toute atteinte grave.

Lawson vit le danger.

Epaulant et visant longuement, il fit feu à deux reprises.

L'ourse roula sur le sol.

Mais elle n'était que blessée et n'avait pas lâché prise.

De ses pattes puissantes elle étreignait Banco à la gorge et l'étouffait...

— Ah ! donnez-moi donc votre fusil que nous en finissions avec cette tuerie.

Mais comme elle cherchait à s'emparer de l'arme, il la repoussa violemment en disant :

— Ah ! mais non ! pas de ça...

Et, rapidement, il fit feu de nouveau.

Il était trop tard.

L'ourse était morte, mais à côté d'elle Banco râlait, la gueule arrachée d'un coup de dents, la langue pendante.

Le fauve l'avait étranglé...

La bataille continuait pourtant, entre Néron et l'ours, rendu furieux par la mort de sa femelle.

Mais Néron était plus souple, plus agile que Banco...

Les attaques étaient nettes et précises et, dès qu'il voyait que son effort était inutile, il se dégageait et rompait, cherchant à atteindre son adversaire dans un élan nouveau.

Il était blessé, lui aussi, au cou, mais l'ours avait eu l'oreille arrachée d'un coup de dents et, aveuglé par le sang, il se défendait mal...

Il fallait en finir.

D'ailleurs, Lawson, en voyant s'écrouler Banco, avait compris qu'il perdait un précieux auxiliaire. Si Néron succombait à son tour, il n'aurait plus de surveillance sérieuse autour de miss Carrell.

Rapidement, il remplaça son chargeur épuisé et, profitant d'un moment où Néron dégagé tournait autour de l'ours, cherchant à s'élancer de nouveau, il mit un genou à terre et tira.

Atteinte en pleine gueule, la bête énorme vacilla.

Elle n'était pourtant que grièvement blessée et, faisant face à ce nouvel adversaire, elle se rua en un galop furieux...

Hurlant, aboyant, Néron la suivit...

Mais, coup sur coup, trois détonations nouvelles retentirent.

Comme une masse, le cerveau traversé de part en part, le fauve croula...

Elsie, alors, tandis que Néron joyeux s'élançait vers elle en une caresse, se précipita vers Banco...

Hélas ! c'était bien fini et elle laissa retomber la tête aux yeux vitreux qu'elle avait prise en ses mains.

Des larmes perlaient à ses cils...

— Vous l'aimiez donc bien ? ricana Lawson. C'est cependant grâce à eux que je vous retiens près de moi

Elsie, profondément, le regarda.

— Qui sait, master ? dit-elle. Peut-être, si je le leur avais demandé, ils m'auraient défendue contre vous.

CHAPITRE IV

DANS LA TOURMENTE

En entendant miss Carrell parler ainsi, Lawson avait froncé les sourcils.

Il n'avait pas songé à cela, pas plus d'ailleurs qu'Elsie qui, avant la mort de Banco, n'aurait jamais pensé à sa délivrance en la basant sur l'aide que pourraient lui apporter les deux chiens.

Il devint brutal.

Dès que Néron s'approchait de miss Carrell, sa cravache sifflait, enveloppant les flancs de l'animal d'un coup cinglant.

Elsie avait compris.

Et, pour ne pas faire châtier la bête, elle s'abstint de lui montrer sa sollicitude.

Pourtant, un jour, comme d'un coup plus violent qu'à l'ordinaire, Lawson avait blessé le chien à l'œil, elle ne put réprimer sa colère.

— Lâche ! cria-t-elle. Il est donc dit que tout ce que j'aime souffrira par vous.

Lawson lui avait répondu par un éclat de rire et s'était éloigné, cependant que, appelant Néron auprès d'elle, elle lui avait longuement lavé l'œil avec l'eau que contenait sa gourde.

— Prenez garde, miss, avait ricané Lawson qui, de loin, contemplait ce tableau, nous avons encore une longue traite à fournir avant de trouver un ruisseau. Vous aurez soif...

Mais, plus que jamais, sa surveillance se fit aiguë et il ne s'endormait le soir qu'après avoir, au préalable, lié le chien à son poignet.

Ils étaient, à ce moment, sur les sentiers du Chimborazo dont la cime géante domine l'horizon à six mille cinq cent quarante mètres au-dessus du niveau de la mer.

Autour d'eux s'étalait la flore de ces régions, avec des jeux d'ombre et de couleur sans cesse renouvelés.

En levant la tête, malgré la proximité de l'équateur, ils voyaient la cime de l'énorme montagne couverte de neige, se détachant immaculée dans l'espace.

— Et après avoir affronté les neiges éternelles... avait dit Lawson.

Les heures s'écoulaient.

Une centaine de kilomètres, à vol d'oiseau, les séparaient encore du Cotopaxi que Lawson avait indiqué comme devant être le terme de leur voyage.

Qu'était cela, auprès des longs mois passés dans les savanes, dans les forêts, auprès du long ruban de route parcouru ?...

Le dénoûment approchait...

Quelques heures à peine les en séparaient.

Elsie, pourtant, ne se décourageait pas.

De Montnoir ne l'abandonnerait pas.

Elle ne se trompait pas.

La caravane de l'aviateur continuait sa marche en avant, sous la protection des Indiens, qui, escaladant les rochers, se dissimulaient parmi les buissons, rampant jusqu'aux approches du campement d'Elsie, ne perdaient pas de vue le ravisseur et sa victime...

Impatients, ils auraient voulu l'abattre, eux aussi, mais, comme de Montnoir, ils s'étaient rendus aux conseils de prudence des autres poursuivants, qui redoutaient, soit la vengeance de Lawson manqué ou simplement blessé, soit l'intervention des chiens qui auraient pu mettre la jeune fille en lambeaux...

Il fallait attendre l'occasion favorable.

Ils avaient assisté au combat de Lawson contre les ours, à la mort de Banco, et s'étaient réjouis en trouvant le cadavre du chien.

Blainville même, en soulevant la tête énorme, avait trouvé un argument nouveau à sa théorie.

— Regarde, avait-il dit à de Montnoir, voilà des dents qui ne pardonneraient pas.

Et de Montnoir avait frémi.

Blainville avait raison.

La ruse seule lui permettrait de venir à bout de l'infernale astuce de Lawson.

Ils cheminaient au long des sentiers côtoyant des abîmes...

Ils franchissaient des plateaux élevés de plus de deux mille mètres...

La fatigue les accablait...

La soif les torturait...

L'oppression, provoquée par la raréfaction de l'air, les jetait parfois défaillants sur le sol...

Mais leur vaillance reprenait le dessus.

Ils se levaient et poursuivaient leur marche, car, ils le sentaient eux aussi, le but était proche.

Il était midi ce jour-là, lorsque, ayant terminé le repas qu'ils prenaient en commun, les « capateces » et les « peones » se levèrent pour aller recharger les mulets.

Il n'y avait pas un souffle d'air.

Parcourant l'horizon de ses regards aigus, l'un des « capateces » dit quelques mots à son compagnon...

Celui-ci, gravement, hocha la tête.

Les « peones » avaient compris et une discussion s'engagea.

De Montnoir, inquiet, n'entendant pas la langue du pays, s'approcha.

— Qu'y a-t-il ?...

Mais Padilla lui montra l'horizon.

— Ça ! dit-il.

Et dans l'échancrure d'une vallée à mille mètres plus bas, il aperçut un point noir qui grossissait rapidement.

— Bah ! dit-il. Nous avons le temps.

— Fions-nous à eux, répondit simplement Padilla.

Et « capateces » et « peones » discutaient toujours entre eux.

Sans aucun doute, c'était l'ouragan qui naissait là-bas.

La lourde masse de ses nuages roulait encore dans le dédale des vallées, mais, peu à peu, tumultueuse, gagnait en hauteur.

Des reflets cuivrés couraient sur ses flancs...

Des lueurs de sang s'allumaient, puis s'éteignaient subitement...

Ils se trouvaient à deux mille quatre cents mètres ; auraient-ils le temps de gagner une « quebrada » ou devaient-ils s'organiser pour lutter contre la tempête à l'endroit où ils se trouvaient ?

Ce fut ce dernier avis qui prévalut.

C'était, en effet, le plus sage, car le vent commençait à souffler, augmentant d'intensité de seconde en seconde.

Tout le monde se mit à l'ouvrage.

Les charges des mulets furent réunies de façon à former un rempart contre le vent. Les animaux entravés furent attachés et, suivant le conseil des guides, chacun s'enveloppa dans ses couvertures.

Il était temps...

Le vent était glacial et balayait les sentiers en de brusques rafales.

Le tonnerre grondait dans les vallées et ses longs abois se répercutaient parmi les cimes.

L'obscurité était presque complète.

La neige se mit à tomber.

— Et les Indiens ! s'écria Blainville.

— Ne vous occupez pas d'eux, répondit Padilla ; s'ils ne sont pas près de nous, c'est qu'ils sont à l'abri.

De Montnoir, silencieux, songeait à Elsie.

Les flocons de neige s'épaississaient...

Ce n'était pas une chute régulière, mais un tourbillonnement incessant qui cinglait et mordait les chairs endolories par le froid... En un instant, tous les sentiers avaient été effacés et, la brume enveloppant tout, ils ne voyaient que leurs voisins les plus proches.

Blottis les uns contre les autres, ils cherchaient à se réchauffer, mais le vent hurlant et sifflant s'acharnait sur eux en les criblant des traits des flocons glacés.

Pas un mot n'était échangé.

Ils souffraient en silence.

Blainville avait pris Betty dans ses bras et, de ses mains gantées de ses moufles d'aviateur, ramenait sur elle les couvertures qui s'envolaient.

De temps en temps, un « peon », rampant sur le sol, se dirigeait vers les mulets.

On distinguait à peine ses mouvements.

Resserrait-il un lien, une entrave ?...

Nul n'aurait pu le dire...

On le voyait reparaître et, silencieux toujours, reprendre sa place...

Et, inlassable, la chute blanche continuait, le vent soufflait...

Des rugissements semblaient monter des vallées maintenant invisibles...

Le sol tremblait comme sous la poussée d'une force inconnue...

Un homme gémissant se leva soudain, que ses camarades déchaussèrent.

Il avait le pied gelé...

Avec de la neige on le frictionna longuement et il reprit sa place, calmé.

La nuit arriva...

La tempête devint terrifiante...

Les « peones », songeant à leurs mulets, étaient allés leur distribuer un peu de maïs.

Les hommes, sous leurs couvertures, grignotaient des biscuits, buvaient des lampées de rhum...

Et toujours... toujours les longs ululements de l'ouragan couraient parmi les cimes, gémissaient dans les vallées.

Toujours... toujours la neige tourbillonnait, crépitante...

Combien d'heures passèrent ?...

Le jour naquit...

Le jour mourut...

Deux mulets tombèrent gelés...

Enfin, vers le milieu de la nuit, le vent se calma...

La tempête s'apaisait...

Lentement les nuages se déchiquetaient...

Des lambeaux de ciel apparurent, scintillants d'étoiles...

C'était fini...

Mais le froid demeurait vif...

Ils durent attendre le jour...

Il parut enfin...

De Montnoir, les yeux rougis par les larmes, se leva alors et, sans mot dire, s'éloigna.

Mais Blainville l'avait vu.

Il se précipita :

— Où vas-tu, Jacques ? questionna-t-il, presque brutalement.

— Là-bas !

— Tu es fou.

— Je veux savoir.

— Tu n'iras pas, entends-tu ?... Jacques, ce serait une folie...

— Je te dis que je veux savoir...

— Mais les Indiens vont venir, qui te renseigneront... Jacques, écoute-moi.

Mais de Montnoir, doucement, le repoussa et, avec un triste sourire :

— Georges, dit-il, pendant toute la tempête je t'ai vu. Tu tenais celle que tu chéris dans tes bras, tandis que moi, sous mes couvertures, je sanglotais. Reste auprès de Betty maintenant, ami, et laisse-moi aller me rendre compte de ce qui s'est passé là-bas. Je ne ferai pas d'imprudence, je te le jure. Mais, si elle est morte, il faudra que Lawson ou moi disparaisse.

Et Blainville, comprenant que toute objection serait inutile, allait s'incliner lorsque, dévalant d'une roche surplombant le sentier, un Indien parut.

Sachant que de Montnoir ne le comprenait pas, il indiqua le nord, puis fit un geste d'adieu.

— Tu le vois, s'écria Blainville, ils sont partis.

— Partis... oui !... répéta l'Indien.

Mais de Montnoir n'était pas convaincu. Il appela Padilla.

Alors, tandis que Padilla traduisait ses paroles, l'Indien raconta que leur chef avait vu, dès le commencement de l'orage, Lawson et Elsie se réfugier sous un énorme rocher avec leurs chevaux et leur chien. Lawson, prudent, avait même amoncelé devant l'entrée de la grotte des broussailles coupées en hâte qui, en un instant, avaient été couvertes de neige, formant abri contre le vent.

— Et miss Carrell ? questionna de Montnoir.

— Elle paraissait bien reposée et, vaillamment, elle a repris sa route...

De Montnoir était tranquillisé.

Il offrit à l'Indien un gobelet de rhum, sachant que rien ne lui causerait un plus sensible plaisir, et se tournant vers Blainville :

— Ami, dit-il, puisque tout va bien de ce côté, il s'agit maintenant d'aller voir comment s'est comporté notre avion durant cette tempête...

Et traversant la longue file de ceux qui se préparaient à un nouveau départ, ils se dirigèrent vers l'appareil qu'ils avaient laissé à quelques kilomètres plus au sud.

— Au revoir, Betty ! murmura Blainville, en passant devant la jeune fille...

Mais, gracieuse, elle posa sa main même sur la bouche de l'aimé et il effleura les doigts mignons d'un baiser.

— Allons, viens-tu ? s'écria de Montnoir.

Mais il se retourna et aperçut Betty :

— Miss, dit-il, excusez-moi, je ne savais pas... Prends ton temps, Blainville, prends ton temps...

CHAPITRE V

ELSIE DEVINE QUE...

Et la lutte continua, farouche, dans le décor titanique de cette terre hérissée de pics qui semblent vouloir crever le plafond céleste.

L'Equateur !

Et l'on entrevoit le Chimborazo, que nos héros viennent d'a...onter, avec ses six mille cinq cent quarante mètres ; l'Illiniza, avec ses cinq mille deux cent quatre-vingt-dix-sept mètres ; le Cotopaxi, le Pichincha, le Cayambe, l'Antisana évoluant entre quatre mille cinq cents et six mille mètres.

L'Equateur !

Et l'on songe aux seize volcans toujours fumants dont quelques-uns, comme le Sangay, l'Imbabura, le Cotopaxi, vomissent sans cesse des boues brûlantes, laissant planer sur les régions du centre, très peuplées, riches en villes et monuments anciens, la menace d'un cataclysme terrifiant.

Lawson, nous l'avons dit, évitait le voisinage des villes. Ayant de nombreuses munitions, pour économiser ses vivres de réserve il abattait, de-ci delà, un gibier quelconque qu'il faisait cuire, à la manière indienne, sur un feu de branches et s'en rassasiait.

Il se rendait compte, d'autre part, que l'heure approchait où les temps seraient révolus.

Il triompherait de la résistance de miss Carrell ou il accomplirait sa menace.

Il hésitait pourtant encore.

Il n'osait pas poser la question définitive qui devait briser ses dernières illusions...

Car il pressentait la réponse...

Il savait que miss Carrell n'avait que du mépris pour lui... Il savait qu'elle préférerait la mort à un abandon dégradant...

Mais il espérait toujours en la défaillance finale, à la défaillance de cet être, jeune, paré de beauté, riche à millions, devant une mort affreuse, parmi des boues bouillantes dont les bulles énormes crèvent en lançant vers le ciel des vapeurs sulfureuses.

Inexorable, il allait vers le but...

Il voulait mettre Elsie en face de cet enfer et, si elle résistait, l'entraîner avec lui vers le néant.

Les jours passaient dans une marche lente à travers la montagne, car, comme eux, leurs montures étaient épuisées.

Pourtant, Elsie, et cela l'exaspérait, gardait aux lèvres un énigmatique sourire.

Rien ne pouvait la démoraliser...

Elle allait, sans souci du sort qui l'attendait, gardant vis-à-vis de Lawson son attitude hautaine, quoique sans morgue inutile.

Pourtant, il en était certain, puisque jamais il ne l'avait quittée depuis Manaos, elle ne pouvait avoir l'espoir d'un secours quelconque...

San-Sima, il le savait, avait abandonné la lutte.

Kara-Mustagh était mort.

De Sullivan il n'avait plus entendu parler depuis sa rencontre avec lui dans le cimetière de l'ancienne Manaos.

Seuls, après ces événements, étaient restés en présence de Montnoir, Moralès et Jack Brown.

Il avait su que ces trois hommes s'étaient réunis, mais depuis qu'il avait résolu d'éviter définitivement le passage des villes, ils n'avaient pu employer ses appareils merveilleux, grâce auxquels il était resté jusqu'alors en communication directe avec ses amis, et n'avait pu avoir de nouvelles.

— D'ailleurs, raisonnait-il, si de Montnoir savait où je me trouve, il ne se ferait pas faute de me poursuivre. Or, rien, absolument rien ne me permet de soupçonner sa présence en ce pays.

Et, rageur, il regardait miss Carrell qui, très calme, chevauchait à ses côtés, arrachant une feuille au passage ou cueillant un fruit qu'elle croquait à belles dents.

Elle s'égayait en voyant fuir à leur passage des groupes de lamas, d'alpacas, de vigognes, aux cabrioles des singes, aux cris des perroquets.

Et cela restait incompréhensible pour Lawson.

— Miss, lui disait-il parfois, vous vivez ces heures d'aventures avec une belle insouciance. Vous ne songez donc jamais au lendemain ?...

Elle le dévisageait, moqueuse, et répondait :

— Vous vous trompez, master, mon cœur aspire, au contraire, à connaître ce futur.

— Ne vous doutez-vous pas un peu de ce qu'il vous réserve ?...

— Cela dépend...

— Je ne comprends pas...

— Nous marchons vers la solution du problème, master. Il nous reste à savoir qui triomphera de l'amour ou de la haine.

— Et vous espérez ?

— Oui ! Je ne m'en cache pas...

— Cependant...

— Ah ! master, je vous en prie, ne me demandez pas d'explications. J'espère !... Oui, j'espère ! Mais je ne saurais dire pourquoi. J'espère, parce que j'entends chanter les oiseaux autour de moi... J'espère, parce que je vois grouiller la forêt d'une vie intense... J'espère, parce que cette végétation splendide semble se pencher vers moi en une caresse... J'espère, parce que l'air est pur, parce qu'il me baigne, parce qu'il entre en moi, me nourrissant de ses parfums, me grisant de son souffle... J'espère, enfin, parce que le soleil me pénètre de sa chaleur, m'enserre dans ses rayons, me communique sa vie.

Et comme, devant sa beauté clamant son hymne à la vie, Lawson restait sombre et silencieux, elle poursuivait, railleuse :

— Allons, master, ne me faites pas cette tête-là, je deviendrais neurasthénique... Demain, c'est demain, que diable... nous verrons bien de quoi il sera fait.

Et s'adressant au chien :

— N'est-ce pas, Néron ? ajoutait-elle.

Et la bête lui répondait d'un long aboiement...

Autour d'eux, cependant, se resserrait le cercle des poursuivants.

Nous disons bien le cercle.

De Montnoir, en effet, d'accord avec ses guides, avait décidé d'entourer complètement Lawson pour parer à toute surprise...

Les trois Indiens et Padilla avaient été chargés de cette besogne...

Se dissimulant derrière les rochers, rampant parmi les broussailles, à l'affût au coin des sentiers, grimpant parmi les arbres, traversant les failles d'un bond audacieux à quelques mètres parfois à peine d'Elsie, ils passaient, tels des ombres, parmi les difficultés dont leur route était hérissée, sans défaillance, domptant leur fatigue et leur énervement.

Or, il advint que, un jour, Elsie et Lawson étant arrivés sur le coup de midi à une « quebrada » bien située, s'arrêtèrent pour déjeuner.

Le site était merveilleux...

Une source courait parmi les rochers à une cinquantaine de mètres à peine du lieu choisi pour la halte.

Un rocher géant, sur un côté de la route, dressait sa muraille et les protégeait contre le soleil.

Devant eux, croulant en vagues profondes, la forêt rejoignait la plaine...

Lawson, selon son habitude, en sautant de cheval, s'était mis aussitôt à l'ouvrage, préparant les divers ustensiles nécessaires à la cuisson du repas.

En un clin d'œil, le feu flamba et le trépied installé n'attendit plus que la marmite.

Ils manquaient d'eau.

Lawson s'éloigna.

Elsie était seule avec, à ses pieds, Néron étendu, dormant, paisible.

Elle rêvait...

Soudain elle tressaillit...

Au bord du chemin formant corniche, elle voyait une forme ronde se soulever lentement.

C'était une tête...

Un front apparut...

Puis... à hauteur du sol, deux yeux... deux yeux qu'elle eût reconnus entre mille... Les yeux de Padilla...

Elle allait crier...

Mais Néron, inquiet déjà, levait sa tête énorme...

Mais Lawson, de retour, n'était plus qu'à quelques mètres...

La vision disparut...

Miss Carrell éclata de rire...

— Eh bien, master, cria-t-elle, vous êtes bien long, aujourd'hui !...

— Mais il me semble, miss, répondit Lawson, d'un ton rogue, que je n'ai pas perdu mon temps.

— J'ai une faim de loup...

— Vraiment ?

— Mais oui...

Stupéfait, Lawson posa sa marmite et la regarda :

— Vous perdez votre temps, s'écria-t-elle en se levant. Tenez, laissez-moi faire...

Et, saisissant la marmite, elle la suspendit au trépied.

— Peste, grogna Lawson, quel entrain ! Qu'est-ce qui vous prend ?

— Vous n'en finissez plus.

Et s'asseyant de nouveau :

— Au fait, poursuivit-elle, je ne vois pas pourquoi je m'occupe de ce qui ne me regarde pas... Faites comme bon vous semble...

Car tout cela n'avait été que comédie...

Elle n'avait éclaté de rire que pour masquer son désarroi...

Elle n'avait crié sa faim que pour couvrir la fuite de Padilla...

Elle ne s'était levée que pour dissimuler ses yeux brillants de joie...

Et maintenant, adossée au rocher, les paupières mi-closes, elle songeait...

Son cœur battait délicieusement...

Elle avait revu Padilla...

Il était là, quelque part parmi ces fourrés. Il la voyait peut-être, lui.

C'était donc qu'elle avait eu raison d'espérer, de croire en l'intervention de ceux qui l'aimaient...

Et elle remontait dans le passé pour accroître encore sa confiance.

Padilla l'avait quittée au bord du lac Amuku...

Il était parti vers le nord pour dire à de Montnoir qu'elle l'aimait, qu'elle l'attendait...

Depuis, elle avait été enlevée par Lawson.

Depuis, elle avait traversé la Guyane hollandaise, le Brésil, une partie du Pérou et avait pénétré en Equateur.

Aucune nouvelle ne lui était parvenue durant ces longs mois.

Sur la route du Brésil, un jour, tentant l'impossible, Lawson, ayant perdu un crayon, elle avait griffonné quelques mots...

Et voici que Padilla venait d'apparaître...

Il avait donc rempli sa mission...

De Montnoir devait être auprès de lui...

Elle était certaine qu'il y était...

Et, sans bouger, car elle voulait étouffer en elle la joie profonde qui la secouait toute, elle laissait errer son regard sur les paysages qui l'entouraient...

Où était-il ?...

Derrière ce rocher qu'elle apercevait là-bas baigné de lumière ?...

Dans ce trou d'ombre qui tachait la nappe de clarté au flanc de cette montagne ?...

Dans ces arbres qui ondulaient doucement sous la brise légère ?...

Elle ne savait.

Mais que lui importait !

Il était là, sous ce ciel resplendissant qu'elle contemplait elle-même.

Il respirait le même air...

Il vivait de sa vie...

Un soupir gonfla sa poitrine, mais il ne s'échappa pas de ses lèvres...

Dans la tragédie qu'elle vivait, elle devait demeurer comédienne...

Ah ! comme elle l'aimait, son Jacques !...

Comme elle aimait Padilla !...

Etres vaillants et généreux, luttant contre l'égoïsme farouche d'un amour désordonné, impossible, haineux.

L'aventure touchait à sa fin et cette fin serait merveilleuse, comme elle avait rêvé qu'elle fût.

De Montnoir... De Montnoir était là...

Mais, brutale, la voix de Lawson la tira de son rêve...

— Allons, miss, dit-il, quand vous voudrez. C'est prêt et puisque vous avez faim...

Elle s'était ressaisie :

— Mais oui, dit-elle, j'ai faim. Je vous le répète...

Et prenant place :

— La route est encore longue, n'est-ce pas ? questionna-t-elle.

Il la fixa et répondit simplement :

— Cela dépend des circonstances.

CHAPITRE VI

LE SENTIER DE LA MORT

Lorsque Padilla eut mis de Montnoir au courant de ce qui s'était passé, celui-ci ne put réprimer son émotion et, étreignant soudain le Mexicain, il lui donna l'accolade... Puis, en se dégageant :

— Allons, dit-il, la terre ne contient pas que des pleutres et des lâches. J'ai désormais deux amis...

— Je n'ai fait que mon devoir, protesta Padilla.

— En risquant ta vie...

— Bah ! fit Padilla, avec un geste d'insouciance.

De Montnoir le regarda.

— Que veux-tu dire, ami ? questionna-t-il. Je le sais, tu n'as pas toujours été heureux, mais l'avenir qui t'est réservé ne te promet-il pas des jours de joie ?...

Dissimulant mal son angoisse, Padilla baissa le front :

— Oui ! dit-il. Le bonheur vient à moi, mais alors qu'il vous apparaît à vous étincelant de lumière, il n'est pour moi qu'une ombre dans laquelle je me reposerai, en songeant au passé.

— Regretterais-tu ta vie ? questionna de Montnoir, ignorant de l'amour de Padilla.

— Non ! Je ne regrette rien.

— Alors ?...

— Alors, de Montnoir, je ferai comme ces plantes qui naissent, vivent et meurent aux pieds des grands arbres et je saurai m'en contenter.

Et vivement Padilla s'éloigna.

Mais la route devenait de plus en plus dure.

Par des sentiers rocailleux elle s'élevait aux flancs des montagnes en montées vertigineuses, ou s'effondrait en descentes rapides.

Des ponts branlants, établis avec des moyens de fortune, surplombaient des torrents qui, dévalant des cimes hautes, s'abîmaient en grondant dans les vallées.

Ils côtoyaient des abîmes.

Les « capateces » et les « peones », attentifs à toutes les manœuvres, allaient sans cesse d'une bête à l'autre, surveillant l'équilibre des chargements qui, en se déplaçant, eussent pu entraîner les mulets dans les précipices.

Ils avançaient, pourtant...

Les forêts avaient fait place à un dédale affreux de masses volcaniques, laissant pousser dans dés creux de maigres plantes ou des arbrisseaux aux branches comme tordues par de la souffrance.

La plus grande prudence avait été recommandée par les guides.

Craignant d'être découverts, ils ne se risquaient dans un sentier qu'après avoir été avertis par Padilla qu'ils pouvaient poursuivre leur route.

Dissimulé derrière des rochers, de Montnoir avait, en effet, aperçu à plusieurs reprises, au loin, la silhouette d'Elsie à côté de Lawson.

Ils ne se remettaient en marche que lorsqu'ils avaient disparu...

Ils gardaient le plus profond silence et les guides ne parlaient entre eux qu'à voix basse...

Seul, le bruit du piétinement des mulets, ou d'une pierre roulant dans l'abîme se faisait entendre.

Il y avait de l'horreur dans cette nature désolée, comme si quelque cataclysme s'était abattu sur ces monts, anéantissant toutes traces de vie.

Mais, soudain, l'enfant, qui marchait en tête de la caravane, leva la main.

Un commandement bref du « capateces » qui marchait derrière lui et les « peones » arrêtèrent leurs bêtes...

Voulant éviter la route suivie par Lawson cent mètres plus bas qui, trop à découvert, aurait pu trahir leur présence, ils avaient suivi un sentier étroit, grimpant au flanc de la montagne, et se trouvaient maintenant devant une « laderas » (sentier étroit), si étroite qu'elle pouvait à peine contenir les pieds des mulets.

Reculer ? Impossible !...

C'eût été vouloir courir au-devant de la mort.

Il fallait donc se risquer dans l'horrible sentier...

A droite, la montagne à pic.

A gauche, un abîme dans lequel grondait la voix formidable d'un torrent...

Et prenant la tête, le chef « capateces » avança lentement...

Betty, fermant les yeux, s'était abandonnée à l'adresse de sa monture.

Et, en file indienne, les autres suivaient, torturés par l'angoisse et la peur.

Ils allaient, perpendiculairement à l'eau, qui roulait, tumultueuse.

Un caillou, rencontré, un faux pas, et c'était une effroyable chute.

Mais ils reprirent courage.

La tête de la caravane venait de disparaître au coude formé par un rocher et ils entendaient la voix du « capateces » qui criait :

— Tout va bien !...

Tout va bien

A ces paroles d'espoir, un cri affreux de désespoir répondit.

Ayant buté contre la paroi rocheuse, le mulet de Betty avait perdu l'équilibre et, après avoir désarçonné sa cavalière, roulait dans l'abîme.

Le sort de Betty était critique.

Jetée contre les rochers par sa monture manquant des quatre fers, elle était retombée comme une masse sur le sol et ne pouvait se relever qu'en risquant de glisser à son tour dans le torrent.

Blainville vit le danger.

— Betty ! Betty !... cria-t-il. Au nom du ciel, ne bougez plus !...

Quatre mulets le séparaient de la jeune fille étendue...

Doucement, il poussa le premier contre le rocher et, semblant comprendre, l'animal s'arc-bouta, fixant solidement ses pattes au sol, appuyant sa charge contre la montagne.

Alors, s'agrippant aux harnais, Blainville avança, presque suspendu dans l'abîme.

Haletants, tous les spectateurs de cette scène atroce le regardaient.

Il passa...

Le deuxième mulet n'eut pas la même compréhension. Blainville, alors, s'agenouilla et, après maintes tentatives infructueuses, parvint à se glisser entre les pattes de l'animal.

— Plus que deux ! cria-t-il. Courage, Betty !...

Mais l'animal, qu'il avait devant lui, s'opposa à toutes ses manœuvres et, devenant soudain nerveux, fit un écart qui devait lui être fatal.

En effet, terrifié, Blainville le vit osciller sur ses pattes, cherchant en vain à retrouver son équilibre, puis, poussant un hennissement douloureux, il disparut...

Mais comment s'apitoyer !...

Il fallait sauver Betty.

Et, à pas lents, Blainville s'approcha du dernier mulet qui le séparait de la jeune fille.

La tâche fut plus facile, mais il dut renouveler la tactique qu'il avait employée avec le second, c'est-à-dire se glisser entre les pattes de la bête.

Il y parvint.

Il s'agissait maintenant d'aider Betty à se relever.

Le danger était grand...

Ils n'avaient, en effet, qu'un espace restreint pour se mouvoir...

La moindre hésitation pouvait être fatale.

Lentement, Blainville se pencha, en portant le poids de son corps contre la montagne et il parvint à saisir Betty aux aisselles.

— Attention, dit-il, quand je dirai trois, vous vous assoierez.

Et il compta :

— Un !... deux !... trois !...

Et, dans un effort, Betty se mit sur son séant.

— Bien... dit Blainville. Je vous tiens. Essayez, maintenant, de ramener les jambes sous vous.

Lentement, Betty fit ce que lui demandait Blainville...

— Vous y êtes ?... Vous vous sentez bien en équilibre ?... Pas de vertige ?... Pas d'étourdissements ?...

— Non ! répondit Betty.

— Allons-y, alors !...

Et, dans un brusque effort, il souleva la jeune fille...

Une vingtaine de mètres restaient cependant à parcourir et Betty n'avait plus de monture.

Mais Blainville veillait, guidant ses pas et, la rejetant sans cesse contre la montagne...

Ils atteignirent enfin le détour du chemin où ils devaient trouver plus de sécurité.

Betty hésita...

La corniche, en cet endroit, n'avait pas plus de soixante-quinze centimètres et, en apercevant le gouffre qui s'ouvrait sous ses pieds, elle sentit une sueur glacée couler au long de tous ses membres.

— Voyons, Betty, murmurait Blainville, un peu de courage, encore un effort, et vous êtes sauvée...

Mais Betty s'était agenouillée et la tête entre ses mains, sanglotait...

La peur... la peur nerveuse... la peur qui ne raisonne pas la dominait...

Oui ! elle savait qu'elle n'avait plus qu'un mètre ou deux à parcourir et qu'elle était sauvée, mais elle se sentait incapable d'aller plus avant sans rouler dans l'abîme...

Un « capateces », qui se trouvait de l'autre côté, avança la tête...

— Eh bien ?... Qu'y a-t-il ?...

Et, souriant :

— Ah ! je vois, dit-il, la señorita a le vertige...

Et, déroulant rapidement la corde qui lui ceignait les reins, il en lança l'extrémité à Blainville, en disant :

— Tenez, señor Blainville, attachez cette corde à votre ceinture ; moi, de ce côté, je tiendrai l'autre bout et la señorita pourra passer sans danger.

Et Betty passa...

Puis, tour à tour, des mulets, des « peones », Jack Brown, Moralès, des mulets des « peones » encore, et enfin Padilla et de Montnoir.

Le sentier de la mort n'avait fait que deux victimes et Blainville, attaché et retenu par plusieurs « peones », aperçut, en se penchant au-dessus du gouffre, sur les rochers qui bordaient le torrent, les deux cadavres que se disputaient les condors et les urubus.

Mais déjà la « mandrina » avait repris sa marche.

A quoi bon s'attarder davantage en ces lieux d'épouvante ?

Padilla, avant de disparaître à nouveau, avait dit que la route était libre, et, joyeux d'avoir échappé au péril, encourageant leurs bêtes de la voix, « capateces », « peones » et voyageurs dévalèrent la pente pour remonter à cent mètres plus loin...

Or, vers cinq heures du soir, un guide s'approcha de de Montnoir.

— Señor, dit-il, regardez l'horizon... Vous ne voyez rien ?...

D'un regard circulaire, de Montnoir parcourut le cycle des monts qui se dressaient devant lui...

— Non, répondit-il...

— Là, insista le guide, au-dessus de ce pic, qui domine tous les autres...

— Non ! répéta de Montnoir.

— Dans le ciel...

— Je ne vois qu'un nuage.

— Ce n'est pas un nuage, señor.

— Qu'est-ce, alors ? questionna de Montnoir.

— De la fumée, señor.

Et, gravement, le guide ajouta :

— Nous sommes en vue du Cotopaxi, señor. Que la Madone protège celle que vous aimez.

Le Cotopaxi !...

En un frémissement, la nouvelle courut parmi les voyageurs.

Le Cotopaxi !...

Et chacun regardait le mont géant dont la cime semblait enveloppée dans de longs voiles de brume que les vents dissipaient.

Comme il paraissait calme, ce monstrueux volcan dont le cratère sans cesse en ébullition laisse rouler sur ses flancs des boues enflammées qui dévastent tout ce qui s'oppose à leur passage.

Pourtant, de temps à autre, les regards, attentifs maintenant, voyaient rougeoyer ces vapeurs flottantes, puis leur densité augmentait pour revenir ensuite à son état normal...

Une explosion venait de se produire.

Le Cotopaxi !...

De Montnoir appela près de lui Moralès, Jack Brown, Blainville, Betty et les principaux de ses guides.

— Amis, dit-il, nous ne pouvons plus hésiter... Demain verra peut-être notre victoire ou notre défaite. Puis-je toujours compter sur vous ?

— Toujours !

— En avant donc, sans trêve, ni merci ! clama de Montnoir.

CHAPITRE VII

ELSIE, LAWSON ET NÉRON

Minables, les vêtements déchirés, les mains et les genoux ensanglantés, la figure hâve, les lèvres desséchées par la soif qui les dévorait, deux êtres se traînaient sur les sentiers en lacets qui couraient sur les flancs de la montagne énorme dont ils percevaient les grondements souterrains, dont ils partageaient les frémissements convulsifs.

C'étaient Elsie et Lawson.

Elsie et Lawson, qui, ayant abandonné leurs chevaux désormais inutiles, s'en allaient vers la conclusion de leur terrible aventure, seulement suivis par le fidèle Néron.

La chaleur devenait intolérable.

Les coulées de laves éteintes, de boues refroidies dressaient de tous côtés leurs colossales boursouflures que le soleil équatorial rendait brûlantes.

Lawson restait silencieux.

Elsie, malgré les souffrances de ce rude calvaire, gardait aux lèvres son immuable sourire, mais, malgré elle, parfois, une fugitive inquiétude ternissait l'éclat de ses beaux yeux et, soucieuse, elle jetait au loin un long regard.

Mais le paysage était immobile...

Aucune existence humaine ne décelait sa présence...

Lawson, Elsie et Néron vivaient seuls dans le démoniaque décor de la montagne en feu.

Pas un chant d'oiseau...

Pas de ruisseaux gazouillant...

Pas de passages de fauves...

Dans le ciel, seulement, des rapaces passaient, semblant vouloir encore ajouter de l'horreur.

Néron, le poil hérissé, le mufle tendu, la queue

entre les jambes, suivait cependant, mais parfois il s'arrêtait, regardant ceux qui continuaient leur marche et se tournait ensuite vers les vallées voisines, comme pour dire : « Où allez-vous donc par là ? Vous ne voyez pas que c'est la mort qui vous guette ? Retournons en arrière. »

Mais Lawson, entraînant Elsie,, montait toujours et, résigné, le chien suivait.

Ils arrivèrent sur une plate-forme de lave.

Lawson s'arrêta.

— Reposons-nous, dit-il.

Et restant debout, tandis qu'Elsie épuisée s'asseyait, il sonda les lointains.

Rien ne bougeait.

— Allons, murmura-t-il, je ne peux tarder davantage...

Et il rejoignit Elsie.

— Miss, dit-il, l'heure approche...

Elle le regarda, semblant étonnée.

— L'heure ?... répéta-t-elle.

Mais Lawson ne s'arrêta pas à cette interrogation et poursuivit :

— Nous avons atteint le but que je me proposais ; il est donc temps que nous ayons l'entretien suprême qui doit décider de notre avenir, qui doit nous entraîner triomphants dans la vie ou vaincus dans la mort.

Malgré le tragique de l'heure, Elsie voulut railler.

— Vraiment, master ? dit-elle. N'exagérez-vous pas un peu ?

— Non, miss, je ne le saurais...

— Ainsi mon existence dépend de votre bon vouloir ?...

— Vous vous trompez, miss, vous seule déciderez de votre sort.

— Je comprends bien, mais je ne pourrai, pour employer votre terme, décider de mon sort qu'en choisissant entre les conditions que vous m'imposerez...

— En effet, miss...

— Donc, je le répète, vous vous arrogez le droit d'être le suprême arbitre de nos différends. Si j'accepte de me plier à votre volonté, ce sera la vie ; si je refuse, ce sera la mort ?

— La discussion est oiseuse, miss...

— Vous devriez être le premier à le comprendre, master Lawson...

— Aussi l'ai-je compris, miss. Mais, il n'importe, je veux tenter un dernier effort.

— C'est inutile...

— Non.

— Parce que ?...

— Parce que je ne veux pas mourir, miss ; parce que je ne veux pas vous entraîner dans ma mort, sans vous avoir dit toute la souffrance, tout le désespoir, que j'ai dissimulés pendant de longs jours auprès de vous.

— En suis-je responsable ?...

— Peut-être.

— Vous dites ?...

— Je dis, miss, que seul l'ardent amour que je vous porte a fait de moi un dévoyé...

— Je puis vous opposer à cela, master, que l'ardent amour que me porte Gomez Padilla l'a fait rentrer dans le droit chemin...

— Vous me comparez donc à un aventurier...

— Non, master, car il n'y a aucune comparaison possible entre cet homme et vous... Vous m'aimez, dites-vous, et vous m'entraînez vers la mort !... Padilla m'aime et je suis certaine qu'il a tout fait pour m'arracher à votre emprise, afin de me donner à de Montnoir. Pourquoi ? Parce que, malgré ses anciens égarements, il a gardé son âme noble ; parce qu'il sait que son sacrifice est juste ; parce qu'il sait que l'amour ne s'impose pas...

— Il n'aime pas vraiment !

— Ah ! taisez-vous, master ! Il n'est pas égoïste, et c'est tout...

— Allons donc ! Je sais ce que j'ai souffert, moi, à la seule pensée que vous appartiendriez peut-être à un autre. Ah ! vous dire ma torture morale, lorsque devant un miroir je voyais ma face hideuse. Car, je le sais, miss, je suis affreux... Mais, en moi, je sens...

Elsie sourit...

— Non ! master, dit-elle, ne poursuivez pas. L'amour est et doit être libre de choisir sa chaîne...

— Miss, réfléchissez, il est encore temps... Voyez ces paysages riants devant vous... Sous les frondaisons de ces vallées que vous apercevez au loin, il y a des villes heureuses... Par delà les mers, il est des sites merveilleux, des pays d'enchantement. Vous êtes jeune, vous êtes belle... Aimerez-vous mieux choisir l'épouvante d'une mort horrible ?

— Oui ! car je la subirai, en songeant à celui que j'aime...

— Prenez garde !...

— Pas de vaines menaces...

— Qu'attendez-vous donc ?

— La délivrance.

— Folie !...

— Non !

— Folie ! Vous dis-je, miss. Vous ne savez pas, miss, non, vous ne savez pas... Depuis de longs mois ils sont prévenus cependant. Et qu'ont-ils fait ?... Rien !. Vous voulez savoir ?... Soit... Ma lettre, la voici.. Lisez !... mais lisez donc !... Ne cherchez plus... J'aime miss Carrell... Voyez ! Voyez ! c'est écrit !... J'aime miss Carrel... Je veux qu'elle m'appartienne résignée... oui, résignée... je n'en demande pas plus... Sinon, après avoir affronté les neiges éternelles, nous nous réfugierons dans le feu du Cotopaxi...

Et, poussant un rire strident :

— Vous avez lu... miss... Vous avez lu !... Et... le Cotopaxi... le voilà !...

Lawson semblait ivre...

Elsie, comprenant que l'instant décisif approchait, malgré sa fatigue, s'était levée et prête à tout.

— J'ai lu, master, dit-elle froidement, mais qu'est-ce que cela prouve ?...

Le rire de Lawson reprit sinistre :

— Ce que cela prouve, miss, dit-il hoquetant de rage, cela prouve l'indifférence ou l'impuissance de ceux qui se sont dit vos amis. Où est-il San-Sima ? Où est-il Kara-Mustagh ?... Où sont donc

Luis Moralès et Jack Brown ?... Où est Harry Sullivan ? Où est de Montnoir ? La richesse et l'audace liguées n'ont rien pu contre moi. Je vous tiens et je vous tiens bien... Vous vous inclinerez ou je vous briserai...

— La violence, master, n'est pas une solution.

— Qu'importe si j'arrive à mes fins !...

— Vous rêviez de victoire ; vous n'en aurez que l'ombre...

— L'ombre apartient à l'objet qui la fait naître, miss...

— Elle est insaisissable !

— Peut-être, mais elle nous donne le repos.

— Le repos, master, ne peut être le fait que d'une conscience nette.

— Morale !... Morale !... Que sont les mots devant le fait brutal, miss ?... Je vous aime... je vous aime depuis de longs mois, depuis toujours... Je vous aime ardemment... Je vous aime et vous êtes en mon pouvoir... Ah ! vos yeux, comme ils m'ont poursuivi dans l'ombre de mon laboratoire durant mes longues veilles !... Or, vous êtes là, maintenant, devant moi, impuissante. Elsie ! Elsie, m'entendez-vous ?...

Et les bras tendus, Lawson s'élança vers miss Carrell.

Elle lui échappa.

Il éclata de rire...

— C'est cela, dit-il, jouons un peu...

Et il s'élança...

Elsie bondit sur un rocher.

Mais elle comprit tout aussitôt qu'ainsi toute retraite lui était coupée et rapide, elle regagna le sentier, montant, montant toujours...

Lawson la suivait...

Elle se déchirait les mains aux aspérités...

Ses pieds meurtris saignaient dans ses chaussures crevées...

Elle ne le sentait pas...

Elle n'écoutait pas les bourdonnements dont sa tête était pleine...

Elle n'entendait pas les violents battements de son cœur...

Mais elle percevait la respiration rauque de Lawson...

Mais elle sentait son souffle sur sa nuque...

Elle tomba...

Il se rua...

Alors, un cri d'angoisse, une cri désespéré monta sous le ciel.

— Néron ! Néron !... à moi !...

Le chien sembla hésiter...

Mais, défaillante sous la poigne solide de Lawson, Elsie sanglota...

— Néron !... Néron !...

Et le chien bondit...

Surpris par le choc formidable, Lawson lâcha prise et roula sur la coulée de lave, poursuivi par Néron prêt à mordre, mais, d'un brusque coup de reins, il reprit son équilibre et rapidement sauta sur pied, menaçant.

Elsie eut peur.

— Néron ! cria-t-elle. Ici !...

Et le chien, docile, vint se coucher à ses pieds...

Mais Lawson ne désarmait pas et, remontant la pente, il s'élança de nouveau vers miss Carrell.

Néron se leva alors et, découvrant ses crocs formidables, banda ses muscles, prêt à bondir.

Lawson ricana.

— Tant pis, dit-il, vous l'aurez voulu...

Et tirant son revolver de son étui, il allait faire feu, lorsque, s'enlevant subitement, le chien lui sauta à la gorge.

Etait-ce la fin ?...

Pas encore.

Lawson était tombé et sa main crispée retenait la tête de l'animal. Soudain, Elsie, lui vit faire un geste.

Elle n'avait pas compris...

Mais elle vit le chien vaciller sur ses pattes et s'écrouler.

Il était mort...

Lawson, d'un coup de couteau, lui avait ouvert le ventre.

Il se leva, monstrueux, et réajustant d'un geste ses vêtements :

— A nous deux maintenant, la belle !... dit-il. Tu ne m'échapperas pas...

Et, comme Elsie terrifiée fuyait devant lui, il s'élança sur ses traces...

Il n'alla pas loin...

Dans un craquement sinistre une salve éclata, faisant vibrer les échos, tandis que dans les airs un vrombrissement se faisait entendre...

De tous côtés, venant du ciel, rasant la terre, tombant du haut des rochers, les balles crépitaient.

Mais Lawson n'était pas atteint...

Allant, venant, courant sans cesse parmi les rocs géants et les coulées de lave, il semblait invulnérable et, soudain, apercevant Elsie à quelques mètres de lui, il bondit vers elle et l'enserra dans ses bras.

La fusillade avait cessé...

Un silence tragique avait succédé au tumulte.

— Ah ! cria Lawson, vous ne me tenez pas encore !... Venez me chercher là-haut, si vous l'osez...

CHAPITRE VIII

LES AILES VICTORIEUSES

Lawson montait maintenant vers la cime, en entraînant Elsie.

Mais Elsie ne reconnaissait plus sa voix...

Elle se demandait quelle était l'être qui cheminait à ses côtés...

C'était le masque de Lawson...

C'était toujours son geste saccadé...

Mais la voix était douce, persuasive, grisante presque...

Elle semblait venir de l'au-delà...

Et, soudain, Elsie comprit...

Lawson était devenu fou...

— Viens, ma bien-aimée, viens, murmurait-il, c'est le jour de nos noces...

« Regarde : le soleil a paré la nature, car tout étincelle...

« Vois ces roses pourpres, ces roses roses, ces roses blanches qui ornent notre chemin...

« La chambre nuptiale est là-haut... là-haut... près des étoiles !...

. . . .

Et, terrifiée, Elsie écoutait cette voix.

Et, terrifiée, elle voyait dans le ciel l'avion de de Montnoir, décrivant des orbes immenses.

Elle n'avait désormais confiance qu'en lui, puisque l'attaque de ses amis avait échoué...

. . . .

— Qui regardes-tu, mon aimée ? poursuivait Lawson. Ah ! c'est cet oiseau géant... N'aie crainte, il n'oserait nous attaquer. Regarde plutôt vers la terre...

« Tout est joie...

« Tout est chanson...

« Je t'aime...

« Ah ! j'ai longuement souffert...

« J'ai pleuré des larmes de sang...

« Mais tu es mienne à présent...

« Les chagrins sont oubliés...

« Je t'aime...

. . . .

Et Elsie voyait, marchant de tous côtés, ses amis guettant une défaillance de Lawson, prêts à intervenir.

Et Elsie sentait derrière elle la présence de plusieurs êtres qui, rampant derrière les rochers, s'approchaient insensiblement...

. . . .

— Oui, je t'aime !... chantait doucement Lawson... Qu'importe le reste !...

« La science, vois-tu, est une fille inconstante...

« Toi seule seras l'épouse et la maîtresse...

« Mes livres, je les brûlerai devant l'autel de ta beauté.

« Mes instruments, je les briserai, car désormais toi seule existe...

Il s'arrêta...

Une flamme étrange brillait dans son regard...

Et, soudain, saisissant le bras d'Elsie, il s'écria, rageur :

— Qui est-tu ?... Une ennemie, sans doute ? Ah ! maudite... maudite... qui me rappelle le passé...

« Ce passé, je veux l'anéantir...

« Je veux refondre mon âme...

« Je veux modeler ma pensée selon celle des héros de l'histoire, puis je m'attaquerai à mon être...

Et comme s'il reconnaissait celle qui était à ses côtés, il s'arrêta et, souriant :

— Ecoute... Elsie... Ecoute, dit-il, tu ne m'aimes pas, parce que, moralement et physiquement, je suis un monstre... Je te l'ai dit : mon âme, j'en ferai une âme pure, une âme de héros, mais cela ne suffit pas, n'est-ce pas ?... Même si j'étais grand parmi les grands ; même si j'étais intègre parmi les plus intègres, tu ne voudrais pas de moi... Je suis difforme... Eh bien ! écoute... Ce corps, je veux le transformer... Dussé-je souffrir mille tortures, je veux changer mon visage, redresser mes os et pour commencer, tiens... regarde, j'arrache ma chair...

Et le dément planta ses ongles dans ses joues qu'il déchira...

L'épouvante étreignit Elsie...

Elle poussa un cri d'horreur...

La face sanglante, Lawson se précipitait vers elle, en s'écriant :

— Regarde, mon aimée, regarde. Suis-je mieux ainsi ?...

Mais Elsie, d'un mouvement brusque, échappa à son étreinte et grimpa sur un rocher...

Et de nouveau, de tous côtés, les balles crépitèrent...

Lawson, immobile, regardait et voyait sans cesse se resserrer autour de lui le cercle des assaillants.

— Ah çà ! murmurait-il, qu'ai-je donc eu ?... Suis-je fou ?...

Il reprenait lentement conscience...

Parfois, son corps tressaillait comme sous un choc, mais il ne tombait pas...

— Ma parole, cria soudain une voix, c'est donc Satan en personne... Les balles traversent son corps.

— Visons la tête ! répondit une autre...

Mais Lawson éclata de rire.

— La tête ! dit-il. Oui, c'est vrai...

Et se défilant pendant quelques secondes derrière un rocher, il reparut, coiffé d'une sorte de cagoule de mailles d'acier qui lui retombait sur les épaules en protégeant le cou et la gorge...

— Damnation ! hurla Padilla. Il est trop tard...

Lawson était redevenu lui-même et, saisissant ses revolvers, tira sur ses adversaires les plus proches...

Deux hommes tombèrent...

Il y eut un flottement...

Lawson en profita et, d'un brusque élan, s'élança vers le rocher où Elsie avait trouvé un refuge...

Epouvantée, la jeune fille regarda de tous côtés, cherchant en quel endroit de la montagne elle pourrait trouver un nouvel asile...

Sa situation était sans issue...

Alors, elle leva les yeux au ciel et tendit les bras vers l'avion de de Montnoir.

Et son visage, soudain, s'irridia d'une joie intense...

L'avion planait, moteurs calés, et s'avançait lentement...

Une corde pendait au long de la carlingue et au bout de cette corde un corps se balançait doucement...

C'était de Montnoir...

De Montnoir, qui avait confié la direction de son appareil à Blainville et qui, perdu dans le vide, au bout d'une corde dont l'extrémité était nouée en étrier, en se maintenant d'une main tendait son bras resté libre vers miss Carrell...

Lawson, placé en contre-bas, n'avait rien vu, mais en entendant le cri d'Elsie, il leva la tête et, suivant son regard, il aperçut de Montnoir.

Il poussa un cri de rage et bandant ses muscles dans un effort colossal, il voulut achever l'ascension du rocher...

Une rafale de balles s'abattit le jetant sur le sol, mais sans parvenir à le blesser...

La mitrailleuse de l'avion venait d'entrer en action...

Arrachées du rocher, les pierres volaient de tous côtés, empêchant Lawson d'avancer...

Et de Montnoir approchait...

Et Elsie tendait vers lui ses bras désespérés...

Il rasait presque le sol...

Elle se levait sur la pointe de ses pieds meurtris...

Il était pâle...

Elle était rouge d'émoi...

Il souriait...

Elle pleurait...

Et leurs mains se joignirent et glissèrent..

Le bras de de Montnoir, en un effort, se noua autour de la taille d'Elsie...

C'était fini !...

Il avait pris possesion de cet être pour qui il avait tant lutté, tant souffert !...

C'était fini !...

Elle s'abandonnait, ravie, dans les bras de celui qui, de ses ailes victorieuses, l'emportait maintenant vers le ciel...

Et, s'élançant vers la cime, Lawson les poursuivait...

Padilla, Moralès, Brown, Tom Lix, Darbois, s'acharnaient derrière lui, voulant le prendre vivant...

Il ne s'occupait pas d'eux...

Il ne voyait que l'avion qui emportait son rêve chimérique...

Il ne voyait que la montée lente d'Elsie vers les ailes qui bientôt la dissimuleraient dans leur ombre...

Et il montait... il montait toujours...

Ses mains n'étaient plus que des moignons sanglants...

De ses souliers aux semelles arrachées ses pieds sortaient zébrés de blessures...

Il étouffait...

Il arracha sa cagoule...

Sa face, horrible sous le sang coagulé de ses blessures, apparut...

Sa mâchoire était contractée...

Ses dents grinçaient...

Ses yeux avaient de nouveau des reflets de folie...

Il montait... il montait toujours...

Là-haut, l'avion continuait sa course...

Le grondement formidable du moteur avait repris, car Elsie maintenant était à bord.

Et le monstre aérien semblait l'attirer...

N'était-elle pas au ciel, sa chimère ?...

Le paysage devenait plus sinistre...

Au grondement de l'avion se mêlaient par instants le tonnerre des explosions souterraines...

Que lui importait !...

Il montait... Il montait toujours...

Le sol devenait brûlant ?...

Mais, là-haut, dans la clarté blonde du soleil, l'avion se balançait gracieux...

Il montait... Il montait toujours...

De lourds nuages de fumée l'enveloppaient et lui brûlaient la gorge ?...

Mais là-haut l'air était pur et soutenait l'aimée...

Il montait... Il montait toujours...

Des lueurs d'incendie illuminaient les nuées... des gaz nocifs empoisonnaient l'atmosphère... des pierres brûlantes pleuvaient...

Il montait... Il montait toujours...

Il allait vers son rêve...

Et, soudain, impérative, la voix de Padilla retentit.

— Halte !... ordonna-t-elle.

Il montait... Il montait toujours...

Autour de lui, parmi le creux des rochers, des boues noirâtres coulaient, bouillonnantes.

Il sautait pour les éviter...

Des bulles crevaient jetant dans l'air des odeurs pestilentielles...

Il n'y prenait point garde...

Ses yeux étaient fixés au ciel...

L'avion prenait de la hauteur...

Et il pressait le pas, hagard, désordonné, murmurant des mots sans suite...

La terre tremblait...

Des sifflements de rafales se faisaient entendre...

On eût dit d'une énorme cuve bouillante, située dans des lieux tout proches...

A quelques centaines de mètres à peine, le cratère béait...

Il montait... Il montait toujours...

Ses poursuivants, arrêtés maintenant, le regardaient...

Il n'était plus, à leurs yeux, qu'une silhouette...

Il regardait l'azur...

L'avion n'était plus qu'un point...

Enfin...

ce point...

disparut...

Il s'élança...

Les ruisseaux en feu s'élargissaient...

Il les franchissait d'un bond...

Ils devinrent encore plus larges...

Alors, il monta tout droit, s'accrochant aux aspérités de la roche...

Longtemps, continua la lutte...

Longtemps, il se débattit contre le sort implacable...

Et il se trouva, enfin, devant une coulée énorme, qui sous la poussée du feu intérieur roulait parmi les rocs...

Il jeta un dernier regard vers l'horizon...

De tous côtés ses yeux errèrent...

Le ciel était vide...

Il avança...

Bientôt, ses pieds horriblement brûlés ne le soutinrent plus...

Il s'effondra...

Alors, les témoins de cette scène tragique le virent se tordre un instant parmi les boues qui l'entouraient, puis... soudain.... des flammes fusèrent...

Lawson n'était plus...

Les ailes victorieuses de l'amour emportaient celle dont il avait rêve de faire sa compagne dans la mort, vers des cieux plus cléments.

EPILOGUE

Et la nouvelle de la victoire de Montnoir se répandit de par le monde...

Peu à peu, après les récits fantaisistes publiés par les journaux, la vérité se fit jour et le rôle étrange de Lawson dans cette aventure apparut avec une netteté sinistre.

La police eut mandat de faire une perquisition dans l'hôtel qu'il occupait dans la sixième avenue et les détectives, en fouillant l'immeuble, découvrirent dans les caves un immense laboratoire.

Ils durent faire appel à des hommes de science.

Mais Lawson avait tout prévu, même sa mort...

Parmi les papiers, mis soigneusement de côté au fur et à mesure que se poursuivait la perquisition, après un examen approfondi, les savants ne trouvèrent rien qui fût digne d'être retenu.

Lawson avait emporté ses secrets dans la tombe, ne laissant derrière lui que des documents sans importance.

Et l'on apprit la mort de Kara-Mustagh.

On sut pourquoi le Japonais San-Sima avait dû abandonner la lutte, mais, s'il ne trouva que peu de voix pour le plaindre (car l'on sait l'antagonisme qui sépare le peuple américain du peuple japonais), par contre, on lui sut gré d'avoir abandonné la chance en faveur de de Montnoir.

Des panégyriques émus saluèrent la mémoire de Harry Pertry Sullivan dont on ne sut jamais le rôle exact, Elsie, généreusement, ayant demandé l'absolu silence sur tout ce qui le concernait.

Et ce fut le retour...

Non pas le retour à bord d'un paquebot ou sur les coussins d'un Pullmann.

Elsie avait voulu revenir dans sa ville natale par la voie des airs en compagnie de de Montnoir, de Betty et de Blainville.

Ils avaient traversé la Colombie et, après avoir survolé la mer des Antilles, avaient atterri en Haïti.

Première étape.

Mais ils ne s'attardèrent pas.

Deux jours après, ils reprirent leur vol et d'un seul bond atteignirent la Floride qu'ils remontèrent jusqu'à Altlanta où ils devaient attendre que leurs compagnons vinssent les rejoindre.

Voyageant par mer et par terre, ceux-ci n'arrivèrent au rendez-vous qu'une semaine plus tard.

Mais Elsie n'en avait cure...

Elle était heureuse maintenant et son bonheur s'avivait de la joie de voir sa chère Betty au bras de Blainville.

Elle n'avait pas voulu arriver seule à New-York.

Elle avait voulu que tous ceux qui avaient peiné et souffert pour elle fussent à ses côtés...

Le train roulait vers la cité géante...

L'avion de de Montnoir suivait.

Attentifs derrière les glaces de leurs compartiments, Padilla, Tom Lix, Moralès, Brown, Darbois regardaient l'oiseau colossal qui emportait celle qui leur était chère vers son destin.

Ils ne se lassaient pas...

Et les villes succédèrent aux villes...

Des plaines déroulèrent leur monotonie...

Des vallées offrirent à leurs regards leurs sites pittoresques...

Ils arrivèrent...

La gare de Pensylvania-Railway était noire de monde.

Sur l'Hudson, des milliers de barques évoluaient...

Des cris délirants montaient en une rumeur immense vers l'avion de de Montnoir, qui, gracieux, planait dans le ciel.

Ce fut un triomphe.

Puis, tout se calma...

Le rêve était en voie de réalisation.

Un mois plus tard, Elsie et de Montnoir, mariés, prenaient place à bord d'un paquebot qui devait les conduire en France en compagnie de Betty et de Blainville.

Jack Brown et Luis Moralès, vainement sollicités, car ils avaient compris qu'ils étaient de trop parmi ces amoureux, avaient refusé de les suivre dans ce voyage et ne s'embarquèrent que huit jours plus tard pour rejoindre leurs pays respectifs.

Restaient Philippe Darbois, Padilla et Tom Lix.

Ce dernier ayant acquis, grâce aux deniers de miss Carrell, une vaste propriété dans l'Alabama, ne pensait qu'à s'éloigner au plus tôt de New-York et, Padilla, infiniment triste, voyait arriver le moment où il resterait seul.

Philippe Darbois le comprit.

— Viens, ami, viens, dit-il, nous rejoindrons ma famille, là-bas, aux bords de l'Amazone et tu seras heureux...

— Mais...

— Chut ! je sais ce que tu vas me dire, car il y a longtemps que je t'ai compris... Nous parlerons d'elle, et, puisque tu es riche maintenant, rien ne t'empêchera, lorsque tu le désireras, de revenir ici pour la voir.

Et n'ayant pas la force de répondre : oui, Padilla tomba en sanglotant dans les bras de son ami.

FIN

COSTAL L'INDIEN

Par GABRIEL FERRY

CHAPITRE PREMIER

LES DEUX VOYAGEURS

Les idées révolutionnaires que la France avait jetées à l'Europe en 1789 ne devaient pas tarder à franchir les mers et à se répandre dans toute l'Amérique espagnole.

En effet, l'Amérique du Sud tout entière avait secoué le joug de la cour de Madrid, qui ne possédait déjà plus dans le nouveau monde, du moins sans combats, que l'Amérique centrale et le Mexique.

Cependant, pour prévenir toute tentative de soulèvement, le vice-roi de la Nouvelle-Espagne, don José Iturrigaray, avait sagement jugé nécessaire de faire au Mexique d'assez larges concessions politiques, et d'appeler les créoles mexicains à jouir des droits qu'on leur avait refusés jusqu'alors. Malheureusement les Espagnols établis dans le pays, considérant ces concessions comme la ruine de leurs antiques privilèges, se soulevèrent contre le vice-roi, s'emparèrent de sa personne et l'envoyèrent en Espagne pour y rendre compte de sa conduite. Toutes les franchises accordées par lui furent retirées, et le Mexique fut replongé dans l'ancien ordre de choses.

Quoique d'un jour à l'autre on dût s'attendre à voir la colonie essayer de reconquérir les droits dont elle avait été frustrée, deux ans de tranquillité apparente avaient si complètement rassuré les esprits, que la conspiration d'Hidalgo et le soulèvement qu'il excita les jetèrent dans une stupéfaction profonde.

C'était par les prêtres que l'Espagne avait principalement dominé le Mexique pendant trois cents ans ; c'étaient eux aussi qui devaient affranchir le Mexique du joug de l'Espagne. Au commencement du mois d'octobre suivant, le curé Hidalgo comptait déjà près de cent mille combattants, mal armés. Cette masse d'insurgés, qui se répandait partout comme un torrent et menaçait de s'accroître encore, portait la consternation dans Mexico, siège du gouvernement colonial, et jetait quelque confusion dans les idées des créoles eux-mêmes. Tous fils d'Espagnols, les uns, en considération des liens du sang, se croyaient tenus à combattre l'insurrection ; les autres, ne songeant qu'à l'affranchissement du pays qui les avait vus naître, croyaient de leur devoir de prendre fait et cause pour les insurgés. Cette dissidence d'opinion ne se rencontrait du reste que dans les familles créoles riches ou puissantes, le peuple, blanc, métis, ou indien, n'hésitait pas à se ranger du côté d'Hidalgo.

Les Indiens surtout, plus asservis encore que les créoles, espéraient qu'une ère nouvelle allait s'ouvrir pour eux, et quelques-uns déjà rêvaient le retour de leur ancienne splendeur.

Tel était l'état politique et moral de la Nouvelle-Espagne à l'époque où s'ouvre ce récit.

Un matin, à l'heure où sous les tropiques la chaleur du jour succède brusquement à la fraîcheur des nuits, vers neuf heures, un cavalier suivait les plaines sans fin qui conduisent des limites de l'Etat de Vera Cruz à celui de Oajaca. Pour traverser un pays en guerre civile, le voyageur en question était assez pauvrement armé et encore plus pauvrement monté.

Un sabre, à fourreau de fer aussi rouillé que s'il eût longtemps séjourné dans le fond de quelque rivière, le seul moyen de défense dont celui-ci parût pouvoir disposer, en supposant toutefois que la rouille n'eût pas cloué la lame au fourreau.

Le cheval sur lequel le voyageur cheminait assez péniblement au pas, malgré les coups d'éperon dont il n'était pas avare, avait sans doute appartenu à quelque *picador* à en juger par les cicatrices nombreuses dont ses flancs et son poitrail étaient sillonnés. C'était tout au moins une bête de rebut, maigre et rétive, et que celui qui l'eût achetée cinq piastres eût payée le double de sa valeur.

Le cavalier portait une veste d'étoffe blanchâtre, des *calzoneras* de velours olive, des chaussures de peau de chèvre imitant le cuir de Cordoue. Il était petit, mince et chétif, paraissant tout au plus âgé de vingt-deux ans ; son chapeau de paille de palmier ombrageait de ses larges bords une figure d'une expression douce et prévenante et d'une naïveté peut-être excessive, si deux yeux vifs et spirituels n'en eussent singulièrement relevé l'expression. Il était évident que cette bonhomie ne prenait sa source que dans la mansuétude du caractère et non pas dans un défaut d'intelligence. Une bouche fine, parfois railleuse, indiquait que le voyageur pouvait au besoin mettre une repartie caustique au service d'une grande finesse d'observation.

Pour le moment, l'expression dominante de sa physionomie était celle d'un désappointement complet mêlé d'une forte dose d'inquiétude.

Le paysage était de nature à justifier cette appréhension de la part d'un cavalier solitaire comme celui-ci.

(*A Suivre.*)

Paris. — Imprimerie RAMLOT et Cie, 52, avenue du Maine. — 25.

PARIS. — IMP. RAMLOT ET Cie, 52, AVENUE DU MAINE.

www.ingramcontent.com/pod-product-compliance
Ingram Content Group UK Ltd.
Pitfield, Milton Keynes, MK11 3LW, UK
UKHW020957230726
13923UKWH00007B/945